Und dieses verdammte Leben geht einfach weiter

1. Auflage 2019

ISBN 978-3-7641-7092-9

Lektorat: Emily Huggins
Umschlaggestaltung: Suse Kopp
Zitate auf S. 32, 169 und 255 mit freundlicher Genehmigung
aus A. Lindgren: Die Brüder Löwenherz
ISBN 978-3-7891-2941-4

Druck und Bindung: CPI books GmbH
Gedruckt auf Papier aus geprüfter nachhaltiger Forstwirtschaft.
www.ueberreuter.de

UND DIESES VERDAMMTE LEBEN GEHT EINFACH WEITER

HANSJÖRG
NESSENSOHN

ueberreuter

I

UNTERWEGS

1.

Es ist ein schrecklicher Ort, um einzuschlafen. Diese Parkplatztoilette in Spanien, im glühend heißen Nirgendwo zwischen Andorra und Barcelona. Aber Jonas kann nicht anders. Er ist müde. Er ist so müde, wie er noch nie zuvor in den 17 Jahren seines Lebens müde war. Und obwohl ihm der bestialische Geruch nach Urin in der Nase brennt, ein See mit Klopapierinseln an seine Sneaker-Sohlen suppt und im Pissoir vor ihm Zigarettenstummel und ein gebrauchtes Kondom den Abfluss verstopfen, lässt er beim Pinkeln für einen kurzen Moment den Kopf an die Wand sinken. Ausruhen. Augen schließen. Dem periodischen Rauschen der vorbeirasenden Autos lauschen. Und darauf hoffen, dass dieser Ort schon Albtraum genug ist und seine eigenen Albträume ihn wenigstens hier für ein paar Minuten in Ruhe lassen.

Dass sie so krass zurückkommen, hätte Jonas nie für möglich gehalten. Er war sich sicher, die Sache mittlerweile im Griff zu haben. Anders als vor zwei Jahren, als es passiert ist. Als er jede Nacht schreiend aufwachte und so lang weiterschreien musste, bis die Erinnerung an das Geträumte wie eine Konfettikanone zerplatzte. Die letzte Zeit war aber gut, also gut im Sinne von weniger beschissen. Einmal die Woche, vielleicht zweimal waren sie noch da, damit konnte er umgehen. Musste er umgehen, das war er Lina schuldig. Genau wie die Entscheidung zu dieser Reise. Doch seit er beschlossen hat, nach Mallorca zu fahren, an den Ort, an dem das alles passiert ist, an dem sich sein Leben von ziemlich gut in eine totale Vollkatastrophe verwandelt hat, kommen sie wieder täglich. Und je näher er der Insel ist, desto erbarmungsloser werden sie. Desto deutlicher führen sie ihm vor Augen, dass er schuld ist. Dass er einen Fehler gemacht hat, diesen entscheidenden Fehler, den man nur einmal in seinem Leben macht und der nie mehr gutzumachen ist. Er trägt die Verantwortung dafür, dass seine Eltern ihre Tochter und seine Großeltern ihre Enkelin verloren haben. Und der gerechten Strafe wegen hat er natürlich auch seine Schwester verloren. Viel schlimmer ist aber, dass Lina seinetwegen ihre Familie verloren hat, ihre heile vier Jahre alte Welt, eingetauscht in ein unbekanntes Leben, hoffentlich Leben, an das zu denken er sich tagsüber verbietet, das ihm aber seine Albträume in den dunkelsten Farben ausmalen: Lina eingesperrt, hilflos fiesen Machtfantasien ausgesetzt, dabei leer geweint und nur noch stumm um Hilfe bettelnd.

Und warum? Weil er nicht aufgepasst hat, weil er nicht bei ihr geblieben ist, weil er für einen kurzen Moment des Glücks, des lächerlichen Glücks, alles geopfert hat. Und seine Schwester fast auf den Tag genau seit zwei Jahren spurlos verschwunden ist.

Mit letzter Kraft knallt Jonas seine Faust gegen die vollgesprayte Metallwand, in der vergeblichen Hoffnung, körperlicher Schmerz könnte die Schuldgefühle vertreiben. Die blecherne Explosion lässt die ganze Toilette vibrieren.

»Mann ey, bist du bescheuert?«

Jonas stößt sich ruckartig von der Wand ab. Er hat nicht bemerkt, dass sich jemand neben ihn ans Pissoir gestellt hat. Genauso wenig wie er seine Tränen bemerkt hat, die jetzt vermischt mit wässrigem Rotz sein Gesicht bedecken. Dabei hat er sich geschworen, nie wieder vor anderen Menschen zu weinen. Schnell wischt er sich mit dem Ärmel seines verschwitzten Shirts übers Gesicht.

»Alter, siehst du fertig aus.«

Jonas knöpft sich seine Hose zu und wirft dem Strohhutträger, der ihn mit seinen wasserblauen Augen eindringlich fixiert, einen feindseligen Blick zu. Er hasst es, wenn andere seine Schwäche erkennen. Vor allem wenn diese anderen dann auch noch in seinem Alter sind und ihre Erkenntnis mit einem läppischen Schulterzucken unterstreichen, als hätten nur sie das Patentrezept darauf, beim Jonglieren mit dem Schicksal alle Bälle in der Hand zu behalten.

»Geht's dich was an?«

Genervt drängt er sich unter dem Blick des Fremden vorbei ans Waschbecken, eine versiffte, in die Wand eingebaute Alu-Wanne, deren Quelle schon vor Jahren versiegt ist.

»Ist der beschissenste Ort der Welt, was? Oder steht das als Insider-Tipp da drin?«

Jonas folgt dem schräg grinsenden Kopfnicken seines Gegenübers und verflucht den Marco-Polo-Reiseführer von Mallorca in der Seitentasche seines Rucksacks, den er lediglich als Touristenalibi eingepackt hat. Und der diesem Deutschen nun das Recht gibt, ihm ein dusseliges Gespräch aufzudrücken.

Jonas dreht sich weg und schluckt einen Gegenkommentar runter. Er will nicht zugeben, dass die Bemerkung mit dem beschissensten Ort zutrifft. Dabei ist er in den letzten Tagen an vielen miesen Plätzen gewesen. Doch bevor er groß über seinen Trip nachdenken kann – über die sabbernde Dogge im Auto des Rentner-Ehepaars, das ihn von Frankfurt nach Freiburg mitfahren ließ; oder über den LKW-Fahrer, der ihn bis nach Toulouse mitnehmen wollte, dem er jedoch während eines Tank-Stopps abgehauen ist, nachdem er erfahren hatte, welche Gegenleistung von ihm erwartet wurde; oder über den Schlafplatz auf einem Maisfeld bei Lyon, das so matschig war, dass am nächsten Tag kein Mensch mehr auch nur in Erwägung zog, ihn mitzunehmen; oder an die windige Ladefläche, auf der er sich frierend festhielt, als es nachts über die Pyrenäen ging, wobei er sich die letzten Kilometer, die er wie so ein Hape-Kerkeling-Pilger bei 37 Grad zu Fuß zurücklegen musste, nicht mehr vorstellen konnte, jemals in seinem Leben eine Gänsehaut gehabt zu haben – bevor diese ganzen Erinnerungen also mehr werden können als aufblitzende Gedankenfetzen, fällt sein Blick auf den stumpfen Spiegel über dem Becken, aus dem ihm ein Gesicht entgegenstarrt, das er eigentlich kennen müsste. Ein Gesicht mit roten Augen in dunklen Höhlen, blonden Haaren, strähnig vom Kopf abstehend, und ein bisschen Bart, planlos auf Kinn und den sonnenverbrannten Wangen verteilt. Er braucht einen Augenblick, um zu kapieren, dass er das ist. Dass er jetzt auch äußerlich der ist, in den er sich vor zwei Jahren verwandelt hat. Kein schöner Anblick, aber schmerzhaft ehrlich.

Und ehrlich wäre wohl auch seine Antwort, wenn ihn genau jetzt jemand fragen würde, warum er sich diese Reise antut. Sie würde lauten, dass er dem Schicksal mit einem lauten »Fuck you« in die Fresse treten will. Aber ihn wird niemand fragen, weil niemand die geringste Ahnung hat, was er vorhat.

23. 08. 16
Ich soll alles aufschreiben, was ich weiß. Und was mir durch den Kopf geht. Hat diese spanische Polizistin zu mir gesagt. Dreimal hat die mich schon verhört. Señora Silvia Lorca. Lorrrrrrca. Die pro Frage fünf Zigaretten raucht. Fortuna.

Ich hab keine Ahnung, was das mit dem Aufschreiben bringen soll, ich hab doch alles schon tausendmal erzählt. Voll die Zeitverschwendung. Ich sollte besser helfen, Lina zu suchen. Aber jetzt ist es dunkel und niemand sucht. Also schreib ich, obwohl ich das echt nicht gut kann. Mit Paul hab ich manchmal Songtexte geschrieben, weil wir mit unseren Gitarren so berühmt wie James Blunt (Paul) oder Passenger (ich) werden woll-

ten, aber das war schon alles. Und natürlich der ganze Schulkram. Klar, da schreibt man auch viel (Blödsinn). Ich hätte lieber alles ins Handy getippt, da bin ich schnell drin, aber die Kommissarin wollte, dass ich es in ein Buch schreibe. Voll retro. Angeblich fällt mir so mehr ein. Vielleicht hab ich das aber auch falsch verstanden. Señora Lorrrrrrca spricht zwar Deutsch, aber das hat sie in Österreich gelernt. Also das Deutsch. Vor drei Tagen hätte ich noch darüber gelacht. Jetzt nicht mehr. Keine Ahnung, ob ich irgendwann wieder lache. Im Moment glaub ich nicht.

Wie soll ich denn anfangen? Mit dem, was mir durch den Kopf geht? Kann ich machen.

VerdammteFickScheißeLinaWobistdu??Ichbringdenumderdirwasantut!!!!!WarumsuchendieIdiotenvonderPolizeinichtauchnachts?Soweitkannsiedochnichtseinichwardochnureinoderzwei Stundenweg. IchbinsoeinverdammtesArschlochdassichüberhauptweggegangenbin.Linaallehassenmichdafürundichmichamallermeisten.

Bringt das jetzt was? Oder schreib ich besser doch noch mal auf, was passiert ist, obwohl das eh alle schon wissen?

Ja, es war an dem Abend vor zwei Tagen mit meinen Eltern abgesprochen, dass ich bei Lina bleibe. Ja, ich bin trotzdem mit Paul zum Strand runter. Ja, es waren noch andere Gäste unterwegs. Nein, ich kannte die nicht. Ja, wir hatten zwei Literflaschen Sangria dabei. Ja, sie waren geklaut aus dem Hotel-Shop hier. Ist kein Geheimnis mehr, weiß eh schon jeder. Wir wollten das Ferienende feiern, genau wie unsere Eltern. Und das haben wir auch gemacht. Und als ich zurückgekommen bin, ich war kurz vor meinen Eltern da, Paul ist direkt zu sich ins Zimmer, war Lina nicht mehr in ihrem Bett. Die Balkontür stand auf. Und ich hab angefangen zu suchen. Draußen beim Pool. Im Garten, am Spielplatz. Erst hab ich leise nach ihr gerufen, dann immer lauter. Und das haben dann meine und Pauls Eltern gehört, als die aus irgendeiner Bar zurückgekommen sind. Ich glaub, ich hab geweint, als ich ihnen erzählt habe, dass ich kurz weg war und jetzt Lina weg ist. Keine Ahnung, warum ich geweint habe, vielleicht weil ich betrunken war. Zu dem Zeitpunkt war ich mir ja noch hundertprozentig sicher, dass Lina gleich wieder auftauchen wird. Mama ist zur Rezeption gerannt, Papa hat die Polizei gerufen. Vorher hat er mir noch eine gescheuert. Zum ersten Mal, ist sonst noch nie passiert, obwohl ich schon ein paar blöde Sachen gemacht habe. Die Spritztour nach Holland zum Beispiel mit dem Auto von Pauls Dad. Noch gar nicht so lang her. Da gab's nur Hausarrest. Dieses Mal 'ne Ohrfeige. Vielleicht weil er ahnte, dass Lina nicht nur ein bisschen weggelaufen ist. Aber woher hätte er das wissen sollen?

Ich musste auf mein Zimmer, während alle nach Lina suchten. Ich durfte nicht helfen, weil ich erst mal nüch-

tern werden sollte. Dabei hat mich die Ohrfeige schon ziemlich nüchtern gemacht. Paul hat mir ständig Nachrichten geschickt, aber das habe ich ignoriert.

Wenn ich mit ihm nur nicht runter zum Strand gegangen wäre …

Ich hab dann mein Handy ausgemacht und bin irgendwann in meinen Klamotten eingepennt. Kurz davor war ich mir noch sicher, dass am nächsten Morgen alles wieder gut sein wird. Am nächsten Morgen war aber alles nur noch schlimmer. Und voller Polizei.

Jo

2.

»Da vorne ist er.«

»Wer?«

»Na, der Typ, von dem ich dir erzählt hab. Der erst im Stehen auf der Toilette gepennt hat und mir dann 'nen Mörderschreck eingejagt hat.«

Sunny schaut ihn verständnislos an und Timon schüttelt nur den Kopf, während er seinen senfgelben 1er-Golf rückwärts aus der Parkbucht lenkt. Er versteht nicht, wie ein Mensch nur so wenig multitaskingfähig sein kann wie seine beste Freundin. Es ist noch keine halbe Stunde her, seit er von der Toilette zurückgekommen ist und ihr von der Begegnung mit dem blonden Typen erzählt hat. Von seiner Vermutung, dass mit dem irgendwas nicht stimmt, weil der geheult und sich im Spiegel angeschaut hat, als würde er sich gerade zum ersten Mal sehen. Aber davon hat Sunny scheinbar nichts mitbekommen, weil sie sich, wie auch schon die letzten 300 Kilometer, nur mit dem neuen WhatsApp-Status ihres Ex-Freundes Leon beschäftigt hat – sexy Leon beziehungsweise seit drei Monaten ausschließlich Arschloch-Leon. Vor drei Monaten hat sie nämlich nach einem halben Jahr Beziehung rausgefunden, dass Leons Hautirritationen unterhalb des Bauchnabels, angeblich ausgelöst durch seine Calvin-Kleins, in Wahrheit Knutschflecke waren. Ausgelöst von Ann, 17, eine Klasse unter ihnen. Und genau mit dieser Ann kuschelt Arschloch-Leon jetzt in seiner neuen Statusmeldung rum, bei Sonnenuntergang an einem Kölner Badesee. Sunny kocht vor Wut.

»Zu mir hat der noch gesagt, dass ich mir das alles einbilde und dass mit dieser Bitch nichts läuft. Und jetzt, jetzt sind die zusammen und der Idiot hat nichts Besseres zu tun, als das gleich der ganzen Welt zu zeigen.«

»Du hättest halt seine Nummer löschen sollen. Hab ich dir sicher hundertmal gesagt. Dann hättest du auch dieses kack Foto nicht gesehen.« Timon wirft seinen Strohhut auf die Rückbank und Sunny einen strengen Blick zu. »Es ist gut so. Sei bloß froh, dass du den los bist.«

Sunny nickt knapp, für Timons Verhältnisse zu knapp, bevor sie sich wieder auf ihr Handy konzentriert und nach der richtigen Musik für die letzte Strecke bis Barcelona und vor allem ihre Laune sucht.

Timon achtet nicht weiter auf sie, weil er das Thema Leon kaum noch ertragen kann und Sunny sich eh am schnellsten beruhigt, wenn man sie in Ruhe lässt. Außerdem fokussiert er den blonden Typen, der am Ende des Parkplatzes an seinen Rucksack gelehnt im Schatten sitzt. Extra langsam lässt er das Auto auf ihn zurollen.

»Warum kriechst du denn so? Ich dachte, wir müssen uns beeilen, um die Fähre noch zu kriegen.«

»Ich will den da noch fragen, ob er irgendwie Hilfe braucht. Der hat auf mich wirklich 'nen komischen Eindruck gemacht.«

Augenrollend schaut Sunny zuerst den Typen vor ihnen und dann Timon an.

»Das ist jetzt nicht dein Ernst, oder?«

»Was denn?«

»Du hast schon wieder diesen Blick drauf.«

»Welchen Blick?«

»Den du immer drauf hast, wenn du verliebt bist oder jemanden entdeckst, der unbedingt deine Hilfe braucht. Punkt eins schließe ich aus, Punkt zwei bringt nur Stress. Guck dir den doch mal an.«

»Du bist echt bescheuert.«

»Ich bin bescheuert?« Sunny hebt ihren Zeigefinger, um ihrer Aussage noch mehr Nachdruck zu verleihen. Eine Geste, die sie sich bei ihrer Englischlehrerin Dr. Wichmann abgeschaut hat. »Ich erinnere nur an die Sache mit Eric. Oder, und da kam Punkt eins erschwerend zu Punkt zwei hinzu, an Sarah, Lily und Finja.«

Timon unterbricht Sunny genervt: »Danke für die Erinnerung. Hätte ich sonst schon fast alles vergessen.«

Blöderweise stimmt das ganz und gar nicht. Timon kann sich noch viel zu gut an den Polizeieinsatz erinnern, als Eric in seiner Wohnung verhaftet wurde und er mit einem Anwalt beweisen musste, dass er von den Drogen im Spülkasten der Toilette nichts wusste. Sunny hatte ihn gewarnt, aber er war sich sicher, dem angeblichen Ex-Junkie mit dem WG-Zimmer eine Chance geben zu müssen. Die Mietschulden, die Eric ihm hinterlassen hat, zahlt er heute noch ab. Und dann die Sache mit den Mädels. Irgendwie fühlt er sich einfach von Frauen angezogen, die ein Problem haben. Was dazu führt, dass es immer zur Trennung kommt, bevor überhaupt eine Art Beziehung stattgefunden hat. Sarah brauchte eigentlich nur einen Platz zum Schlafen, wenn sie von ihrem Freund mal wieder vermöbelt wurde. Helfen lassen wollte sie sich nicht. Eine Beziehung mit ihm, das wurde ihm dann auch klar, schon gleich gar nicht. Lily war mager- und Finja krankhaft eifersüchtig, weil sie nach einer Mobbing-Aktion bei Facebook nicht glauben konnte, dass Timon oder sonst jemand ihre Segelohren und riesigen Zahnlücken gut finden kann. Er war sogar kurz davor, ihr seine Narben zu zeigen, um ihr zu beweisen, dass, wenn überhaupt einer, dann er sie versteht. Es wäre das erste Mal gewesen, noch nie hat er seine Narben irgendwem gezeigt, doch bevor es dazu kam, war schon wieder Schluss.

Danach haben Sunny und er jedenfalls das Phänomen der falschen Frauen analysiert und sind auf drei Ursachen gestoßen.

1. Er ist einfach zu nett für diese Welt (favorisierte Begründung von Timon).
2. Problematische Menschen sind einfach spannender.
3. Er leidet laut Google unter einem Helfersyndrom.

Obwohl er das vor Sunny immer abstreitet, befürchtet Timon, dass Punkt drei gar nicht so weit hergeholt ist. Er kümmert sich lieber, als dass er selber was von sich preisgibt. Er tröstet lieber, als dass er selber getröstet wird. Und wenn man Psychologe Google glaubt, ist die häufigste Ursache für ein Helfersyndrom ein nicht vorhandenes Selbstwertgefühl. Und dank seiner Narben und der Geschichte dahinter erfüllt er diesen Punkt mit Sternchen. In ganz ehrlichen Momenten weiß er aber auch, woran es hauptsächlich liegt, dass er sich immer die falschen Frauen aussucht: Sein Herz ist längst vergeben und abgelenkt vom Schicksal anderer kann er das zumindest ab und zu einfacher vergessen.

Heute ist der ganze Analysekram jedoch Bullshit. Er ist gut drauf, zumindest war er das bis zu Sunnys Ausraster, er hat das Abitur hinter und vier Wochen Mallorca im Haus von Sunnys Eltern vor sich. Außerdem ist das keine problembehaftete

Frau, die da vor ihm sitzt, sondern ein etwas merkwürdig und verloren wirkender Typ. Er will einfach nur nett sein und helfen, bremst das Auto ab und lehnt sich aus dem Fenster.

»Hey, brauchst du irgendwas? Suchst du 'ne Mitfahrgelegenheit?«

Timon bekommt keine Antwort, nur Sunny flüstert hinter ihm, dass er zufahren soll, da der Kerl aussieht, als würde er nach einem alten Waschlappen riechen. Aber so schnell gibt Timon nicht auf.

»Ich heiße Timon. Das ist Sunny. Wir haben ein Ticket für die Abendfähre nach Mallorca. Wenn du magst, können wir dich bis Barcelona mitnehmen.«

»Hast du sie noch alle? Kannst du mich vorher vielleicht mal fragen?«, zischt Sunny ihm vom Beifahrersitz zu. »Wo soll der denn überhaupt sitzen? Ganz sicher nicht auf der Rückbank neben meiner Tasche. Da ist hinterher ja alles verseucht.«

Timon hört gar nicht hin, sondern analysiert den Fremden, der wie in Trance eine zerknüllte SevenUp-Dose neben seinen Schuhen fixiert. Seine Sneakers von Nike sind nicht billig, das ist ihm vorhin auf der Toilette schon aufgefallen. Die restlichen Klamotten auch nicht. Und trotz des ganzen Straßendrecks sieht er nicht wie ein typischer Anhalter aus. Und schon gar nicht wie einer, der diese Strapazen auf sich nimmt, um auf Mallorca die schönste Zeit des Jahres zu verbringen. Um in Urlaub zu trampen, ist sein Rucksack auch viel zu klein. Timon startet noch einen Versuch.

»Hey, noch mal, wir fahren erst, wenn du sagst, dass alles okay ist.«

Sunny verliert auf dem Beifahrersitz langsam die Geduld.

»Mann ey, kapierst du es nicht? Dein Blondi scheint keine Mitfahrgelegenheit …«

»Ich heiße Jonas. Nicht Blondi.«

Timon muss sich ein Lachen verkneifen, weil Sunny plötzlich verstummt, was im Normalfall nicht so einfach passiert. Er hört sie zwar noch vor sich hin meckern, dass der Typ völlig gaga ist und wie Eric Zwei aussieht, dann entzieht sie sich aber Jonas' dunkelbraunen Augen, die aus ebenso dunklen Höhlen auf sie gerichtet sind, und versteckt sich auf ihrem Sitz. Timon muss zugeben, dass der Vergleich mit seinem Ex-Mitbewohner nicht ganz falsch ist. Und weil er den gleichen Fehler nicht zweimal machen will, wird sein Ton strenger.

»Hey, sag mal ehrlich, bist du drauf?«

»Geht's dich was an?«

»Nur wenn du mitfahren willst.«

»Wer sagt, dass ich das will?«

Timon hält Jonas' Blick stand, bis der seinen Kopf abwendet. Sunny findet im gleichen Augenblick ihre Sprache wieder.

»Jetzt fahr doch endlich los, Mann!«

Timon ist kurz davor, Sunnys Befehl zu befolgen, als Jonas seine Frage beantwortet: »Ich hab keine Drogen genommen. Noch nie. Ich hab die letzte Zeit nur scheiße geschlafen.«

»Okay. Das heißt, du willst mitfahren?«

Timon spürt Sunnys spitzen Ellenbogen im Rücken. Jonas nickt fast unmerklich.

»Ja, wäre cool. Was wollt ihr dafür?«

»Nichts, wenn du es schaffst, Sunny zum Lachen zu bringen. Die ist nämlich schlecht drauf. Schmeiß deinen Rucksack hinten in den Kofferraum. Ist auf.«

Sunny springt aus dem Auto und reißt ihre Tasche vom Rücksitz.

»Nein, meine Tasche kommt nach hinten. Dann kannst du es dir auf der Rückbank so richtig bequem machen.«

Der letzte Satz galt Jonas, dem sie mit einem falschen Lächeln die Tür aufhält, während sie Timon gleichzeitig den Mittelfinger zeigt. Unter protestierendem Genörgel quetscht sie anschließend ihre Sachen in den vollen Kofferraum.

»Das Auto ist für drei Personen mit Gepäck viel zu klein.«

»Wir werden es die letzten 150 Kilometer bis Barcelona überleben. Und jetzt steig wieder ein. Jonas, hast du Platz?«

Jonas' Antwort geht im lauten Rums unter, mit dem Sunny den Kofferraum ins Schloss fallen lässt.

»Ich kann auch gern noch ein Stück vorrücken.«

Sunnys beißende Ironie beim Einsteigen ist kaum zu überhören, doch Jonas scheint sich davon nicht beeindrucken zu lassen. Nur kurz erwidert er Timons Blick im Rückspiegel, bevor er wieder zu Boden schaut, als würde auf der Fußmatte auch eine SevenUp-Dose liegen. Und so bekommt er nicht mit, wie Sunny mit der Hand vor ihrem Gesicht wedelt, demonstrativ ihr T-Shirt über die Nase zieht und auf ihrem

Handy auf Play drückt, sodass ein uralter Song von Eminem in ohrenbetäubender Lautstärke durchs Auto schallt.

Timon könnte Sunny in solchen Momenten den Kopf abreißen, aber er will ihr keine Szene machen. Nicht jetzt. Viel lieber ruft er sich ins Gedächtnis, warum dieser rothaarige Quälgeist seine beste Freundin ist, wie er es so oft macht, wenn sie ihn mal wieder auf die Palme bringt.

1. Sie ist die hübscheste, klügste, zickigste und lustigste beste Freundin, die man haben kann. Er kann sich auf sie verlassen, sie ist trotz anderer Typen immer für ihn da und egal wie blöd er drauf ist, sie bringt ihn zum Lachen. Außerdem hat sie sich noch nie über seine Listen lustig gemacht und überhaupt kennt er niemanden, der so gut riecht wie sie.
2. Sie wollte noch nie seine Narben sehen, obwohl das irgendwann alle wollen, vor allem wenn sie erfahren, wie sie entstanden sind. Ihr sind sie egal. Vielleicht. Hoffentlich!
3. Er ist verliebt in sie, seit er vor vier Jahren in ihre Klasse gekommen ist.

Timon lässt das Auto langsam bis zur Haltelinie rollen, blinkt rechts und beschleunigt mit einem kurzen Blick zu Jonas auf die N-260 in Richtung Barcelona.

25. 08. 16

Paul und seine Eltern sind heute abgereist. Ich hab nicht Tschüs gesagt. Soll er doch abhauen. Wichser. Unsere Flüge wurden auf unbestimmte Zeit umgebucht. Also die von meinen Eltern. Ich muss spätestens Sonntag zurück, sagen sie, weil dann die Schule wieder losgeht. Kotz. Ich glaub, ihnen wäre lieber gewesen, ich wäre heute schon mitgeflogen. Vergesst es, ich will da sein, wenn Lina zurückkommt.

Gerade bin ich noch mal verhört worden. Wieder von der Kommissarin. Ich weiß gar nicht mehr, wie oft ich den Abend jetzt schon durchgegangen bin. Es ist immer das Gleiche. Ich sag immer das Gleiche. Das kotzt mich schon selber an. Sie meint aber, dass dabei manchmal entscheidende Hinweise rauskommen. Kleinigkeiten, die ich vergessen habe. Darum soll ich auch alles aufschreiben, was mir in den Sinn kommt. Aber was? Ich war doch nur am Strand. Und was dort war, hat ja mit Linas Verschwinden nichts zu tun.

Obwohl ich immer das Gleiche erzähle, rede ich eigentlich ganz gern mit Señora Lorca. Immerhin redet sie mit mir. Mama und Papa sprechen nur noch mit der Polizei oder irgendwelchen Reportern, die vor der Anlage campieren. Gestern Abend waren sie sogar in der Tagesschau mit einem Aufruf, dass alle Hinweise wichtig sind. Und falls Lina entführt wurde, dass sich doch der Entführer melden soll. Alle sind sich mittlerweile sicher, dass Lina entführt wurde. Weil die gesamte Umgebung ohne Erfolg abgesucht wurde. Mama hat geweint, als sie im Fernsehen war. Sie weint eigentlich seit vier Tagen durch. Ob Tränen irgendwann einfach versiegen?

Sie haben zu mir gesagt, dass ich nichts dafür kann, dass Lina weg ist. Und dass sie mich lieben. Aber ich hab ihnen angesehen, dass sie das nicht wirklich denken. Vor allem Papa nicht. Er macht mir Vorwürfe. Sein nicht leiblicher Sohn hat seine leibliche Tochter auf dem Gewissen. Vielleicht bilde ich mir das auch ein. Ich glaub, ich würde so denken.

Heute Nacht hatte ich einen krassen Albtraum. Ich hab geträumt, dass Lina unten am Strand in ein Boot gestiegen ist. Mit lauter fremden Leuten. Ich wollte zu ihr, hab mir ein Surfbrett geschnappt, aber bin kein Stück näher gekommen. Lina hat mir zugewinkt, nicht fröhlich, eher aufgeregt, ich glaub, sie wollte zu mir, wurde aber von jemandem festgehalten, den ich nicht erkannt habe. Ich hab immer wilder gepaddelt, bis ich bemerkt habe, dass das Brett im Sand liegt und ich gar nicht vorwärtskommen kann. Dann wollte ich es ins Wasser ziehen, aber es ging nicht – es war mit einem riesigen Anker im Sand befestigt. Als ich wieder hochgeschaut habe, war Linas Boot weg. Ich hab um Hilfe geschrien. Aber die Menschen am Strand sind alle zum Essen ins Hotel gestürmt und haben mich nicht gehört. Irgendwann bin ich schreiend und klatschnass aufgewacht.

Lina, wo bist du? Es tut mir alles so leid. Hoffentlich geht es dir gut. Bitte komm zurück!!!!!

Dein Bruder Jo

3.

Das einlullende Ruckeln vom ständigen Beschleunigen und Abbremsen hat aufgehört, im Auto ist es still und Jonas' Gesicht brennt wie Hölle. Die Abendsonne scheint durch das offene Seitenfenster und die UV-Strahlen fräsen sich mit aller Kraft in seine linke Wange. Er muss auf seinem Rucksack eingeschlafen sein. Er hat tatsächlich geschlafen. Tief, ohne dass seine Gedanken verrücktgespielt haben. Er hat nicht mal bemerkt, wie sie in Barcelona angekommen sind oder wie sie sich an der Fähre in die Autoschlange gereiht haben. Die beiden, bei denen er mitfahren konnte, haben es sich in der Zwischenzeit auf der Motorhaube des Golfs gemütlich gemacht und ihn schlafen lassen.

Jonas richtet sich auf und schaut verschlafen zu den beiden Hinterköpfen, die auf der Windschutzscheibe liegen. Timon und Sunny, sicher eine Abkürzung von Sandra. Ob sie ein Paar sind? Oder beste Freunde? Jonas tippt auf beste Freunde, weil nur beste Freunde so hemmungslos ehrlich miteinander umgehen. Und gleichzeitig so wenig nachtragend sind. Aber vielleicht trügt ihn da auch seine Erinnerung, schließlich hat er die Zeit seit dem Verschwinden seiner Schwester lediglich dafür genutzt, sich aller Freunde zu entledigen. Mal mit einem lauten Knall, mal schleichend durch die Hintertür digitaler Missachtung. Die Wirkung war die gleiche. Den lautesten Knall gab es bei Paul, seinem Freund, der da war, seit Jonas denken kann. Und den er verletzt hat, wie nur beste Freunde es können.

Jonas wundert sich nicht, dass er gerade jetzt an Paul denken muss. Dieser Timon hat Ähnlichkeit mit ihm. Vor allem das schiefe Grinsen, das Paul perfekt draufhatte und weswegen er ihm nie böse sein konnte, ist fast identisch. Wegen diesem Grinsen hat er Paul jeden YouTube-Prank verziehen. Und sich im Gegenzug was noch Fieseres ausgedacht. Sie waren nicht schlecht darin, den anderen im Netz doof dastehen zu lassen. Ihr Kanal war der Renner, bis Jonas schließlich vor knapp zwei Jahren das letzte Video hochgeladen hat.

»Können wir jetzt aufhören, sauer aufeinander zu sein?«

Jonas hört Sunnys Stimme durch die offenen Autofenster und auch die Antwort von Timon, doch das Ja klingt noch nicht sonderlich überzeugend. Das scheint auch Sunny zu merken.

»Ja oder ja?«

»Ja, Mann. Aber wir sind jetzt seit knapp 18 Stunden unterwegs und davon warst du sechs Stunden schlecht gelaunt wegen Arschloch-Leon und weitere drei bockig wegen ihm.«

Jonas erahnt eine Kopfbewegung in seine Richtung.

»Wenn die Stimmungsbilanz die nächste Zeit so bleibt, wird das ein richtiger scheiß Urlaub.«

»Idiot. Du weißt genau, warum ich bockig war. Weil du unsere Abmachung gebrochen hast: nur wir zwei für die nächsten vier Wochen. Und weil du mich nicht mal gefragt hast, ob wir diesen Typ da mitnehmen sollen.«

»Das hab ich nur gemacht, weil du als Erste den anderen Teil unserer Abmachung gebrochen hast: keine Gespräche über Ex-Freunde.«

»Wir haben ja gar nicht darüber geredet. Ich hab mich nur über Leon aufgeregt. Du hättest nichts dazu sagen müssen.«

Jonas hört wieder weg und rafft seine Sachen zusammen. Kinderkram unter best friends braucht kein Mensch. Auch auf seinem Internat waren das die sich ständig wiederholenden Themen: Beziehungen, Sex, Betrug, Trennungen, Sex, neue Beziehungen. Als würde es auf der Welt nichts Wichtigeres geben. Niemand scheint sich daran zu stören, dass es immer der gleiche Mist ist. Mühlradartig werden immer wieder eine Handvoll bereits von Millionen Menschen durchlebter Emotionen neu durchgekaut, ohne dass es irgendeine Form der Weiterentwicklung gibt. Quasi eine weltumspannende Gemeinschaft, die unter dem Decknamen Liebe permanent auf der Stelle tritt, den einzelnen Mitgliedern aber vorgaukelt, man wäre jetzt auf DEM Weg, den alle anderen nur gesucht, aber nie gefunden haben.

Zugegeben, manchmal ertappt er sich bei dem Wunsch, auch dazuzugehören. Doch dann erinnert er sich daran, dass er ja schon mal so weit war. Dass er sich verliebt hatte und sich ganz sicher war, sein Weg halte was Besonderes für ihn bereit. Das tat er auch. An dem Tag ist seine Schwester verschwunden und er hat sich geschworen, niemals mehr im Leben auf diesen emotionalen Schwachsinn reinzufallen.

Jonas zieht sich sein Cap auf und öffnet die Tür, um endlich aus dem überhitzten Auto auszusteigen. Dabei hat er sofort die Aufmerksamkeit von Timon und Sunny. Er nickt den beiden kurz zu, Normalität vorgaukelnd. Timon lächelt ihn freundlich an.

»Na, ausgeschlafen?«

»Hm, danke fürs Mitnehmen.«

»Wir dachten, wir lassen dich schlafen, weil du so müde warst. Ist dir hoffentlich nicht zu heiß geworden da drin.«

»Nee, alles in Ordnung. Hab in den letzten Tagen schon mehr geschwitzt.«

»Das riecht man.«

Timon gibt Sunny unvermittelt einen Schubs, woraufhin sie schimpfend von der Motorhaube rutscht.

»Idiot.«

Jonas muss unwillkürlich lachen, ein kurzes Auflachen, mehr nicht. Dann nimmt er seinen Rucksack auf die Schultern und tippt sich zur Verabschiedung mit zwei Fingern an sein Cap. Doch Timon lässt ihn noch nicht gehen.

»Nimmst du auch die Fähre um halb zehn?«

»Ja, wenn ich noch ein Ticket bekomme. Sonst bleib ich noch eine Nacht in Barcelona. Ist ja auch 'ne coole Stadt.«

Jonas hofft, dass die beiden ihm das abkaufen. Eine coole Stadt wird Barcelona auf jeden Fall sein, wie scheißegal ihm das ist, müssen sie nicht wissen.

»Machst du auch Urlaub auf Mallorca?«

»Hm … kann man so sagen. Also, danke noch mal.«

Jonas würgt weitere Fragen ab. Besser so. Und Timons letzten Gruß, dass sie sich ja eventuell auf dem Schiff noch mal sehen, lässt er unerwidert an seinem Rücken abprallen. Er geht auf das Terminal zu, zielstrebig und mit einer für ihn seit Jahren völlig fremden Leichtigkeit. Ein Gefühl, das er früher beim Fußballspielen verspürt hat. Immer dann, wenn er kurz davor war, ein Tor zu schießen. Wenn es klar war, dass dieses Mal alles passt. Dass der Ball richtig kommt, der Torwart richtig steht und sein Anlauf die richtige Länge hat. Die Schwerelosigkeit des sicheren Erfolgs. Die Lässigkeit des Siegens.

Jonas weiß, dass dieser Fußballvergleich hinkt. Gerade jetzt. Doch die Leichtigkeit ist da, weil es sich für ihn wie ein Sieg anfühlt, der herbeigesehnten Ziellinie so nah zu sein.

29. 08. 16
Erster Schultag. Es war die Hölle. Alle wissen es. Alle sind nett zu mir. Total aufmerksam. Zum Kotzen. Zum Heulen. Aber den Gefallen tue ich niemandem.

Mama weint noch immer. Täglich. Stündlich. Am Telefon. Oma und Opa auch. Zum ersten Mal, als sie mich vom Flughafen abgeholt haben. Zum zweiten Mal im Auto nach Hause. Ein Zuhause ohne Lina. Ich heule nicht mehr. Nicht mehr öffentlich. Niemand soll sehen, wie kacke ich mich fühle. Lina bringt das nicht zurück.

Sie ist immer noch weg. Kein Lebenszeichen. Kein Entführer, der Geld will. ›Finding Lina‹ heißt die Kampagne, die weltweit gestartet ist. Menschen überall auf der Welt sollen sich melden, wenn sie Lina erkennen. Die Polizei geht nämlich davon aus, dass Lina nicht mehr auf Mallorca ist.

Das Foto der Kampagne hab ich gemacht. Mit meinem neuen iPhone. Ich hab in den letzten vier Jahren tausend Fotos von Lina gemacht, aber sie wollten eins aus dem Urlaub. Ein ganz aktuelles. Lina am Strand in ihrem Lieblings-Shirt mit Entenküken, die hinter ihrer Enten-Mutter herlaufen: ›Let's go to the beach‹ steht drauf. Lina hat jeder Ente einen Namen gegeben. Und sie jedem persönlich vorgestellt, der es hören oder nicht hören wollte. Ich wollte es immer hören.

Lina, was du wohl gerade machst? Normalerweise würdest du jetzt hinter mir auf meinem Bett sitzen und mir erzählen, wie es in der Kita war. Da muss immer jede Menge passiert sein, so viel wie du geredet hast. Wenn ich ganz ehrlich bin, hab ich nicht immer so richtig zugehört. Ich musste ja meine Hausaufgaben machen. Das hat dich nie gestört. Außer wenn ich so getan habe, als würde ich auf der Tischplatte einschlafen. Dann bist du wütend geworden. Aber auch nie richtig, weil du genau gewusst hast, dass ich nur Spaß mache. »Zuhören, zuhören«, hast du dann immer gerufen. Oder: »Furzkopf! Aufwachen!« Meistens hast du so sehr über den schlimmen Ausdruck Furzkopf gelacht, dass ich auch lachen musste. Keine Ahnung, woher du den hattest, von mir nicht.

Manchmal haben wir Hörbücher gehört. Du wolltest immer alles von Astrid Lindgren hören, weil die bei mir im Regal standen und angeblich so lustig aussahen. Ich glaube, du warst dafür noch viel zu jung und hast gar nichts kapiert. Du hast mir immer tausend Fragen gestellt. Ob es wirklich Menschen mit Propellern auf dem Rücken gibt. Ob ich auch schon mal eine Suppenschüssel auf dem Kopf hatte. Ob ich Tommy und Annika kenne.

Kurz vorm Urlaub haben wir mit ›Die Brüder Löwenherz‹ angefangen. Ich glaub, zehn Minuten haben wir zusammen gehört. Du hast gar nichts gesagt und wolltest hinterher nur, dass ich dich auch Krümel nenne.

Weißt du noch, dass du mir den Bauch gestreichelt hast, wenn ich mal nicht so gut drauf war? Wegen irgendeinem Kram in der Schule oder so. Du hast das komischerweise immer bemerkt und dann das gemacht, was wir bei dir, als du ganz klein warst, auch immer gemacht haben.

Gerade hab ich unsere Löwenherz-CD zu Ende ge-

hört. »Ja, Jonathan, ich sehe das Licht. Ich sehe das Licht.« Lina, wenn du jetzt nur da sein könntest, um mir den Bauch zu streicheln …

Du fehlst mir, kleiner Krümel, beste Schwester der Welt.

Jo

4.

Sunny spaziert über das Deck der Fähre, das mit den Passagieren besetzt ist, die keine Kabine zum Schlafen gebucht haben. Vor einer halben Stunde sind sie losgefahren. Kurz nach Sonnenuntergang. Der Blick vom Schiff auf die Stadt war wirklich beeindruckend. Sie konnte sich kaum sattsehen an den Farben, die sich im Minutentakt verändert haben. Barcelona im grellen Orange, der Himmel in allen Blautönen von Hell- bis Dunkellila und jetzt das kompromisslose Schwarz der Nacht, das die Sterne langsam zum Leuchten bringt. Sunny hat keine Ahnung, wie viele Fotos sie davon gemacht hat. Viel zu viele zum Anschauen natürlich. Aber noch viel zu wenige, um das eine Foto zu vergessen. Um dieses eine Foto in ihrem Handyspeicher so weit nach hinten rücken zu lassen, dass es irgendwann einfach nicht mehr wahr ist. Aus den Augen, aus dem Sinn … Aber immer wieder, wie zum Beispiel jetzt, scrollt sie doch nach oben, vorbei an allen Sonnenuntergängen und Schuljahresende-Partyfotos und klickt auf das Bild, das auch noch so ein verdammtes, sich für ein paar Millisekunden bewegendes Live-Foto ist. Und dann sieht sie den haarigen Finger ihres Frauenarztes, der in einem pixeligen Schwarzweißmischmasch einen kleinen, pochenden Punkt in der Mitte fixiert. Und dann hat sie wieder die Gewissheit, dass sie schwanger ist. Dass das alles kein böser Traum ist. Dass sie vor knapp neun Wochen den größten Fehler ihres Lebens gemacht hat.

Sunny hat wirklich keine Ahnung, wie das passieren konnte. Seit sie denken kann, hatte sie eigentlich immer alles im Griff. Alles hat funktioniert, sie hat funktioniert, weil sie funktionieren musste. Sie war die perfekte Tochter und die perfekte Schülerin, sie war die beste Ballerina und die hübscheste ihrer Freundinnen. Und als sie auf den Lindenthaler Freundinnen-Kram keinen Bock mehr hatte, kam Timon in die Klasse, vielleicht war es auch andersrum. Der Narbenmann hieß er bei den anderen jedenfalls sofort. Sie hat beschlossen, dass sie beste Freunde werden. Seither sind sie das. Unzertrennlich.

Und Jungs waren eben Jungs. Die meisten in ihrem Alter hatten Angst vor ihr oder dachten, dass sie was mit Timon hat. Von den älteren hat sie ein paar ausprobiert, aber wirklich spannend war keiner von denen. Und dann ist die Sache mit Leon passiert.

Zum ersten Mal hat sie ihn am Bleibtreusee gesehen, auf dieser Wakeboard-Anlage. Letzten Sommer war das, er hat dort gejobbt. Sie ist ins Wasser gefallen und er hat sie ausgelacht. Noch viel mehr hat er gelacht, als sie ihn deswegen wütend zur Rede stellte. Und gar nicht mehr aufhören konnte er, als sie ihm mit einer Anzeige wegen unterlassener Hilfeleistung drohte. Schließlich sind ihre Eltern Anwälte. Warum sie sich (laut Timon) so peinlich verhalten hat, weiß Sunny heute auch nicht mehr. Normalerweise geht ihr so ein kindisches Verhalten am Arsch vorbei. Aber eben nicht bei Leon. Wäre Timon damals nicht so sehr mit der eifersüchtigen Finja beschäftigt gewesen, hätte er sie vielleicht vor dem ganzen Schlamassel bewahrt. Konjunktiv-Scheiße, weiß Sunny, sie hätte sich wahrscheinlich auch von Timon nicht abhalten lassen.

Nach dem ersten Zusammentreffen mit Leon trainierte Sunny wie versessen zwei Wochen auf einer anderen Wakeboard-Bahn, um ihm zu beweisen, dass sie es draufhat. Am großen Tag dann fuhr sie wie eine Göttin übers Wasser, doch zu ihrem Frust bemerkte Leon sie erst kurz vor dem Ende der dritten Runde. Immerhin war er dann ein bisschen beeindruckt. Logischerweise ließ Sunny ihn geplant abblitzen, was jedoch nicht dazu führte, dass Leons Ehrgeiz geweckt war. Es passierte rein gar nichts und Sunny hatte zum ersten Mal in ihrem Leben Liebeskummer.

Irgendwann im Herbst griff sie dann im Beisein von Timon zum peinlichsten aller Mittel, abgeschaut in den zahlreichen romantischen Filmen, mit denen sie sich durch ihre Liebeskummer-Phase geschleppt hatte: Sie schüttete Leon »aus Versehen« einen Kaffee über den Pulli, als sie ihn zufällig bei Starbucks in der Stadt entdeckte. Zur Wiedergutmachung lud sie ihn zu einem Ersatz-Kaffee ein und am Ende des Nachmittags hatte Leon sie auf Wolke sieben katapultiert. Sogar Timon musste zugeben, dass Leons Gründe für seine Zurückhaltung im Sommer exzellent waren. Leon wollte sich nicht auf irgendwas Emotionales einlassen, weil er kurz nach ihrem Zusammentreffen am Bleibtreusee nach Afrika aufgebrochen war, um dort chancenlose Kinder zu unterrichten. Da das Projekt noch bis Januar dauerte und er im Herbst nur für ein paar Tage in Köln war, schwebte Sunny durch das restliche Jahr, bis sie Leon Anfang des Jahres in Frankfurt vom Flughafen abholen konnte. Von dem Zeitpunkt an waren sie ein Paar.

Sunny wird aus ihren Gedanken gerissen, als über einen plärrenden Lautsprecher die Verhaltensweisen im Notfall durchgesagt werden. In vier Sprachen, die sich alle irgendwie gleich anhören. Nur kurz versucht sie, dem Kauderwelsch zu folgen, um dann lieber wieder nach der Antwort zu suchen, die sie schon seit Monaten nicht findet. Die Antwort auf die Frage, warum sie nicht schneller erkannt hat, was für eine Flachpfeife Leon ist. Seine selbstlose Afrikahilfe, in die sie sich teilweise mitverliebt hat, diente ihm im Endeffekt nur dazu, einen Studienplatz an einer Privatuni zu bekommen. Und während sie noch euphorisch nach Projekten suchte, bei denen sie nach dem Abi ebenfalls humanitäre Hilfe leisten könnte, kompensierte er das letzte halbe Jahr im Ausland auf seine Art, unter anderem mit dieser Kackbratze Ann aus ihrer Schule.

Am allerschlimmsten und allerblödesten und am allerallerunverständlichsten ist aber weiterhin die Tatsache, dass sie sich noch mal auf ihn eingelassen hat. Dieses eine Mal, von dem niemand, schon gar nicht Timon, weiß und weswegen sie jetzt dieses Foto in ihrem Handyspeicher hat.

Sunny versetzt dem Rettungsring vor ihr an der Reling einen kräftigen Tritt. »Du bist so eine blöde Kuh, echt!«

»Alles klar?«

Sunny dreht sich ruckartig nach links. Hinter einer Rettungsbootkapsel neben ihr sitzt Jonas mit angewinkelten Beinen, fast unsichtbar in einem schwarzen Hoodie. Die Kapuze bedeckt seine blonden Haare. Die dunklen Augen blitzen sie an.

»Mann, hast du mich erschreckt.«

»Wollte ich nicht. Alles klar?«

»Ja, klar ist alles klar. Was soll nicht klar sein?«

»Keine Ahnung. Sah gerade so aus.«

»Dann sah das eben falsch aus. Gute Nacht.«

Sunny dreht sich weg, um von Jonas fort und zurück in die Kabine zu gehen, als er ihr leise eine weitere Frage stellt, von der sie sofort hofft, sie falsch verstanden zu haben.

»Bist du schwanger?«

»Was?«

»Bist du schwanger?«

Sunny versucht verzweifelt ihrer Stimme einen abfälligen Ton zu geben: »Was redest du denn für Müll? Besser, du sagst weiter gar nichts, kommt ja eh nichts Anständiges raus.«

»Sorry, war nicht böse gemeint. Du hast mich gerade nur an jemanden erinnert.«

Sunny überlegt fieberhaft, wodurch sie sich verdächtig gemacht hat. Wenn dieser Idiot sie schon durchschaut, dann sehen das ja bald alle. Auch und vor allem Timon, dem sie es schon auf der Fahrt sagen wollte, sich aber wieder mal nicht getraut hat. Aus Angst, ihn als besten Freund zu verlieren, weil sie genau das Gegenteil von dem gemacht hat, was er ihr tausendmal geraten hat: Finger weg von Leon. Und außerdem hat sie keinen Plan, mit dem sie ihn überzeugen könnte, dass alles gar nicht so schlimm ist. Sie ist sich noch nicht mal sicher, ob sie das Kind behalten will, wobei es für einen Abbruch nach der Reise wahrscheinlich zu spät sein wird.

»Hallo.« Jonas winkt Sunny aus ihren Gedanken zurück. »Ich wollte dir da nichts unterstellen, ging mir eben nur so durch den Kopf.«

Sunny würde Jonas am liebsten eine ballern, so rasend macht sie die Tatsache, dass ausgerechnet dieser dahergelaufene Psycho ihr Geheimnis kennt. Einmal richtig mit der Faust auf die Nase, vielleicht auch zwei- oder dreimal, bis er nicht mehr sagen kann, ob er sich auf einer Fähre nach Mallorca oder zum Mond befindet. Aber das wäre ja nur die Bestätigung, dass seine Vermutung stimmt. Darum entscheidet sie sich für einen gewaltlosen Themenwechsel.

»Was hast du eigentlich angestellt?«

»Ich? Nichts. Warum?«

»Verarschen kann ich mich selber. Du hängst auf irgendeiner versifften Toilette rum, stinkst wie der letzte Junkie, bist nicht mal sonderlich freundlich, wenn man dir Hilfe anbietet, und reden tust du auch nicht – und wenn, dann nur dummes Zeug. Das ist doch nicht normal.«

»Was ist schon normal? Mit 'nem Rettungsring reden?«

Sunny könnte platzen vor Wut, versucht aber weiterhin die Coole zu mimen.

»Kannst von Glück sagen, dass Timi dich heute gefunden hat. Ich hätte dich auf dem verschissenen Parkplatz sitzen lassen. Das ist mal so was von sicher.«

Ohne Jonas eines weiteren Blickes zu würdigen, geht sie einen Schritt auf die Tür zum Innendeck zu, aus der genau zeitgleich Timon spaziert. Er winkt schon von Weitem und kommt ihr schnurstracks entgegen. Sunny gerät in Panik. Was soll sie tun? Timon wird Jonas sicher gleich bemerken. Er wird noch mal mit ihm reden wollen. Und dann? Was gibt ihr die Sicherheit, dass Blondi seinen Mund hält? So wie der drauf ist, genießt er es doch, sie mit seiner Vermutung vor Timon bloßzustellen.

Ruckartig dreht sie sich zu Jonas um und zischt ihm drohend zu: »Kein Wort oder ich bring dich um.«

»Hey, da bist du ja! Ich hab dich schon gesucht.«

Sunny zwingt sich zu einem Lächeln, als Timon sie erreicht.

»Ich wollte gerade zurückkommen. Ist arschkalt, seit die Sonne weg ist.«

Beim letzten Teil ihrer Antwort sieht sie, wie Timons Augen hinter ihren Rücken wandern und Jonas entdecken.

»Krass, ihr habt euch gefunden. Hi, Jonas, ist ja cool, dass du noch ein Ticket für die Fähre bekommen hast.«

Jonas hebt seinen Arm zu einem zurückhaltenden Gruß.

»Geht's dir denn besser? Siehst auf jeden Fall nicht mehr ganz so fertig aus wie heute Mittag.«

»Ja, alles gut. Danke.«

Sunny überlegt fieberhaft, wie sie die einseitige Unterhaltung schnell beenden kann. Auf keinen Fall will sie die beiden allein lassen.

»Sollen wir zurück in die Kabine gehen, Timi? Mir ist echt kalt.«

»Klar, machen wir. Und du, Jonas? Ist dir hier draußen nicht auch zu kalt?«

»Nee, frische Luft nach dem Tag heute tut ganz gut.«

Sunny weiß nicht, ob der Wind genau in diesem Augenblick seine Richtung dreht oder das Schiff nur seinen Kurs, jedenfalls stehen sie plötzlich in einer Wolke aus fiesen Schwerölabgasen, die Jonas' Aussage mit der frischen Luft zunichte macht. Timon muss grinsen.

»Stimmt, die Luft ist wirklich mega.«

Überraschenderweise lächelt Jonas kurz zurück und Sunny muss ebenso überrascht zugeben, dass Jonas dieses Lächeln ziemlich gut steht. Seine Augen werden auf einmal wärmer und in seinen Mundwinkeln bilden sich kleine Grübchen. Doch so schnell das Lächeln aufgetaucht ist, so schnell ist es auch wieder verschwunden.

»Vielleicht suche ich mir doch 'nen anderen Platz.«

»Hey, ganz ehrlich, wenn du magst, kannst du bei uns in der Kabine schnell duschen und dann immer noch die ganze Nacht hier draußen chillen. Hat nach der langen Fahrt gerade voll gutgetan. Sunny, für dich doch okay, oder?«

Sunny zuckt nur mit den Schultern, was soll sie zu Timons Hilfsbereitschaft auch sagen. Dass sie davon die Nase voll hat, dass sie Jonas nicht mehr sehen will, weil er ihr nicht geheuer ist, dass sie Timon unter vier Augen endlich gestehen muss, dass sie schwanger ist, bevor es dieser Idiot tut?

»Klar, ist okay. Nötig hat er es ja.«

Und bevor Jonas überhaupt protestieren kann, schnappt Timon sich schon seinen Rucksack und reicht ihm die Hand, um ihn hochzuziehen.

»Jetzt komm, du kannst dann noch die ganze Nacht allein hier rumsitzen.«

* * *

Sunny und Timon haben Jonas, der schließlich jeglichen Widerstand aufgegeben hat, in ihrer Kabine abgeliefert und holen sich für die Nacht an einem Automaten noch was zu trinken.

»Das ist bei dir echt schon krankhaft.«

»Was?«

»Dass du immer helfen musst.«

»Mann, da ist doch jetzt nichts dabei, dass der bei uns schnell duscht. Wir werden ihn danach nie wiedersehen.«

»Will ich hoffen.«

Timon legt Sunny seinen Arm um die Schulter.

»Außerdem wolltest du doch die ganze Welt verbessern, als du mit Leon zusammen warst. Ich mach das halt mit so kleinen Dingen. Und verbessere mein Umfeld.«

Sunny verdreht ihre Augen.

»Kotz. Außerdem kein Gequatsche über Exen im Urlaub.«

»Stimmt, sorry.«

Timon kramt Kleingeld aus seinem Portemonnaie und studiert die riesige Getränkeauswahl.

»Worüber habt ihr eigentlich geredet, bis ich dazugekommen bin? Hat er was erzählt, woher er kommt oder warum er unterwegs ist?«

Unwohl erinnert Sunny sich an das Gespräch.

»Kein Wort. Ich glaub fast, dass der Autist ist oder so was.«

»Hm, komisch, aber irgendwie auch interessant. Das passt alles so gar nicht zusammen.«

Sunny will nicht länger über Jonas reden. Sie ist nur froh, wenn er nach dem Duschen auf Nimmerwiedersehen verschwunden ist. Immerhin diese Aussicht lässt ihr Launebarometer wieder leicht ansteigen.

»Komm, wir machen ein Urlaubs-Selfie. Haben wir auf der Fahrt bisher noch viel zu wenige gemacht.«

Gemeinsam positionieren sie sich vor dem Getränkeautomaten und richten Sunnys Handykamera aus. Timon, mit seiner eiskalten Cola in der Hand, lacht vorfreudig, unbeschwert, schließlich haben sie vier Wochen Urlaub vor sich. Sunny lacht auch, sogar fast authentisch, nur in ihren Augen steht ganz klar die Erkenntnis, die sie auch vorhin schon hatte, dass sich ein Geheimnis, ihr Geheimnis, nicht so einfach wegfotografieren lässt.

* * *

Jonas steht in der winzigen Innenkabine und zieht sich aus. Das Toilettenbad, ein 1,5-Quadratmeter-Räumchen aus Vollplastik, ist dafür zu klein. Er schaut sich um. Was für ein Sarg. Nur an der Stelle, an der das Fenster sein müsste, ist die Holzverschalung unterbrochen. Ein gemaltes Bild zeigt den Ozean, weit, grenzenlos. Der türkisdunkelblaue Teppich, vollgestellt mit den Taschen von Sunny und Timon, nimmt die Farben des Bildes auf und verstärkt den sicherlich gut gemeinten Eindruck klaustrophobischer Illumination.

Jonas wendet sich ab. Was macht er überhaupt hier? Er wollte keinen Kontakt, zu niemandem, und hatte sich extra im hintersten Winkel der Fähre versteckt. Jetzt steht er in diesem Furnier-Kokon und soll duschen. Bestimmt von einem Fremden. Fremdbestimmt. Als wäre Duschen das Elementarste überhaupt. Als wäre man danach wirklich ein neuer Mensch, wie so viele behaupten. Dieser Timon schien daran jedenfalls keinen Zweifel zu haben, als er ihm die Hand reichte. Und für den kurzen Augenblick ihres Handschlags wollte er ihm glauben.

Jonas zieht seine Shorts aus und vermeidet den Blick in den mannshohen Garderobenspiegel. Er musste sich heute schon einmal mit seinem Äußeren auseinandersetzen. Dass er dünn geworden ist, sieht er auch so. Viel zu dünn.

Plötzlich hört er Stimmen auf dem Flur, Stimmen von anderen Passagieren, durch die er daran erinnert wird, sich zu beeilen. Weil er aus dem Leben der beiden verschwunden sein will, wenn sie zurückkommen. Besser gesagt, und das gesteht er sich ein, als er das Wasser der Dusche aufdreht, sollen die beiden endlich wieder aus seinem verschwinden.

Überraschend kraftvoll schießt das Wasser aus der Düse. Kraftvoll und heiß. Obwohl er es kaum vermisst hat, genießt Jonas die Wasserstrahlen, die wie wohltuende Nadelstiche sein Gesicht bedecken. Und er genießt auch die Geborgenheit, obwohl sie nur vorgegaukelt ist, wenn der Körper sich im Kondensnebel völlig aufzulösen scheint. Manchmal, daran erinnert er sich jetzt auch, hat er es in solchen Momenten schon geschafft, seine Gedanken fliegen zu lassen. In eine Welt ohne Schmerzen und Schuld. Zu einem Leben mit Lina. Vielleicht kennt Timon diese Reisen auch, vielleicht hat er ihn deshalb beinah dazu gezwungen, dieses Angebot anzunehmen. Aber woher sollte Timon wissen, wie es in ihm aussieht? Schmerzen, da ist Jonas sich sicher, kennt Timon. Die Narben, die an seinem Hals zu sehen sind und sich wahrscheinlich über den ganzen Oberkörper erstrecken, also die Entstehung davon, muss mit gewaltigen Schmerzen verbunden gewesen sein. Er würde ihn gern danach fragen. In Erfahrung bringen, ob sich Narben auf der Haut anders anfühlen als darunter. Doch dazu wird es keine Gelegenheit mehr geben.

Jonas seift sich schnell ein und dreht den Hahn auf kalt, um das pure Genießen zu beenden. Er hat ein Ziel und das möchte er möglichst schnell und ohne weitere Umwege erreichen. Noch nass bindet er sich das Handtuch um die Hüften, um aus seinem Rucksack in der Kabine neue Klamotten zu holen. Doch als er sich bückt, spürt er, dass sein Körper dem wenigen Essen, dem fehlenden Schlaf und der heiß-kalten Dusche nichts mehr entgegenzusetzen hat. Ihm wird schwindlig, er muss sich setzen. Nur einen Augenblick. Nur eine Minute erholen, wie schon mal heute, kurz bevor er Timon kennengelernt hat.

Jonas streckt sich auf einem der Betten aus. Er atmet tief durch, um seinen kreisenden Kopf mit dem Wellengang in Einklang zu bringen, lauscht auf das monotone Brummen der Schiffsmotoren und ist eingeschlafen, bevor er sich dazu zwingen kann, sofort wieder aufzustehen. Er bekommt nicht mal mehr mit, wie Timon und Sunny die Kabine betreten und überrascht feststellen, dass ihr gemeinsamer Weg nicht nur ein kurzer, schnell zu vergessender Streckenabschnitt war, sondern länger als gedacht auf den gleichen Koordinaten entlanglaufen wird.

08. 09. 16

Heute erster Tag bei einer Jugendtherapeutin. Dr. Seelscheid. Wie passend. Vielleicht auch ein Künstlername. Ob Psychologen das machen?

Scheint nett zu sein, nicht so nett wie Señora Lorca, aber auch nicht so streng. Und in Ordnung. Komisch, dass es immer Frauen sind, die mit mir reden. Vielleicht denken sie, dass ich mich ihnen als Schwuler eher öffne? Hab ich heute nicht gemacht. Was weiß sie schon? Wo Lina ist? Sicher nicht. Wie meine Albträume weggehen? Wohl kaum.

Mama und Papa streiten gerade unten. Die spanische Polizei hat angerufen: Der verdächtige Nachbar der Ferienanlage ist wieder frei. Hat wohl als 18-Jähriger eine 14-Jährige missbraucht, mit Linas Verschwinden aber nichts zu tun. Mama hat nach dem Telefonat wieder eine Flasche Wein aufgemacht, Papa hasst das. Aber warum? Soll sie doch trinken, wenn es ihr damit besser geht. Er macht nur noch Sport und verdächtigt alle: die Polizei (öffentlich), den Hotelmanager (persönlich), Pauls Eltern (heimlich), meinen Erzeuger (lächerlich, wahrscheinlich um mir und meiner Mutter wehzutun) … Ich würde auch gern trinken. Und rauchen. Aber beides macht die Albträume schlimmer. Ich hab's ausprobiert.

Die Therapeutin wollte alles über den Tag wissen, an dem Lina verschwunden ist. Wie die letzten Stunden mit ihr für mich waren. Immer und immer und immer wieder. Lieber würde ich den Tag streichen, statt ihn ständig zu wiederholen. Hab ihr aber das Versprechen gegeben, es aufzuschreiben. Schreiben fällt mir inzwischen leichter als reden. Beim Schreiben muss ich mich nicht rechtfertigen. Oder mich anschauen lassen, als würde ich immer nur die halbe Wahrheit erzählen. Was ja meistens auch stimmt.

Zum Beispiel: Warum kommst du nicht mehr zum Fußballtraining? Gesagte Erklärung: Hab keine Zeit mehr. Geschriebene Erklärung: Will Paul nicht noch häufiger sehen. Bin schon froh, dass wir in Parallelklassen sind und ich ihm aus dem Weg gehen kann.

Warum hast du aufgehört, Gitarre zu spielen? Gesagt: Hab keine Zeit mehr. Geschrieben: Weil ich es probiert habe, die Gitarre sich aber falsch anhört, seit Lina nicht mehr zuhört.

Geht's dir gut? Kommst du mit der Sache klar? Gesagt: Ja, geht schon. Geschrieben: Fick dich, wenn du auch nur die geringste Ahnung hättest, wie das ist, für das Verschwinden seiner Schwester verantwortlich zu sein, würdest du diese Frage niemals stellen.

Letzter Tag mit Lina – für Frau Dr. Seelscheid:

Paul und ich haben uns morgens vor dem Frühstück an der großen Treppe zum Strand getroffen. Vor dem Hauptgebäude. Die Hotelanlage besteht ja aus einem großen Gebäude und lauter kleinen Bungalows. Paul und ich (mit Lina!) wohnten mit unseren Eltern in einem Bungalow, jeweils am anderen Ende des Gartens. Wir haben uns da jeden Morgen getroffen. Krass eigentlich, dass wir immer so früh aufgestanden sind, obwohl Ferien waren. Aber es war die beste Zeit des Tages. Nur ein paar Hotelangestellte, Rentner und wir waren auf dem Gelände unterwegs. Der Strand war um diese Zeit immer noch komplett leer. Normalerweise haben wir uns dann zwei Surfbretter geschnappt, sind aufs Meer raus und haben uns im Wellenreiten versucht. Nach zwei Wochen Mallorca waren wir da richtig gut drin. Aber an diesem Morgen war das Meer glatt wie ein Spiegel. Es ging kein Wind, es gab keine Wellen, dafür waren es schon fast 30 Grad. Wir sind ein bisschen am Strand entlanggelaufen, weil wir nicht so genau wussten, was wir jetzt machen sollten. Paul hatte dann, glaub ich, die Idee, die Felsen am Ende der Bucht hochzuklettern, um nachzusehen, was auf der anderen Seite ist. War natürlich ein Privatweg mit Verbotsschildern und so, hat uns aber nicht gestört. Hätten ja zur Not immer noch sagen können, dass wir das spanische ¡prohibido el paso! nicht verstanden haben. Immerhin gab es einen Weg. Der war aber total bewachsen von so trockenen Stachelbüschen. Nach 50 Metern hatten wir beide blutige Knöchel, weil wir nur unsere Flipflops anhatten. Waren aber schon zu weit, um einfach umzukehren. Also sind wir weiter, hat-

ten nach 500 Metern alles voller Stacheln und kämpften zusätzlich noch gegen Stechmücken. Wir beschimpften uns gegenseitig, Idioten zu sein, bis wir die kleine Bucht unter uns entdeckten. Zehn Meter lang und vielleicht zwanzig Meter breit, der Sand weiß, das Wasser türkis. Von oben sah es so aus, als wäre dort noch nie jemand gewesen. Wir klatschten uns ab, weil wir das Paradies entdeckt hatten. Die letzten Meter bergab sind wir gerannt. Bis ins Wasser. Es war der schönste Strand der Welt. Wir fühlten uns wie Entdecker, obwohl der Strand Luftlinie nur ein paar Hundert Meter vom Hotel entfernt lag. Wir waren voll überdreht, kämpften miteinander und tauchten uns gegenseitig unter. Und als wir uns danach für ein paar Minuten am Strand ausruhten, waren wir uns einig, dass die letzten zwei Wochen die schönsten unseres Lebens waren.

Auf dem Rückweg zum Hotel hatte Paul dann die Idee, abends noch mal zu dieser kleinen Bucht zu gehen. So als perfekter Abschluss von perfekten zwei Wochen – mit Musik und Alkohol, den er noch besorgen wollte. Ich hab nicht nachgefragt, weil ich wusste, dass er den im Hotelsupermarkt klauen geht. Uns hätte das doch niemand verkauft. Haben wir außerdem zu Hause in Frankfurt auch schon ein paarmal gemacht. Nicht mit Sangria, nur mit so Bier-Mix-Kram.

Beim Frühstück haben wir niemandem von unserer Entdeckung erzählt. Lina ging es endlich wieder besser, sie war drei Tage lang total erkältet. Aber an dem Morgen war alles wieder gut und weil meine Eltern ihr versprochen hatten, dass sie im Urlaub Tiere sehen darf, war das also der Tagesplan: auf eine Finca in der Nähe des Hotels zu fahren, wo es Pferde, Ziegen und Schafe zum Streicheln gab. Ich sollte mit, obwohl ich keine Lust hatte. Aber als Lina krank war, hab ich es ihr versprochen. Und an dieses Versprechen konnte sie sich ziemlich gut erinnern.

Im Nachhinein bin ich natürlich froh, dass ich dabei war. Wir hatten einen tollen Tag zusammen. Lina war verliebt in die Babyschafe und unser Papa wurde von einer Ziege attackiert, was wir alle ziemlich lustig fanden. Danach waren wir noch Eis essen und kurz am Strand und meine Eltern sagten ständig, dass sie gar nicht zurück nach Deutschland wollen.

Beim Abendessen mit Paul und seinen Eltern kam dann kurz schlechte Stimmung auf, weil meine Eltern mich dazu verdonnerten, später auf Lina aufzupassen. Sie wollten mit Pauls Eltern noch in irgendeine Bar. Ich war genervt, weil der Abend ja schon mit Paul verplant war. Aber wir wollten beide auch nicht verraten, was wir vorhatten. Sie hätten es uns eh verboten. Also hab ich noch genörgelt, bis Paul mir unter dem Tisch einen Tritt gegeben hat und unserem Babysitter-Job zustimmte.

So um halb acht kamen die drei dann zu unserem Bungalow und die Erwachsenen gingen los. Sie wollten so um zehn zurück sein. Paul zeigte mir erst seine Ausbeute des Tages (zwei Flaschen Sangria) und spielte danach mit Lina und mir noch eine Runde Memory. Paul und Lina haben sich immer gut verstanden. Lina mochte Paul total, weil er ziemlich kitzelig war (oder jedenfalls so tat) und das liebte sie. Nach einer Runde Memory und der obligatorischen Kitzel-Action brachten wir Lina ins Bett. Sie schlief sofort ein. Es war kurz nach acht.

Paul und ich sind dann los. Ich war mir sicher, dass das okay ist, weil Lina nachts nie aufwacht. Und wir wollten vor unseren Eltern zurück sein. Dieses Mal waren wir besser ausgerüstet. Mit langen Hosen und festen Schuhen wegen diesem ganzen Stachelzeugs. Eine Taschenlampe hatten wir auch dabei. Wir kamen schnell voran, jetzt kannten wir ja den Weg.

Die kleine Bucht war abends noch schöner als am Tag. Licht kam nur vom Mond, das Wasser war ganz ruhig und außer unserem Atem gab es kein Geräusch (ganz weit weg ein paar Flugzeuge, die im Sommer ja bis spätnachts im Minutentakt starten). Wir badeten, wir hörten Musik und wir tranken Sangria. Es war perfekt.

So um halb zehn machten wir uns auf den Heimweg. Für den Rückweg brauchten wir jedoch viel länger, weil wir kurz vorm Abstieg zu unserem Hotelstrand eine falsche Abzweigung genommen hatten. Vielleicht weil wir etwas betrunken waren, keine Ahnung. Um halb elf waren wir jedenfalls wieder am Hotel, Paul ging schlafen und ich entdeckte, nachdem ich erst noch froh war, vor meinen Eltern da zu sein, dass Lina nicht mehr in ihrem Bett lag. Das war der Tag, an dem Lina verschwunden ist. Schön bis fast zum Schluss.

Jo

5.

Timon kann nicht schlafen.

1. Schiffe machen ihn nervös. Sie erinnern ihn an den letzten Dänemark-Urlaub mit seinen Eltern. Kurz vor dem Unfall sind sie auch mit einer Fähre gefahren. Und seither verbindet er damit nichts Gutes. Aber weil er das vor Sunny nicht zugeben wollte und sie gegen fliegen war, angeblich wegen der Umwelt und weil ein Auto auf Mallorca praktisch ist, er vermutet eher, um nicht so zu sein wie ihre Vielflieger-Eltern, liegt er jetzt also hier.
2. … liegt er nicht nur hier, er liegt genau neben ihr! Das ist zwar nichts wirklich Neues, schließlich sind sie schon oft nebeneinander eingepennt (einer von ihnen schläft bei Binge-Watching-Nachmittagen immer ein), aber noch nie lagen sie so dicht beieinander auf einer 90-cm-Matratze mit

nur einem Kissen und einer Decke. In Löffelchenstellung! Anders reicht der Platz nicht aus. Und darum hat er jetzt Sunnys rote Haare im Gesicht, riecht zwangsläufig an ihnen, riecht freiwillig an ihnen und konzentriert sich gleichzeitig darauf, dass sonst nichts passiert. Er will auf jeden Fall vermeiden, dass Sunny von seinem Schwanz erfährt, was wirklich in ihm vorgeht. Er wird es ihr sagen, vielleicht sogar während dieser Reise noch. Auf jeden Fall bevor sich ihre Wege trennen, was nach dem Abi zwar niemand wahrhaben will, aber zwangsläufig passieren wird. Er wird ihr sagen, dass er genau davor am meisten Angst hat, vor dem Auseinanderdriften ihrer Freundschaft, weil ein Tag ohne sie schlimmer für ihn ist als zwanzig Schifffahrten. Aber jetzt kann er es noch nicht tun, weil sie viel zu sehr mit der Trennung von diesem doofen Leon beschäftigt ist.

3. … kriegt er kein Auge zu, weil Jonas, der auf der Liege nebenan schläft, extrem unruhig ist. Obwohl es in der engen Kabine stockdunkel ist, hört er, wie Jonas sich ständig bewegt und manchmal leise, manchmal lauter vor sich hin keucht.

Um sich von Sunny abzulenken, rätselt Timon, was in Jonas vorgeht. Was sich wohl in seiner anstrengenden Traumwelt abspielt. Doch eine befriedigende Erklärung findet er nicht. Es erhärtet nur einmal mehr seinen Verdacht, dass mit Jonas etwas nicht stimmt. Vor seinem inneren Auge taucht das Bild wieder auf, wie er mit Sunny zurück in die Kabine kam. Jonas, friedlich schlafend, die blonden Haare nass, das um die Hüfte gebundene Handtuch unbemerkt verrutscht. Weder Sunny noch er wussten im ersten Augenblick, was sie tun sollten. Ihn aufwecken und sagen, dass er besser doch an Deck übernachten sollte? Ihn schlafen lassen, weil er erneut so aussah, als hätte er die Ruhe dringend nötig? Hätte Jonas nicht fast nackt vor ihnen gelegen, wäre es sicher zu einer Diskussion gekommen, bei der Sunny sich durchgesetzt hätte. Sie fand Jonas, das weiß Timon, vom ersten Moment an merkwürdig und hätte darauf bestanden, ihn rauszuschicken. Nun lag Jonas aber da, wie er dalag, und Timon hat getan, was ihm in dem Moment richtig erschien. Er hat einfach eine Decke über ihm ausgebreitet und Sunny flüsternd zu verstehen gegeben, dass sie sich ein Bett teilen müssen.

Hätte Timon geahnt, mit wie viel Anstrengung das für ihn verbunden ist, hätte er … Er kann den Gedanken nicht zu Ende denken. Ein Schrei durchbricht die Stille. Ein Schrei, wie er ihn noch nie gehört hat. Laut. Unwirklich. Angsteinflößend.

Timon setzt sich auf, sein Herz rast. Gleichzeitig spürt er, wie Sunnys Hand sich in seinen Oberschenkel krallt.

Er hört Panik in ihrer Stimme: »Timi, was war das?«

»Keine Ahnung, wo ist das verdammte Licht?«

Sunny findet den Schalter. Das Licht geht an. Timons Augen müssen sich kurz an die Helligkeit gewöhnen. Dann sieht er Jonas, zusammengekauert in der Ecke des gegenüberliegenden Bettes. Sein Gesicht ist bis zur Unkenntlichkeit verzogen.

Er ist schweißnass und wimmert unverständliche Dinge vor sich hin. Was Timon dabei am meisten schockiert: Jonas scheint noch tief und fest zu schlafen.

»War der das? Hat der so geschrien?«

Timon weiß keine Antwort auf die Frage und sieht aus dem Augenwinkel, wie Sunny sich ihre Bettdecke bis zur Nase hochzieht.

»Mach was! Wegen dir ist der hier.«

Timon weiß, dass Sunny recht hat. Unwohl steht er auf und stellt sich vor Jonas' Bett.

»Jonas! Hey! Hörst du mich?«

Doch die Hoffnung, dass Jonas dadurch zur Ruhe kommt und aufwacht, zerschlägt sich direkt. Wild wehrt er mit seinen Armen unsichtbare Gegner ab und gibt dabei Töne von sich, die er selbst, so scheint es, kaum ertragen kann.

Timon berührt ihn an den Schultern und schüttelt ihn leicht. »Jonas, verdammt, du musst aufwachen!«

Mit ungeheurer Kraft wird Timon von Jonas gepackt und nach vorn gezogen. Sein Kopf knallt gegen die Kabinenwand, Sunny stößt einen Schrei aus, seine Nase beginnt direkt zu bluten. »Scheiße, Mann. Fuck!«

Das Blut aus Timons Nase hinterlässt eine rosafarbene Spur auf Jonas' Schulter und Oberkörper und sammelt sich als See unter Jonas' Rücken, doch der ist weit davon entfernt, das zu bemerken. Mit Händen und Füßen wehrt er sich wie im Wahn gegen Timon, der ihn mit seinem ganzen Körpergewicht auf dem Bett fixiert hält. Es zumindest versucht.

Doch gerade als Timon spürt, dass ihm die Kraft ausgeht, seinen Gegner länger in Schach zu halten, landet der Inhalt von Sunnys Eisteeflasche auf Jonas' Gesicht und teilweise auch auf seinem.

Sofort ist Ruhe in der Kabine, nur das angestrengte Atmen der beiden Jungs ist noch zu hören.

»Scheiße! Scheiße! Scheiße!«

Timon rollt sich langsam von Jonas runter und hält sich die blutverschmierte Nase zu. Er sucht den Blick von Sunny, die mit ihrer Flasche noch immer wie erstarrt mitten in der Kabine steht. Zitternd wendet sie sich schließlich von Jonas ab und hilft Timon hoch.

»Ich wusste nicht, was ich sonst machen soll. Brauchst du was? Da vorn liegen Tempos.«

Timon formt sich aus den Taschentüchern zwei Kugeln, um seine Nasenlöcher zu verstopfen und die Blutung zu stillen. Dabei lässt er Jonas nicht aus den Augen, der mit zur Wand gedrehtem Kopf in seinem Bett sitzt und angestrengt versucht, die Tränen, die über sein Gesicht laufen und sich mit dem Eistee vermischen, vor ihnen zu verbergen.

Timon und Sunny schauen sich hilflos an. Keiner von ihnen hat so was schon einmal erlebt. Nicht mal Timon mit seinem Ex-Mitbewohner und angeblichen Ex-Junkie Eric.

Unbeholfen setzt er sich ans Ende von Jonas' Bett, während Sunny im Schneidersitz auf ihrem Kissen Platz nimmt, gespannt darauf, ob sie eine Erklärung dafür bekommen werden, was gerade passiert ist.

»Jonas, ist wieder alles gut?«

Timons sanfter Versuch, Jonas zum Reden zu bringen, zerstört zwar die angespannte Stille, die erhoffte Reaktion bleibt allerdings aus.

»Jonas«, Timon schaut Sunny dabei Rat suchend an, »du musst irgendwas sagen, Alter. Und wenn's nur 'ne Entschuldigung dafür ist, dass du mir gerade fast die Nase gebrochen hast.«

Immerhin das zeigt Wirkung. Jonas fährt sich mit seiner Hand durchs Gesicht, drückt mit den Daumen in seine Augen, als würde das seine Tränen zum Versiegen bringen, und räuspert seine belegte Stimme.

»Tut mir leid, das wollte ich nicht.«

»Alles easy. Ich werd's überleben. Aber jetzt mal ehrlich: Was war das?«

Timon kommt es wie eine Ewigkeit vor, bis Jonas ihnen sein Gesicht zuwendet. Ein Gesicht, das gealtert ist, seit sie ihn vor ein paar Stunden schlafend vorgefunden haben. Ein Gesicht, das ihm aber nicht fremd ist, weil Jonas genau so aussah, als er ihm auf der Rastplatztoilette zum ersten Mal gegenüberstand.

Jonas starrt erst Timon an, dann Sunny, als müsste er sich in Erinnerung rufen, warum er überhaupt hier ist.

»Ich geh jetzt. Lass mich mal raus.«

Jonas stemmt sich hoch, doch Timon bleibt sitzen und versperrt ihm den Weg.

»Du gehst nirgends hin. Guck mal in den Spiegel, wie du aussiehst.«

»Das kann dir doch egal sein. Es war bescheuert, dass ich überhaupt hierhergekommen bin. Mach Platz. Bitte!«

Timon drückt Jonas bestimmt zurück aufs Bett. Er spürt, wie das Blut in seiner Halsschlagader zu pochen beginnt. Das tut es immer, wenn er kurz davor ist, jemandem die Meinung zu sagen. Oder die Wahrheit auszusprechen, was er, konfliktscheu wie er ist, viel zu selten über sich bringt. Wenn er es aber macht, hat seine Stimme so gar nichts Sanftes mehr: »Ich sag dir jetzt mal was, du Idiot. Du bleibst bei uns, bis wir von diesem Schiff runter sind. Ich hab keinen Bock drauf, dass du so 'nen Anfall oben an Deck bekommst und dann ins Wasser fliegst. Keine Ahnung, was da in deinem Kopf los ist, aber ganz gesund ist der nicht. Und wenn du nicht darüber reden willst, ist mir das auch egal. Dann bleibst du einfach so hier. Dann machen wir jetzt das Licht aus und pennen noch, bis wir in zwei Stunden auf Mallorca sind.«

Timon holt tief Luft. Solche Ansagen kosten ihn immer jede Menge Kraft, weil sie so völlig konträr zu seiner ruhigen Art sind. Anders Sunny, die normalerweise keinem Streit aus dem Weg geht, jetzt aber überraschend besonnen reagiert.

»Timi hat recht, Jonas. Ist wahrscheinlich echt besser, wenn du hierbleibst. Außerdem hast du nichts an. Wäre mir persönlich lieber, du bleibst einfach unter deiner Decke liegen.«

Timon muss über Jonas' schockierten Griff unter die Bettdecke grinsen und über das verschämte Augenrollen, als ihm klar wird, dass Sunny die Wahrheit gesagt hat. Eine Reaktion, die ihn kurzzeitig fast normal wirken lässt.

»Wie alt bist du eigentlich?«

»17.«

»Cool, sind wir ja fast alle gleich alt. Ich bin 19, Sunny 18. Wie lang noch 17?«

Timon merkt Jonas' minimales Zögern bei dieser Frage. So minimal, dass er es schon wieder vergessen hat, als die Antwort kommt.

»Ende September hab ich Geburtstag.«

»Okay, cool.«

Da Timon keine weitere unverfängliche Frage mehr einfällt und Jonas nicht gerade den Eindruck macht, als würde er von sich aus mehr erzählen wollen, stellt er ihm seinen Rucksack in den schmalen Gang zwischen die beiden Betten.

»Hier, kannst dir ja was anziehen. Wir machen auch das Licht aus.«

Timon legt sich zurück zu Sunny, die es sich freiwillig auf der einengenden Wandseite bequem macht, so weit weg von Jonas wie möglich. Er knipst das Licht aus und horcht auf das Rascheln von Jonas' Rucksack.

»Ich geh noch schnell ins Bad, mir das klebrige Zeugs aus dem Gesicht waschen.«

»Soll ich das Licht anmachen?«

»Nee, geht schon.«

Als Jonas die Badezimmertür öffnet, wird die Kabine für einen kleinen Moment erleuchtet und wieder blitzt eine Erinnerung an Dänemark in Timon auf. Schon zum zweiten Mal heute, obwohl sie nichts mit dem zu tun hat, was hier gerade passiert ist. Und trotzdem ist sie da. Und trotzdem sieht er sich mit seinem Vater am Strand, nachts, vor ihnen ein Leuchtturm, der die Stelle, an der sie sitzen, für wenige Sekunden erhellt. Und sein Vater, der sagt, dass er immer für ihn da sein wird. Der seine Hand nimmt, als das Licht auf dem Landweg verschwindet, sie im Dunkeln sitzen lässt, bis es kurze Zeit später übers Meer zu ihnen zurückkommt.

Er sollte einfach nicht mehr mit einem Schiff fahren. Timon schüttelt die gleichzeitig schöne und schmerzliche Erinnerung ab, als Jonas die Tür zum Bad schließt und er unmittelbar danach Sunnys Zeigefinger an seiner Schulter spürt.

»War das krass, oder?«

»Hm, das kannst du laut sagen. Hab kurz gedacht, der macht mich platt.«

»Das hab ich auch gedacht. Hast du 'ne Ahnung, was bei dem nicht stimmt?«

»Nee, kein Plan. Vielleicht hat er was Schlimmes erlebt. Missbrauch oder Gewalt oder so. Muss jedenfalls ein richtig fieser Traum gewesen sein.«

Timon horcht auf die Unterdruck-Spülanlage der Toilette.

»Ich find's aber mega, dass du ihn trotzdem hier pennen lässt. War mir fast sicher, dass du ihn rausschmeißt.«

»War auch kurz davor. Aber irgendwie hat er mir dann leidgetan, weil es ihm so peinlich war, dass er weinen musste.«

Timon kann Sunny nicht mehr antworten. Die Tür zum Bad geht wieder auf und Jonas tastet sich zum Bett zurück.

»Alles okay?«

»Ja, passt, danke.«

»Hey, nur noch knapp zwei Stunden, bis wir wieder aufstehen müssen. Aber scheißegal, dann sind wir im Urlaub!«

Timons bemühte Euphorie verhallt unkommentiert, aber das ist ihm egal. Er hat es mehr für sich gesagt, denn er weiß, dass er die nächsten zwei Stunden, in denen er garantiert kein Auge zumachen wird, ein bisschen gute Laune brauchen kann. Und er ist sich fast sicher, dass es Sunny und Jonas ebenso geht.

23. 09. 16

Beschissene Tage, Teil 33. So lang ist Lina schon verschwunden. Und heute war der Tag extra beschissen. Erst wollte Paul mit mir reden, nachdem ich auf keinen Anruf und keine Nachricht reagiert hatte. Wahrscheinlich hat er auch bemerkt, dass ich ihn überall blockiert habe. Morgens auf dem Weg zur Schule stand er da. Ich hab ihn einfach stehen lassen. Und bin zu Burger King rein. Obwohl ich den Geruch da morgens echt hasse. Aber alles besser, als mit Paul zu reden. Er sah auch noch scheiße gut aus. Kein Wunder, sein Leben hat sich nicht groß verändert. Er spielt weiter Fußball, er hängt mit den Jungs ab, wahrscheinlich geht er auch noch jeden Tag schwimmen. Das hat er kurz vor Mallorca angefangen, weil er erwachsener aussehen wollte. Ja, tut er jetzt. Glückwunsch.

Allen um mich herum geht es blendend. Alle leben ihr

Leben weiter. Alle haben Spaß, gehen auf Partys, besaufen sich, schließen Freundschaften, verlieben sich, haben Sex … Nur mein Leben ist voll die Zombie-Veranstaltung. Ich mach gar nichts mehr. Muss doch zu Hause sein, wenn der Anruf kommt. Was soll ich denn auch machen? Meine Psycho-Tante sagt immer, ich muss rausgehen, mich mit Freunden treffen. Aber warum? Nur um idiotische Fragen zu beantworten? Hab ich keinen Bock drauf. Dass ich der Verursacher der ganzen Kacke bin, weiß ich auch so. Und es hört einfach nicht auf, es wird von Tag zu Tag eher schlimmer. Ein wachsender Riesenkackehaufen.

Vorgestern kam mein Erzeuger in U-Haft, weil Papa mit seinen Beschuldigungen gegen ihn nicht aufgehört hat. Bis die Polizei ihn unter die Lupe genommen und wohl irgendwas entdeckt hat, was ihn verdächtig machte. Papa hat der Presse auch ein Foto gegeben, auf dem jeder sieht, dass er mein Erzeuger ist, und jetzt ist das Internet voll mit Bildern von ihm/mir. ›Fall der verschwundenen Lina gelöst?‹ Angeblich hat Benjamin F. (48) Kontakte zu einem Menschenhändler in Südamerika, Geld auf seinem Konto, von dem niemand weiß, woher er es hat, und auf Malle war er dieses Jahr auch schon. Als ich Mama danach gefragt hab, hat sie noch mehr von ihren Pillen geschluckt, die sie total benebeln. Und bei Papa hab ich es erst gar nicht versucht, der fand meinen Erzeuger schon immer scheiße. Weiß ich, hab oft gehört, wenn Mama und er sich wegen dem gestritten haben. Weil er wohl total unregelmäßig Unterhalt gezahlt hat. Und wenn meine Mum ihren Ex in Schutz genommen hat, weil ich kein schlechtes Bild von ihm bekommen soll, ist Papa ausgeflippt.

Dass ich meinen Erzeuger auch noch ganz nett fand, hat Papa sicher nicht gepasst. Aber mehr als viermal haben wir uns eh nicht gesehen. Also er mich schon, aber an das erste Jahr kann ich mich nicht erinnern. Und nach der Trennung war erst mal Pause. Er hat sich gemeldet, wenn er zufällig in Frankfurt war. Beim ersten Treffen war ich sechs und er hat gesagt, dass ich ihn Benni nennen soll, beim zweiten Mal hat er sich nach Brasilien verabschiedet, beim dritten Mal hat er mir megageile Fußballschuhe geschenkt (auf die Paul tierisch neidisch war) und beim vierten Mal fand er cool, dass ich schwul bin. Ich konnte mir also die letzten beiden Tage nicht vorstellen, dass der was mit Linas Verschwinden zu tun haben sollte, so egal, wie wir dem immer waren.

Hat er auch nicht. Als ich heute von der Schule nach Hause gekommen bin, gab es richtig Stress zwischen meinen Eltern. Benni war aus Mangel an Beweisen wieder frei, Papa fühlte sich von allen verarscht und meine Mutter hat ihn angeschrien, dass er mit seinen idiotischen Verdächtigungen aufhören soll, weil so was nur Zeit für die richtige Suche kostet. Er hat dann zurückgeschrien, dass sie Lina wohl gar nicht finden will, wo-

raufhin sie ihm eine gescheuert hat und mit zwei Flaschen Wein im Schlafzimmer verschwunden ist. Papa ist dann mit dem Auto weggefahren und seither nicht mehr aufgetaucht.

Ging aber noch weiter. Am Nachmittag stand Paul wieder vor der Tür. Warum kann der mich nicht einfach in Ruhe lassen?! Er hat geklingelt und geklingelt und weil ich nicht wollte, dass meine Mutter irgendwann zur Tür torkelt, bin ich rausgerannt und hab ihn angebrüllt, dass er verschwinden soll. Dass ich ihn nie wieder sehen will. Dass ich ihn hasse. Und dann hat er angefangen zu weinen. Paul und weinen, mitten auf der Straße. Und er hat gestammelt, dass wir doch Freunde sind, dass er mich vermisst und dass ihm das alles leidtut, was passiert ist.

Fuck.

Als er mich umarmen wollte, hab ich ihn stehen lassen und bin in mein Zimmer zurück. Da musste ich dann flennen, aber wenigstens hab ich es nicht wie so ein schwules Weichei vor ihm gemacht.

Seither lieg ich hier, starre auf mein Spiegelbild im ausgeschalteten Monitor, schreib das hier auf, beobachte die Sonne, wie sie langsam verschwindet, denke an Lina, wie sie mir beim Gitarrespielen von meinem Sitzsack aus immer zugehört hat, und hoffe, dass mein 16. Geburtstag endlich zu Ende geht.

Jo

II

MALLORCA

6.

18. 08. 18

Das wird mein letzter Eintrag. Irgendwo reingequetscht zwischen die Berichte von den anderen beschissenen Tagen. Weil das Buch voll ist und sich ein neues nicht mehr lohnt. Am Ende – und das ist ja jetzt – wird es eh niemanden interessieren. Ich schreib nur noch, damit es vollständig ist. Und weil ich es mir die letzten beiden Jahre angewöhnt habe. Und vielleicht auch, um Zeit zu schinden, weil ich ein bisschen Angst davor habe zu springen. Weil ich eben doch kein Bruder Löwenherz bin.

Ich bin jetzt da, wo alles begonnen hat. Nein. Falsch. Da, wo alles aufgehört hat. Wo Lina verschwunden ist und ich, Jonas Keppler, aufgehört habe zu existieren.

Es fühlt sich richtig an, es hier zu tun. Das Hotel sieht noch aus wie vor zwei Jahren. Das Meer ebenfalls. Und der Strand hat sich auch nicht verändert. Ich war seit zwei Jahren nicht mehr hier. Nur im Fernsehen hab ich es gesehen, wenn Mama oder Papa von hier aus mal wieder einen Aufruf gemacht haben, dass alle Hinweise zum Verbleib von Lina wichtig sind.

Ich hab mir einen Platz ausgesucht, an dem wir mit der Familie immer zusammensaßen. Glücklich. Bisschen abseits vom Trubel, damit Lina mit Papa ihre Burgen bauen konnte. Weil der Sand dafür aber total ungeeignet war, sah es immer aus, als würden sie Ruinen bauen. Lina hat's nicht gestört, nur wenn Paul und ich uns darüber lustig gemacht haben, ist sie sauer geworden. So sauer, wie halt 'ne Vierjährige werden kann. Zur Wiedergutmachung sind wir mit ihr dann Eis essen gegangen. Oder oben im Hotelgarten Minigolf spielen. Und wir haben so getan, als könnte sie es. Sie hat immer gewonnen und war wieder happy.

Ob Paul das schwergefallen ist mit dem Gewinnenlassen? Eigentlich konnte er das nicht. Beim Fußball war er ein richtiger Arsch, der total hart reinging, Hauptsache, wir haben das Tor gemacht. In der Schule musste er auch immer der Beste sein. Nur wenn wir allein unterwegs oder mit Lina zusammen waren, war ihm das alles egal. Dann war er der beste Freund, den es geben kann.

Paul, was ich dir angetan habe, ist nicht zu verzeihen. Ich hätte eine härtere Strafe verdient als einen lächerlichen Schulwechsel. Und ich kann jetzt nur noch hoffen, dass du meine beschissene Aktion irgendwann vergessen kannst. Was du wohl gerade machst? Mit Sicherheit ahnst du nicht, dass ich hier bin, ganz in der Nähe von unserem Strand. Ob du daran überhaupt noch denkst? Wahrscheinlich in drei Tagen, am Jahrestag von Linas Verschwinden. Wenn das Internet und die Zeitungen wieder voll sind mit ihrem Foto. Nicht mehr auf Seite eins wie am Anfang, sondern irgendwo hinten zwischen den Promi-News und einem anderen Sommerlochthema.

Eigentlich wollte ich warten. Bis zum 21. August. Um meine zweijährige Nichtexistenz zu beenden. Aber warum aufschieben? Heute Nacht auf dem Schiff hab ich zum ersten Mal geträumt, dass Lina nicht mehr lebt. Warum soll ich dann noch mal drei Tage vergeblich darauf hoffen, dass sie einfach wieder auftaucht? Ist sie ja die letzten zwei Jahre auch nicht. Der Traum war real. So richtig real. Paul und ich haben beobachtet, wie Lina von irgendwas ins Meer gezogen wurde. Wir sind hinterher, kamen aber zu spät. Oder waren an der falschen Stelle. Ich weiß es nicht mehr genau. Lina war jedenfalls immer ganz woanders. Sie hat nach uns gerufen und wir sind wie wild durchs Wasser gerannt. Und die Wellen wurden immer stärker und Paul ist irgendwann gestürzt. Ich hab Paul hochgeholfen und dann war Lina weg. Wir haben gebrüllt, geheult, gegen die Wellen gekämpft. Und dann haben wir sie entdeckt, eingeklemmt zwischen Felsen. Sie sah aus, als würde sie schlafen, aber als ich sie hochheben wollte, hab ich durch sie hindurchgegriffen und sie wurde ins Meer gespült. Ich bin hinterher, hab nach ihr gerufen, wurde von etwas gepackt …

Und dann lag Timon auf mir. Einer von den zwei Deutschen, die mich nach Barcelona mitgenommen haben. Ich durfte bei denen in der Kabine pennen, aber das haben sie sicher schnell bereut. Als ich aus dem Traum aufgewacht bin, guckten die beiden mich an, als hätten sie ein Gespenst gesehen. Stimmt ja, mehr bin ich auch nicht mehr. Weil sie mich nach der Nacht wohl nicht sofort allein lassen wollten, haben sie mich sogar noch hierhergefahren. Und mich dabei ständig in ihrem Rückspiegel beobachtet. Ich hab so getan, als würde ich es nicht merken und als wäre alles wieder okay.

Trotzdem tut es mir leid, dass ich den beiden den Start in ihren Urlaub vermiest habe. Wieder ein Punkt in der Was-ich-alles-falsch-gemacht-habe-Tabelle. Aber auch der letzte.

Ich hab nicht mehr viel Zeit. Es ist zwar noch früh, aber ich muss mich beeilen. Solange noch nichts los ist hier am Strand, wird niemand merken, dass ich immer weiter rausschwimme. Noch nicht mal der Lifeguard-Turm ist besetzt.

Es sieht fast so aus, als ob mir die aufgehende Sonne den Weg weist. Weiß glitzernd führt eine Spur übers Meer bis zum Horizont. »Ich sehe das Licht, Jonathan!« Lina wird da hinten auf mich warten. Ich weiß es, ich spüre es. Und ich werde sie von euch allen grüßen.

Verzeiht mir, hab euch lieb, Jo(nathan).

7.

Timon kann nicht mehr. Er ist sicher schon einen Kilometer vom Strand entfernt. Und die Wellen hier draußen sind hoch, gefährlich hoch. Panik steigt in ihm auf. Immer wieder schluckt er Meerwasser. Sein leerer Magen rebelliert.

Was hat er sich nur dabei gedacht? Wäre er bloß am Strand geblieben und hätte auf die Hilfe gewartet, die Sunny holen wollte. Aber er konnte doch nicht tatenlos zusehen, wie Jonas immer weiter aufs Meer hinaustrieb. Dieser Idiot, dieser gottverdammte Idiot.

»Jonas! Fuck, Jonas!«

Timon hat den Blickkontakt zu ihm verloren. Er dreht sich im Kreis, schaut hektisch in alle Richtungen und übersieht dabei die nächste Welle, die ihn mit Wasser überschwemmt. Die letzten Kräfte mobilisierend drückt er sich wieder nach oben. Er muss irgendwie zurück zum Strand, doch es wird ihm schnell klar, dass er gegen die Strömung keine Chance hat.

Obwohl er am liebsten wild um sich schlagen würde, zwingt er sich, ruhig zu bleiben. Und es hinzunehmen, dass er immer weiter abtreibt. Warum verdammt haben sie nicht früher reagiert? Er und Sunny haben Jonas beobachtet, wie er am Strand saß, wie er aufs Meer starrte, wie er sich Notizen in ein Buch gemacht hat. Kaum der Rede wert, im Gegensatz zu ihren Bedenken, als sie ihn am Hotel abgesetzt haben. Es war sogar Sunnys Idee, ihm hinterherzugehen. Sie glaubte ihm seine Beteuerungen nicht, dass nach dieser Nacht so schnell wieder alles gut war. Aber sie dachten sich zunächst nicht mal was dabei, als Jonas ins Wasser ging. Erst als er sich immer weiter vom Ufer entfernte, merkten sie, dass etwas nicht stimmte. Dass es den Eindruck macht, als wolle er gar nicht mehr umkehren. Und dann hat Sunny das Buch genommen, das aufgeklappt auf Jonas' Klamottenstapel am Strand lag, und den Abschiedsbrief gelesen. Dann war ihnen klar, dass sie handeln mussten.

»Jonas! Verdammt!«

Eine hohe Welle rollt auf Timon zu. Dieses Mal ist er vorbereitet. Er lässt sich von ihr emportragen und entdeckt vom höchsten Punkt aus Jonas vor sich, der mit geschlossenen Augen auf dem Rücken treibt. Lang wird er sich so nicht mehr halten können, aber es ist wohl genau das, was dieser Arsch will. Timon schätzt den Abstand zu Jonas auf 50 Meter. Mit letzter Kraft paddelt er los. Er muss versuchen, ihn über Wasser zu halten, er muss es schaffen, sein Leben zu retten.

*
* *

Jonas ist ganz ruhig. Seit er zu schwimmen aufgehört hat, lässt er sich vom Auf und Ab der Wellen treiben. Zwar brennt das Salzwasser in den Augen und auf den Schleimhäuten seiner Nase, aber das, da ist Jonas sich sicher, ist nur noch eine Frage der Zeit. Irgendwann wird die eine Welle kommen, die ihn nach unten zieht und nicht mehr loslässt. Jonas will an Lina denken. Wie sie auf ihn warten wird, wo genau, was sie als Erstes unternehmen werden. Jonathan und Krümel sind reiten gegangen, sie werden wahrscheinlich Memory spielen. Aber vielleicht ist das ja auch gar nicht mehr Linas Lieblingsspiel. Sie werden auf jeden Fall viel zu erzählen haben. Und er darf nicht vergessen, ihr von der Katze zu berichten, die im Frühling auf ihrer Terrasse Junge bekommen hat. Das wird Lina gefallen. Er weiß noch genau, wie seine Mutter ihn in dem Moment lachend umarmt hat, als wäre das, also so eine Umarmung, das Normalste der Welt. Pures Glück, heile Realität. Es war aber dann doch nicht mehr als ein kurzzeitiges Katastrophenvergessen. Trotzdem ist ihm dieser perfekte Augenblick in Erinnerung geblieben. Genau wie der an seinem 14. Geburtstag, als sein Papa ihm stolz seine alte E-Gitarre schenkte und Tränen in den Augen hatte, als er damit bei einem Schulfest auftrat. Wird er seinem Papa überhaupt fehlen? Nach all den Fehlern? Oder haben sie sich schon längst verabschiedet, innerhalb der letzten zwei Jahre, jeden Tag ein bisschen mehr? Was seine Eltern wohl gerade machen? Ob sie schon bemerkt haben, dass er nicht bei Benni in Berlin ist? Im flirrenden Rot hinter seinen Augenlidern taucht Jonas' leiblicher Vater auf, cool im Cabrio durch Frankfurt cruisend. Und Paul, der auf dem Rücksitz mit zauseligem Haar panisch lacht, weil sie viel zu schnell unterwegs sind. Nach solchen Fahrten haben sie sich immer gestritten, wer beim GTA-Spielen das Auto bekommt, das dem von Benni am ähnlichsten ist. Aber ein Streit mit Paul war nie wirklich schlimm. Weil sie es nicht ausgehalten haben, sich länger als zehn Minuten anzuschweigen. Bis auf einmal, da gab es richtig Zoff und eine Woche keinen Kontakt. Und ein zweites Mal haben sie sich auch angeschwiegen, aber da war das Schweigen schöner als alles andere, weil die im Mondschein glänzenden Augen von Paul, die unsicher zitternden Oberarme und sein schiefes Grinsen schon genug gesagt haben.

Jonas wird um die Schultern gepackt. Erschrocken verliert er seinen Schwebezustand, gerät unter Wasser, kann sich nicht erklären, was gerade passiert, strampelt hektisch um sich, schluckt, hustet. Nah an seinem Ohr hört er Timons Stimme.

»Wenn du denkst, du kannst dich hier umbringen, dann vergiss es gleich wieder.«

Jonas versteht nicht, wie Timon hierherkommt. Er versucht sich aus dem Klammergriff zu befreien, wirft sich kraftlos hin und her. Nein, nicht jetzt. Er war so kurz vor dem Ziel. Er war so nah bei Lina.

»Lass mich los. Lass mich los, du Arsch. Du kapierst gar nichts.« Seine Stimme ist ein heiseres Krächzen, das Salzwasser hat seinen Hals verätzt. Er hustet. Muss sich fast übergeben.

Timon hält Jonas' Befreiungsversuchen stand und sich mit letzter Kraft über Wasser. »Wir gehen beide unter, wenn du nicht stillhältst. Sunny holt Hilfe.«

»Ich will keine Hilfe, fuck, kapier das doch.«

Irgendwie schafft er es, an Timons T-Shirt zu reißen und ihm seinen Ellenbogen in den Bauch zu rammen. Der schnappt vor Schmerzen nach Luft und lässt von ihm ab. Jonas krault davon, immer weiter aufs offene Meer hinaus.

Doch er kommt nicht weit. Schon bevor ihn die nächste Welle erreicht, sind seine Energiereserven aufgebraucht. Ihm wird schwarz vor Augen, als das Wasser über ihm zusammenschwappt.

*
* *

Sunny steht nervös am Wasser. Neben ihr ein Pulk aus Touristen, die das Rettungsmanöver der beiden Jungs von Land aus beobachten. Und der auf Deutsch-Spanisch fluchende Hotelmanager, der mitbekommen hat, wie Sunny auf die Rezeption zustürzte und atemlos nach Hilfe verlangte.

Das Schlauchboot, das Timon und Jonas an Bord genommen hat, ist auf dem Rückweg.

»*¿Cómo se atreven?* Was fällt denen ein? Das Meer ist *muy peligroso*. Gefährlich. Ist kein Spaß hier.«

Sunny kann nur ratlos die Schultern heben. Schließlich hat sie keine Ahnung, warum Jonas das getan hat. Die Antwort wird wahrscheinlich in Jonas' Buch stehen, das sie noch immer in der Hand hält. Doch ihr fehlt die Kraft, diese Erklärung zu suchen. Erst muss sie wissen, dass es Timon gut geht. Mit zitternden Fingern fährt sie sich durch die Haare. So hat sie sich den Anfang ihres Urlaubs wirklich nicht vorgestellt.

»*¿Quiénes son estos chicos?* Wer sind die?«

Sunny versucht sich zusammenzureißen.

»Timon ist mein Freund. Also mein bester Freund. Und den anderen Typ haben wir erst gestern kurz vor der Fähre in

Barcelona kennengelernt. Er wollte von uns hierhergebracht werden. Wir haben ihn abgesetzt und dann haben wir zufällig beobachtet, wie er ins Wasser gegangen und immer weiter rausgeschwommen ist …«

Sunny will nicht aussprechen, dass Jonas sich umbringen wollte. Aber wie sie den schwitzenden Hotelmanager einschätzt, wird er sich das auch selbst zusammenreimen können.

Das Boot kommt näher und Sunny kann Timon erkennen, der mit einer Decke um die Schultern im Bug sitzt. Neben ihm kauert Jonas, der immer fremder werdende Fremde, dem sie wahrscheinlich gerade das Leben gerettet haben. Doch schon aus der Entfernung sieht sie, dass er sich darüber ganz und gar nicht freut. Er wirkt noch teilnahmsloser, noch bedrückter als die letzten Stunden, die sie ihn nun kennen. Timons Blick wandert immer wieder zu Jonas rüber, doch er scheint keine Erklärung zu erhalten, was da gerade passiert ist.

Sunny geht auf die Stelle zu, wo das Boot ans Ufer treffen wird. Und grübelt gleichzeitig darüber nach, was einen Menschen dazu treibt, das zu tun, was Jonas gerade vorhatte. Noch nie, nicht mal an ihrem schlimmsten Tag nach der Abiturzeugnisübergabe, als ihr morgens die Welt offenstand und sie nachmittags die Gewissheit hatte, schwanger zu sein, hat sie mit dem Gedanken gespielt, sich umzubringen. Warum aber Jonas?

Als das Boot ankommt, geht alles sehr schnell. Die Menschentraube versammelt sich darum, aber nicht um zu helfen, sondern um am Abend beim All-inclusive-Buffet was zu erzählen zu haben. Der Hotelmanager will von den Lifeguards wissen, ob er eine *ambulancia* rufen soll, was die mit einem Zeichen zu Jonas bestätigen. Und Sunny drängt sich nach vorne, um Timon, der unter der Decke noch immer seine nassen Klamotten trägt, endlich umarmen zu können.

»Gott sei Dank geht's dir gut. Ich hatte so Schiss.«

Timon erwidert die Umarmung kräftiger als je zuvor.

»Ich auch. Ich dachte echt kurz, dass es das war.«

Während Timon aus dem Boot klettert, schaut Sunny zu Jonas, der apathisch auf seinem Platz kauert.

»Wollte er wirklich das machen, was wir uns gedacht haben?«

»Ich glaub schon. Und beinah wär's ihm auch gelungen. Der ist echt ...« Timon macht mit seiner Hand das Zeichen für völlig plemplem.

In dem Moment feuert der Hotelmanager ein paar spanische Sätze ab, zieht Jonas aus dem Boot und drückt ihn fest an sich. Dabei redet er streng, fast väterlich auf ihn ein.

»*Chico*, bist du wahnsinn? Das kannst du nicht machen. *Sus padres*, wissen die, dass du hier? Stell mal vor, du hier weg an gleicher Stelle *casi dos años después*. Denkst du gar nicht richtig?« Er schüttelt Jonas an den Schultern. »*¡Dí algo, muchacho!* Sag was!«

Sunny und Timon sind näher ans Boot gerückt, um zu verstehen, was da gerade passiert. Doch schlauer werden sie daraus nicht. Sie sehen nur, wie Jonas noch mehr in sich zusammensackt und er wieder versucht, seine Tränen zu verstecken. Der Hotelmanager lässt seufzend von ihm ab und redet mit den Lifeguards, die das Boot an Land ziehen und die gaffenden und fotografierenden Touristen verscheuchen. Dann kommt er zu Sunny und Timon zurück.

»Ihr wartet hier. Krankenwagen kommt. *Policía* auch. Ich muss hoch, muss mit Deutschland telefonieren.«

Er geht davon, doch bevor Sunny und Timon sich fragend anschauen können, dreht er sich noch mal um.

»*Gracias*, für Rettung von Jonas.«

Sunny versteht gar nichts mehr.

»Woher kennt der Jonas' Namen? Ich hab ihm den nicht gesagt.«

Doch auch Timon ist ratlos. Er geht einen Schritt hinter Jonas her, der sich mit gesenktem Kopf von einem Lifeguard zum Strand führen lässt.

»Hey, Jonas, kannst du mal erklären, was hier abgeht? Verdammt, so langsam geht mir das alles gewaltig auf die Eier.«

Als Jonas zu ihnen aufschaut, muss Sunny an einen Satz aus einem Arztroman denken, den sie und Timon sich gegenseitig vorgelesen haben, wenn sie mal wieder keinen Bock hatten, für die Abi-Prüfungen zu lernen: Die Verzweiflung steht ihm ins Gesicht geschrieben.

Jonas öffnet den Mund, er räuspert sich, trotzdem kommt nur ein leises Flüstern raus: »Bringt mich hier weg. Bitte.«

03.10.16

Montag. Feiertag. Zocke schon das ganze Wochenende durch. Cyborgs jagen. Dämonen abknallen. GTA ist für'n Arsch. Soll Paul spielen.

Unten streiten sie nur noch. Kann's nicht mehr hören. Soll er sie doch trinken lassen. Immerhin: Wenn ich zocke, krieg ich nichts mit. Weiß genau, worum es bei denen heute geht. Lina hat nächsten Freitag ihren fünften Geburtstag und Mama will feiern. Normalität. Unnormalität. Papa wird nicht mitfeiern. Sagt, er kann das nicht. Sagt, er kann nicht heile Welt spielen. Kann ich verstehen. Kann ich nicht verstehen. Falls sie kommt, wird sie traurig sein, wenn er nicht da ist. Ich hab ihr ein Geschenk gekauft. Eine Delfintrainer-Barbie. Steht hier vor mir. Völlig bescheuert. Aber Lina wird sie gefallen. Hat sie sich gewünscht.

War gestern mit Papa im Kino. Ice Age 5. Auch ein Normalitätsversuch. Und ein Friedensangebot, nachdem er Benni für zwei Tage ins Gefängnis gebracht hat. War aber eine bescheuerte Idee, das mit dem Kino. Denn in der Vorschau lief Findet Dorie. Ein Fisch sucht seine Eltern. Eltern verlieren ihre Tochter. Was soll daran lustig sein? Papa ist gegangen, ich bin hinterher. Vorm Kino hab ich ihn eingeholt. Und gesehen, dass er nicht mehr weiterweiß. Wollte ihn trösten, lässt er aber nicht zu. Nicht von mir. Hätte gern gehabt, dass er mich umarmt, kann er nicht. Nicht mich. Er hat mir Geld gege-

ben für die Heimfahrt und ist arbeiten gegangen. Arbeiten am Sonntagabend. Angeblich krasse Bauprojekte in der Pipeline. Wen will er verarschen.

Bin dann gelaufen. Quer durch Frankfurt. Hab über Lina nachgedacht. Wie immer. Vielleicht ist sie auch nur weggerannt. Und findet nicht mehr zurück. Wie Dorie. Aber wo ist sie dann jetzt? Irgendwo auf Mallorca bei einer neuen Familie?

Und dann ging mir wieder durch den Kopf, dass alles anders gekommen wäre, wenn Paul und ich nichts gemacht hätten …

Ich kann es selbst kaum mehr ertragen, dass ich diesen Tag immer und immer wieder durchgehe. Das ganze Schlimme, was passiert ist, meine Fehler und das Schöne. Und jedes Mal dreht sich mir wieder der Magen um, weil ich an das Schöne denke, das zum Schlimmsten geführt hat. Vielleicht muss ich es aufschreiben, damit es aus meinem Kopf ist. Wie so 'nen beschissenen Ohrwurm, den man einmal in voller Länge anhören muss, damit er verschwindet. Vielleicht ist heute der richtige Tag dafür. Gerade ist es auch still unten. Ich muss nur mal überlegen, wo ich anfangen soll.

Irgendwann hatte sich was verändert. Ich glaub, es war so sechs Wochen vor unserem Mallorca-Urlaub, als es DAS Erlebnis gab. Es muss ein Sonntag gewesen sein, weil wir irgendein Heimspiel gegen Unna hatten. Paul hat mich wie immer mit dem Fahrrad abgeholt und war megaschlecht drauf. Ungewohnt schlecht. Ihm passte nicht, dass ich noch nicht fertig war, er ignorierte Lina, die ihn begrüßen wollte, er fand meine Idee für ein YouTube-Video bescheuert und er hatte keine Lust auf X-Men, den wir uns eigentlich nach dem Spiel anschauen wollten. Als ich ihn gefragt habe, was los ist, meinte er nur, dass er Mathe nicht kapiert und am nächsten Tag 'ne Arbeit schreibt. Erst hab ich mir nichts dabei gedacht, dann auf dem stummen Weg zum Spiel fand ich es doch komisch, weil Mathe eigentlich Pauls Lieblingsfach war. Und er in der Nacht von Freitag auf Samstag, die wir durchgezockt haben, nichts erwähnt hatte. Und den ganzen Samstag am Main auch nicht. Beim Fahrradabschließen hab ich noch überlegt, irgendwas dazu zu sagen, hab es dann aber nicht gemacht. War ja irgendwie auch nicht wichtig genug. Außerdem waren wir spät dran.

Das Spiel lief dann ›geht so‹. Ich war wie immer links außen, Paul im Sturm. Kurz vor Schluss stand es 1:1 und ich verballerte einen Pass zu Paul, der die Führung hätte bedeuten können. Passiert mir echt selten, aber passierte eben. Ich sah Paul an, dass er auf 180 war, und als Unna noch ein Gegentor schoss, war das Spiel aus und die Stimmung am Boden. In der Kabine haben wir uns den Anpfiff vom Trainer abgeholt und dann ist Paul ausgetickt und hat vor allen gesagt, dass es kein Wunder ist, dass wir verloren haben, weil ich immer so schwule

Pässe spiele. Ich dachte echt, dass ich mich verhört habe. War aber wohl nicht so, weil einige blöd gelacht und andere nur stumm geglotzt haben. Hatte null Plan, wie ich darauf reagieren soll. Wusste nicht mal, was Paul will: mich fertigmachen?

Dass ich schwul bin, weiß er schon seit dem Tag, seit dem ich es weiß. Irgendwann mit 12 war mir das klar, als meine Mutter mich gefragt hat. Ich hab einfach Ja gesagt, es Paul und ein paar anderen Freunden erzählt und seitdem war das so. Völlig normal. Es war fast nie Thema. Und gar nie ein Problem. Nicht in der Schule. Nicht beim Fußball. Vielleicht wäre es zu einem geworden, sobald ich einen Freund gehabt hätte, vielleicht wäre es den anderen dann erst richtig klar geworden. Keine Ahnung, gab ja niemanden. Genauso wenig wie es bei Paul eine Freundin gab. Manchmal haben wir uns gegenseitig erzählt, wen wir gut finden. Mädchen und Jungs aus der Schule oder aus Serien oder so. Zweimal haben wir heimlich am Rechner von Pauls Dad einen Porno geguckt, aber da konnten wir uns nicht so richtig auf einen einigen. Und ab und zu fragte er mich, ob ich ihn gut aussehend finde. Also sexy. Weil er nicht wusste, wie er bei Frauen ankommt. Hab ihm immer gesagt, dass es sicher Frauen gibt, die Kürbisköpfe sexy finden. Das war dann meistens der Anfang von einer Prügelei, die es ab und zu mal zwischen uns gab. So zum Spaß eben.

Das in der Kabine war aber kein Spaß. Das hab ich Paul angesehen. Und ich bin immer wütender geworden, weil er meinen Fehlpass, der mir echt peinlich war, damit in Zusammenhang gebracht hat, dass ich auf Jungs stehe. Und dass er mich damit vor allen lächerlich gemacht hat. Als er mich dann auch noch mit 'nem fiesen Blick provozierte und zum Duschen gehen wollte, bin ich auf ihn zugestürmt und hab ihn umgerannt. Wir prügelten uns so richtig, die anderen johlten, bis der Trainer zurückkam und uns auseinanderzog.

Wir haben, glaub ich, eine Woche nicht miteinander geredet. Mindestens 'ne Woche. Bis es unseren Eltern aufgefallen ist, weil sie sich noch ein paarmal wegen dem kommenden Urlaub auf Mallorca treffen wollten. Meine Mutter stellte mich dann zur Rede und Paul wurde wahrscheinlich von seiner in die Mangel genommen. Ich hab ihr alles erzählt und sie hat mir dann erklärt, dass Paul wohl gerade sehr pubertär unterwegs ist. Auch zu Hause. Wusste zwar nicht, was das rechtfertigen sollte, aber ihr schien es eine passende Erklärung zu sein. Am gleichen Abend kam Paul noch vorbei, um sich zu entschuldigen. Ich war froh drüber und nahm die Entschuldigung natürlich an, aber so richtig wie vorher war unser Verhältnis nicht mehr. Irgendwie so mit Abstand, als hätten wir kein Vertrauen mehr zueinander. Und zumindest was mich betraf, war das auch so. Angeknackst war es auf jeden Fall. Aber ich vermisste ihn trotzdem. Jeden

Tag mehr. Wir haben uns bis zum Urlaub höchstens noch viermal außerhalb der Schule gesehen, wegen der Sommerpause beim Training und weil Paul am Anfang der Ferien mit seinen Großeltern zur Nordsee gefahren ist.

Und dann kam Mallorca. Ich hatte wirklich keine Ahnung, ob das gut wird. Vorgestellt hatte ich mir das anders, als unsere Eltern im November den gemeinsamen Urlaubsplan verkündeten. Aber schon im Flugzeug – Paul und ich hatten mit Lina eine Sitzreihe für uns und sie saß am Fenster – war alles wie früher. Wir lachten über unsere Handyfilme aus den ersten Sommerferienwochen, verarschten andere Passagiere und spielten mit Lina. Ich war froh, dass der alte Paul wieder zurück war. So richtig froh.

Und trotzdem war irgendwas anders. Paul war irgendwie nachdenklicher als früher. Manchmal, wenn ich ihm was erzählte, irgendwas, das ich im Netz oder Fernsehen gesehen habe, schaute er mich einfach nur an oder durch mich hindurch, keine Ahnung. Und dann war er manchmal, wenn wir allein waren, voll aufgedreht. Und wollte ganz viel über mich wissen. Wie ich bemerkt habe, dass ich auf Jungs stehe. Oder wie sich das anfühlt. Und warum ich noch keinen Freund habe. Ob ich keinen will. Ich wusste auf die meisten Fragen gar keine Antwort, weil ich ihm ja schlecht die Wahrheit sagen konnte. Die zum Beispiel gewesen wäre, dass ich seit seiner Entschuldigung ununterbrochen an ihn gedacht habe. An sein schiefes Grinsen und seine grauen Augen, die sich, wenn er lacht, ganz schnell mit Tränen füllen. An sein lässiges Schnarchen, wenn er auf der Besuchermatratze neben meinem Bett pennt. An seinen letzten Absturz, bei dem er die ganzen verbotenen Whiskey-Cola wieder ausgekotzt hat, während ich hinter ihm stand und checken musste, ob jemand kommt. An ihn zusammen mit Lina, an ihn, wie er auf meinem letzten Prank-Video furchtbar falsch ›Geiles Leben‹ singt, an ihn … Na ja, und halt eben auch an ihn unter der Dusche nach unserem Training. Und dafür schämte ich mich, weil Paul nun mal mein bester Freund war. Und ich solche Gedanken nie hatte, bis zu dem Zeitpunkt, ab dem wir uns nicht mehr täglich gesehen haben. Aber das konnte ich ihm alles nicht sagen.

Paul hat dann immer noch ein paar gepimpte Storys aus seinem Nordseeurlaub ausgepackt, von irgendwelchen heißen Bräuten, aber so richtig interessiert war er da selbst nicht dran. Oder er hat mitten im Erzählen aufgehört und wollte, statt meine halbherzigen Nachfragen zu beantworten, lieber schwimmen gehen.

Abgesehen davon war aber alles wie immer. Wir waren wieder die besten Freunde, wie wir es schon seit über zehn Jahren waren, seit seine Eltern mit ihm in unsere Nachbarschaft gezogen sind.

Und dann kam eben der Morgen, an dem wir diese kleine Bucht neben unserem Hotelstrand entdeckt ha-

ben. Wir waren voll high, weil wir uns wie bei Lost vorkamen. Allein auf einer einsamen Insel, die ersten Menschen an einem unentdeckten Strand. Totaler Käse, weiß ich auch, aber es fühlte sich für uns eben so an. Wir haben mit Pauls GoPro ein paar Aufnahmen gemacht, wie wir ins Wasser rennen und so, und dann hat Paul mich wieder gefragt, ob ich ihn gut aussehend finde. Und er hat vor der Kamera so ein paar Posen gemacht. Ich hab irgendeinen Blödsinn geantwortet und wie immer gab's dann 'ne Prügelei. Und obwohl die sonst recht ausgeglichen war, weil wir beide ungefähr gleich stark sind, bin ich dieses Mal im nassen Sand ausgerutscht. Und plötzlich lag Paul auf mir. Ich wollte mich natürlich befreien, hab mich hin und her gedreht. Aber Paul hatte den Kampf beendet, ohne dass ich es bemerkt habe. Er lag auf mir, presste mich auf den Boden, während ich versucht habe, seinen Blick zu deuten. Aber die Sonne stand genau hinter seinem Kopf und hat voll geblendet. Ich sagte irgendwie so was wie: »Hey, Alter, du bist voll der hässliche Lauch.« Aber er sagte nichts, starrte nur weiter auf mich runter. Irgendwann hab ich mich dann auch nicht mehr gewehrt, wahrscheinlich weil ich genau wusste, dass gleich was passieren wird. Man merkt das ja am Kribbeln in den Haaren … ich zumindest.

Dass dann doch nichts passiert ist, war einer Welle zu verdanken, die von hinten gegen ihn klatschte und mich überspülte. Ich schnappte nach Luft, spuckte das Wasser aus, er half mir hoch. Und machte dann den Vorschlag, abends mit Musik und Alkohol noch mal zu kommen. Er tat ziemlich cool, ich tat ziemlich cool, hatte aber keine Ahnung, wie ich den Tag überstehen sollte.

Wir tranken abends schon auf dem Weg zur Bucht, vor Aufregung wahrscheinlich. Wir kicherten, wie Mädchen kichern. Wir fassten uns an, wie wir es immer taten, aber an diesem Abend hatte alles eine andere Bedeutung. Wir kamen in der Bucht an und waren beide schon angetrunken. Paul mehr als ich. Er wollte sofort ins Wasser, ich hatte in der Hektik meine Badehose vergessen. »Scheiß auf Badehosen«, hat er überdreht gebrüllt und sich ausgezogen. Als er nackt vor mir stand, hab ich mich nicht getraut, ihn anzuschauen, obwohl ich ihn schon hundertmal so gesehen hatte. Zum Glück war es dunkel, der Mond war ganz schmal und voll im Energiesparmodus. Paul rannte ins Wasser, ich nahm noch einen Schluck Sangria (Mut) und hab mich dann auch ausgezogen. Das Wasser war viel kälter als am Morgen. Zum Glück. So konnte ich vor Paul wenigstens verbergen, dass mich das gerade alles ziemlich aufwühlt. Dachte ich. Im ersten Moment sah ich Paul gar nicht, weil das Wasser tiefschwarz war. Dann hat er mich plötzlich angesprungen, wollte da weitermachen, wo wir am Morgen aufgehört hatten. Angeblich wäre er noch nicht fertig mit mir. Wir kämpften also wieder, voll mit Sangria, versuchten den Kopf des anderen unter Wasser zu drücken, ihn zu Fall zu bringen, umklammerten uns, bis er mich auslachte, weil ich 'ne Latte hatte. Ich wollte nur noch raus aus dem Wasser, weg von Paul, rein in meine Klamotten und zurück ins Hotel. Doch Paul hielt mich fest, zog mich zurück, stellte sich vor mich und küsste mich.

Und an diesen Kuss und an alles, was kurz danach passierte, das zum Schönsten zählt, was ich jemals erlebt habe, und gleichzeitig zum Schlimmsten geführt hat, was jemals passieren konnte, muss ich ständig denken. Und ich hasse mich dafür. Und ich hasse Paul dafür. Und ich würde es so gern rückgängig machen. Oder mich bei Lina entschuldigen, dass mein fucking erstes Mal ihr Leben zerstört hat.

Jo

8.

Das versteckte Tal bei Pollença liegt schon im Schatten. Nur die Bergspitzen auf der rechten Seite und der Hafen, der von der Terrasse der Finca aus in vielen Kilometern Entfernung zu sehen ist, strahlen noch in der orangeroten Abendsonne. Timon nimmt einen Schluck Bier und schaut über die Zitrusplantagen, Olivenhaine und Pinienbäume, die ihm den Blick zu den unmittelbaren Nachbarn verdecken. Grün ist es hier. Hoffnungsvoll grün. Keine Spur von dem trockenen Braun, das die restliche Insel wegen der extremen Hitze überzieht. Und ruhig. Viel ruhiger, als er sich Mallorca vorgestellt hat. Nur ein einsamer Hund bellt stoisch der Nacht entgegen und zerstört damit die Illusion, völlig allein zu sein.

Als Sunny ihm vorgeschlagen hat, das Abitur auf der Finca ihrer Eltern zu feiern, hatte er zwei Bedenken, wovon er allerdings nur einen Punkt laut ausformulierte.

1. Wie sollen sie Party machen, wenn es weit und breit keine Party gibt? Wäre ein Hostel in Palma nicht cooler? Da wären sie wenigstens mittendrin.
2. Wie soll er vier Wochen Tag und Nacht mit Sunny verbringen, ohne sich anmerken zu lassen, was wirklich in ihm vorgeht? Ohne ihr zu gestehen, wie groß seine Angst ist, dass er sie verliert, wenn sie wirklich dieses Freiwilligenprojekt in Uganda durchzieht und er aus Mangel an Ideen und Geld direkt sein BWL-Studium in Köln beginnt?

Mit dem Argument, dass die besten Partys über die ganze Insel verteilt sind und sie mit dem Auto extrem flexibel von einem Hotspot zum nächsten fahren können, und weil er Sunny eh fast nichts abschlagen kann, hat Timon schließlich eingewilligt, in der Finca zu schlafen. Und sich vorgenommen, dem Schicksal zu vertrauen und innerhalb der vier Urlaubswochen einen passenden Moment zu finden, DEN passenden Moment, um seine wahren Gefühle anzusprechen. Ohne Rücksicht auf die Konsequenzen.

Und jetzt steht er hier und ist extrem dankbar für die Ruhe, die sich vor ihm ausbreitet. Zum ersten Mal seit heute Morgen kann er durchatmen. Wie auch die Natur um ihn herum nach einem weiteren heißen Sommertag durchzuatmen scheint, bevor ihr die kühle Nacht eine kurzzeitige Erholung bietet. Doch ob es für ihn eine erholsame Nacht wird, kann Timon nicht mit Gewissheit sagen. Im Haus hinter ihm schläft Jonas.

Er schläft schon, seit sie mit ihm vor einigen Stunden hier angekommen sind. Und das nur mithilfe einiger abgelaufener Schlaftabletten, die Sunny im Badezimmerschrank ihrer Mutter gefunden hat. Anders wäre er nicht zur Ruhe gekommen. Und sie auch nicht. Denn wer hätte ihnen garantiert, dass Jonas nicht sofort wieder so eine Scheiße baut, wenn sie nicht die ganze Zeit auf ihn aufpassen. Auf sein geflüstertes Versprechen, das er ihm im Bad gegeben hat, will Timon sich nicht verlassen.

Er nimmt noch einen Schluck Bier und stellt verwundert fest, dass es schon der letzte war. An diese kleinen San-Miguel-Flaschen wird er sich nie gewöhnen. Aber der Kühlschrank im Haus und hier unten am Pool ist glücklicherweise aufgefüllt. Gut aufgefüllt. Um nicht zu sagen: randvoll. Ein Gruß des Verwalters, bezahlt von Sunnys Eltern. Normalerweise wäre Timon das unangenehm. Er mag sich nicht aushalten lassen oder auf Kosten anderer leben, auch wenn die noch so viel

Geld haben. Und Sunnys Eltern scheinen mehr Geld zu haben, als er sich vorstellen kann. Aber heute ist ihm das egal. Er ist sogar richtig froh darüber, nicht noch mal zum Einkaufen unter Menschen gehen zu müssen.

Timon öffnet sich ein zweites Bier, als plötzlich im ganzen Garten taghelle Halogenstrahler angehen. Vor Schreck lässt er beinah die Flasche fallen. Er blinzelt erschrocken zum Haus, wo er ein lautes Fluchen hört.

»Scheiße, das war der falsche Knopf. Ich kapier das nie.«

Mit einem Schlag ist es wieder dunkel und nach einem weiteren Fluch geht die Poolbeleuchtung an. Sunny kommt frisch geduscht und mit einem Handtuchturban auf dem Kopf auf die Terrasse. »Sorry. Das war die Einbrecherabschreckungsbeleuchtung. Mein Dad hat sie nicht mehr alle.«

»Die Flutlichtanlage vom Müngersdorfer Stadion ist ein Scheiß dagegen. Willst du auch ein Bier?«

»Nee, danke. Ich glaub, ich muss erst was essen.«

Sunny geht am Pool vorbei zu Timon, der mit seiner Flasche in der Hand auf das Tal vor sich zeigt.

»Es ist der absolute Hammer hier. Ehrlich.«

Sunny lehnt sich an Timons Rücken und umarmt ihn von hinten. »Cool, ne? Aber wenn du willst, können wir immer noch in irgendein Hostel nach Palma.«

Sie zwickt ihn verarschend in die Seite, doch Timon rührt sich nicht. Er will genau so stehen bleiben, am allerliebsten vier Wochen lang. Das Einzige, was sich bewegt, ist sein Herz, das sich aufführt, als wäre es auf einer Dubstep-Party.

»Hab ich dir eigentlich schon gesagt, wie extremst froh ich bin, dass dir nichts passiert ist?«

Timon hält den Atem an. Ist das jetzt der Moment, auf den er gewartet hat? Ist er jetzt schon da, obwohl sie noch nicht mal richtig angekommen sind? ›Hey, Sunny‹, könnte er jetzt einfach anfangen, ›ich bin froh, dass du das sagst, weil ich dir auch noch was sagen muss. Und das passt gerade ganz gut. Du weißt ja selber, wie viel Zeit wir seit vier Jahren miteinander verbringen. Wir machen alles gemeinsam. Also fast alles. Wir sind beste Freunde. Aber, und keine Angst, dieses Aber hat nichts zu bedeuten, oder vielleicht doch, aber auf keinen Fall was Schlimmes, also keine Sorge, denn eigentlich wollte ich dir nur sagen, dass ich noch viel mehr Zeit mit dir verbringe, als du dir vorstellen kannst. Ich wache morgens mit dem Gedanken an deine dunkelgrünen Augen auf und schlafe abends auf der Stelle in meinem Bett ein, auf der wir wenige Minuten zuvor noch eine Folge Stranger Things geschaut haben. Weil dein Parfum an dieser Stelle noch am intensivsten ist. Ganz verrückt ist aber, dass ich manchmal an dich denke, wenn du direkt neben mir stehst. Oder sitzt. Oder liegst. Da denke ich dann so Sachen wie: dass ich ziemlich süchtig nach deinem schäbigen Lachen bin, dass mein Leben kurz vor der WG und der neuen Schule und deiner Freundschaft ziemlich kaputt war und dass du es schaffst, mein Herz wahlweise zum Rasen oder Aussetzen zu bringen. Ich frage mich, wie du auf meine Narben reagierst, wenn ich sie dir zeige, und wann du bemerkst, dass ich gar nicht auf alte französische Filme stehe, sondern die nur ständig sehen will, damit du spätestens bei Minute 15 schläfst und ich dich in Ruhe anschauen kann. Ach ja, heute Morgen, als ich da draußen im Meer nicht genau wusste, ob ich noch durchhalte, bis Rettung kommt, da hab ich nur an dich gedacht. An dich auf unserem Abiball. Wie toll du da ausgesehen hast in deinem schwarzen Kleid. Wie wir getanzt haben und du zum ersten Mal nach der Trennung von Leon wieder gelacht hast. Aber statt dir gefühlsduselig ins Ohr zu flüstern, dass ich so froh bin, dich als beste Freundin zu haben und du dich immer auf mich verlassen kannst, wie ich das auf dem Abiball getan habe, will ich dir jetzt sagen, was ich schon vier Jahren vorhabe: Ich liebe dich, Sunny.‹

»Meinst du, wir haben das Richtige gemacht? Dass wir ihn hierhergebracht haben?«

Timon könnte über sich selbst kotzen, weil er mal wieder den Schwanz eingezogen hat. Warum ist er nur so ein Feigling, wenn es um ihn selbst geht?

»Keine Ahnung. Was hätten wir sonst machen sollen? Ihn da am Strand zurücklassen?«

»Nein, stimmt schon. Wir haben ihn dahin gebracht. Und es war richtig, dass wir ihn auch wieder weggebracht haben. Ich hab halt nur keine Ahnung, was wir jetzt mit ihm machen sollen. Jemand, der sich umbringen will, hört ja nicht einfach damit auf, nur weil es einmal nicht geklappt hat. Und wenn ich dann überlege, was im Netz alles stand …«

Timon muss an die 450 000 Suchergebnisse bei Google denken, die es zum Verschwinden von Lina Keppler gibt. Nachdem Jonas eingeschlafen war, haben sie sich hinter ihre Handys geklemmt, um sich aus den Fragmenten, die sie von Jonas, seinem Abschiedsbrief und dem Hotelmanager kannten, ein stimmiges Bild zu machen. Schon allein wenn man den Namen des Hotels eingibt, taucht Linas Foto zigmal auf. Dieses fröhliche Urlaubsfoto, das Timon und Sunny schon von Facebook kennen. Eine Verbindung zu Jonas haben sie zunächst nicht gefunden, in allen Artikeln war nur von Familie, höchstens mal von einem Bruder die Rede. Bis Sunny die Überschrift einer Boulevardzeitung angeklickt hat: ›Jonas K. (16), der verzweifelte Bruder der vermissten Lina.‹ Sie erkannten Jonas auf dem Foto sofort. Noch ein bisschen jünger, noch nicht ganz so dünn, aber die Augen schon so traurig wie heute. In dem Artikel ging es um einen Mobbing-Vorfall an einer Frankfurter Schule, der aber nur noch gegen Bezahlung abrufbar war.

Sie haben dann aufgehört zu recherchieren, die Infos reichten aus, um das Geschehen der letzten 24 Stunden einordnen zu können. Und um bei Timon ein schlechtes Gewissen hervorzurufen. Hätte er das alles schon gewusst, als sie nach ihrer Flucht vom Strand im Auto saßen, hätte er Jonas nicht noch mal angebrüllt. Er hätte ihn nicht zwanghaft zum Reden aufgefordert, weil er von ihm sofort die Gründe für den Selbstmordversuch wissen wollte.

Sunny hat ihn dann gebremst. Angeblich, weil sie sich nicht auf den Weg und den Verkehr konzentrieren konnte. Wahrscheinlich aber, weil sie ein besseres Gespür dafür hatte, dass es nichts brachte, nicht in diesem Moment. Danach hat er sei-

14.11.16

Lina ist seit über zweieinhalb Monaten verschwunden.

Sie stecken mich in ein Internat.

Sie sagen: Es ist besser, ich bekomm nicht alles mit.

Sie meinen: Ich bin ihnen im Weg.

Vielleicht können sie mich auch nicht mehr ertragen.

Kein Wunder, ich mich auch nicht.

Lina, ich mach jeden Tag das Laub vom Trampolin. Damit du wieder drauf springen kannst, sobald du zurückkommst.

Du kommst doch zurück?

Keine Ahnung, wer das macht, wenn ich weg bin.

Wahrscheinlich niemand.

Sie sind auch kaum noch da.

Einer ist immer auf Mallorca, der andere gibt Interviews oder sammelt Geld.

Sie haben die größte Suchaktion gestartet, die es je gegeben hat.

Bis jetzt hat's nichts gebracht.

Tausend Hinweise, alle umsonst.

Manche sind sogar schon genervt davon, weil dein Foto überall ist. Weil Mama überall ist. Und Papa.

Das kam neulich bei RTL.

Da haben irgendwelche verfickten Zuschauer auch gesagt, dass unsere Eltern wahrscheinlich irgendwas vertuschen wollen.

Dass sie dir Beruhigungsmittel gegeben haben und du daran gestorben bist.

So 'ne Scheiße.

Warum sagen sie nicht die Wahrheit, dass ich schuld bin?

Warum sagt mir das niemand ins Gesicht?

Es denken doch eh alle und es stimmt ja auch.

Mama hat hinterher geheult.

Wie immer.

Und ihre Beruhigungstabletten mit Wein runtergespült.

Wie immer.

Ihre hab ich auch schon ausprobiert.

Sind, glaub ich, zu stark für mich, aber geiles Zeug.

Kann damit 14 Stunden am Stück schlafen.

Ohne an dich zu denken.

Nach diesem beschissenen Bericht musste ich aber an dich denken. Und ich bin immer wütender geworden.

So wütend, wie ich in den letzten drei Monaten zusammen nicht war.

Wütend auf RTL, auf mich – und auf Paul.

Und dann hab ich das Video gemacht, das Paul verdient hat.

Auf der Schule hassen mich jetzt alle dafür.

Erst Mitleid, jetzt Hass.

Verlogene Arschlöcher.

Aber ich bin ja eh nicht mehr lang da.

Und Paul muss ich hoffentlich nie wieder sehen.

Die nächsten Wochen ist er in irgendeiner Klinik.

Soll er sich doch umbringen.

Mir egal.

Dann hat die BILD-Zeitung noch mal was zu schreiben.

Der verzweifelte Bruder.

Zum Kotzen.

Lina, wo bist du?

J.

9.

Die Sonne strahlt durch einen Schlitz in den bodenlangen weißen Vorhängen. Wie Laserpointer streifen die Strahlen Jonas' Gesicht. Er blinzelt, dreht sich schützend zur Seite, öffnet orientierungslos die Augen und fährt vor Schreck hoch, als ihn von der gegenüberliegenden Wand eine mallorquinische Teufelsmaske anstarrt. Wo ist er? Das Bett, in dem er liegt, ist riesig, das Zimmer auch. Nur ein alter spanischer Bauernschrank steht noch neben der Tür. Und ein Stuhl, an dessen Lehne seine Badehose hängt. Er schaut an sich runter, sieht ein Shirt und eine Shorts, die ihm nicht gehören. Sein Kopf dreht sich. Timon. Sunny. Jonas lässt sich zurück in die Kissen fallen. Die Erinnerung an gestern ist sofort wieder da. Und auch das merkwürdig leere Gefühl, ein ewig geplantes Projekt nicht bis zum Ende durchgezogen zu haben. Oder kurz vor dem Sechzehner gefoult worden zu sein. Wo wäre er jetzt, wäre Timon nicht aufgetaucht? Bei Lina?

Ein halbes Jahr hat er diesen gestrigen Tag herbeigesehnt. Die Planung hat ihn aufrecht gehalten. Der Gedanke an den Tod hat ihn leben lassen. Es war seine einzige Freude, eine makabre Freude, er weiß, aber Jonas war an einem Punkt, an dem ihm diese Unterscheidung egal war. Er konnte diese Klammer nicht mehr ertragen. Diese Klammer aus Schuldgefühlen, die ihn an schlechten Tagen zu zerquetschen drohte. Und die gestern nach seinem Traum von Linas Tod so eng saß wie noch nie. Immerhin ist heute ein besserer Tag. Das spürt er. Einer, an dem die Klammer nicht ganz so straff sitzt, an dem man aber trotzdem vorsichtig sein muss und nicht leichtsinnig ans Glück glauben darf, weil sie sich jederzeit und ohne Vorwarnung wieder zuziehen kann. Das ist ihm schon mehr als einmal passiert.

Jonas setzt sich auf die Bettkante und riecht dabei an dem Shirt. So riecht also sein Retter. Der Duft eines Helden, den er nicht gerufen hat. Ob er wütend auf Timon ist? Jonas kann seine eigene Frage nicht beantworten. Er wäre es gern. Er würde diesen Typen gern anbrüllen, wie er sich gestern von ihm hat anbrüllen lassen. Er würde ihm entgegenschreien, dass er sich aus seinem Leben und vor allem auch aus seinem Tod raushalten soll. Weil er keine Ahnung hat, was ihn dazu gebracht hat, diesen Schritt zu gehen. Dass er vielleicht Schmerzen kennt, aber garantiert nicht diesen schmerzenden Selbsthass, der seit zwei Jahren der alles dominierende Bestandteil seines Lebens ist.

Aber das mit der Wut auf Timon will einfach nicht klappen. Dass sich zwei Wildfremde so um ihn kümmern, berührt ihn irgendwie. Irgendwie, kaum definierbar. Und irgendwo – an einer Stelle, die sich mit Linas Verschwinden vor zwei Jahren aufgelöst hatte. Zum ersten Mal spürte er es nachts auf der Fähre, als er den Tod seiner Schwester vor Augen hatte und die beiden unbeholfen für ihn da waren. Dann noch mal im Auto, als sich Timons Stimme vor Wut und Aufregung überschlug und Sunny ihn, nachdem sich ihre Augen kurz im Rückspiegel getroffen hatten, runterkochte. Und noch stärker spürte er es bei ihrer Ankunft hier, im Bad nebenan, als Timon ihn nicht allein lassen wollte. Aus Angst und Sorge, er könnte noch einen weiteren Versuch starten.

Aber was genau ist Es? Und wo? Einem Arzt würde Jonas jetzt erklären, dass die besagte Stelle zwischen Zwerchfell und Bauchnabel sein muss. So unterhalb seiner Rippen. Obwohl er es eigentlich nicht genau sagen kann, weil Es auch an anderen Stellen auftaucht. Und das Es würde er auf Nachfrage vielleicht als Kribbeln bezeichnen oder als Brennen. Keinesfalls als unangenehm. Und auch nicht ständig da. Eher auf- und abklingend. Gerade ganz schwach, gestern Abend extrem stark. Und wenn es wie gestern Abend stark ist und er es nicht in den Griff bekommt, kann es sein, dass es platzt. Also das Es in ihm. Dass es sich anfühlt, als würde irgendwas umgestülpt werden und heißes Blut wie mit einer Pumpgun abgefeuert durch alle Organe schießen. Meistens zusammen mit Erinnerungen, die wie Schlagschatten gegen sein inneres Auge knallen. Häufig irgendwas mit Lina, gestern Abend Paul und er vor Jahren am Main. Paul, der ihm auf der Gitarre sein neu einstudiertes Lieblingslied von James Blunt vorspielte und ihm gleichzeitig das ehrlich gemeinte Versprechen gab, immer und für alle Ewigkeit Freunde zu bleiben. Der Arzt würde ihn wahrscheinlich fragend anschauen, in seine Augen leuchten und seinen Bauch abtasten. Organisch kann ich nichts feststellen, wäre wohl seine Diagnose. Und recht hätte er.

Jonas fährt sich durch die Haare und steht auf. Der Laserstrahl der Sonne hat sich vom Bett und der Wand verabschiedet und wandert jetzt vor dem Fenster auf dem roten Fliesenboden entlang. Er hat keine Ahnung, wie viel Uhr es ist. Und wo er sich hier überhaupt befindet. Im Haus von Sunnys Eltern, das hat er sich gemerkt. Aber in welcher Gegend von Mallorca das liegt, wie weit weg vom Hotel, das weiß er nicht. Bis auf das fragende Gebrüll von Timon hat er von der Autofahrt gestern nichts mitbekommen.

Jonas zieht den Vorhang ein wenig zur Seite und staunt über die paradiesische Aussicht, die sich vor ihm ausbreitet. Rechts und links schützende Berge, am Horizont das weiß glitzernde Meer, in ein paar Hundert Metern Entfernung eine grasende Eselfamilie umringt von einer Schafherde. Einen Stock unter ihm der tiefseeblaue Pool, an dessen Rand sich Timon in einem Liegestuhl sonnt. Wie perfekt das alles wirkt. Unwirklich perfekt. Nur er stört in diesem Bild.

Es muss ein Matrix-Fehler sein, dass er hier ist. Genauso wie die Tatsache, dass die beiden ihn in einer schäbigen Toilette aufgegabelt haben und seither wie Kletten an ihm kleben. Wie zum Beweis seiner Gedanken kommt Sunny aus dem Haus gerannt, springt kreischend in den Pool und überzieht Timon mit einem Schwall Chlorwasser. Der flucht und lacht und kontert mit einer Arschbombe, die knapp neben Sunny einschlägt. Im Spritzwasser erblühen kleine, schnell vergängliche Regenbögen. Vögel, die sich in den Büschen vor der Sonne versteckt hielten, fliegen aufgebracht davon.

Jonas wendet sich ab. Gezwungen angeekelt, wie er seit zwei Jahren alles wahrnimmt, was vermeintlich Schönes in seiner Welt stattfindet. Zu viel Ausgelassenheit, zu viel Kitsch, zu viel Normalität – er kann es nicht ertragen, er darf und will es Linas wegen nicht ertragen. Und doch spürt er wieder dieses Gefühl. Ganz leicht nur, aber Es ist da. Und plötzlich weiß er, was Es ist. Ungewollt überkommt ihn die Erkenntnis. Er will sie wegschieben, verdrängen wie immer, doch dieses Mal gelingt ihm das nicht. Glasklar hat er vor Augen, was er sich seit zwei Jahren sehnlichst wünscht und niemals eingestanden hat: Er will umarmt werden. Von dieser schönen Welt. Von diesem unbeschwerten Leben. Und vielleicht auch ein bisschen von Timon und Sunny, seinen Rettern.

Aber auf diesen Wunsch hat er sich jedes Recht verspielt.

05.12.16

Erster Tag im Internat. Bad Mergentheim. Kotz. Der Arsch der Welt. Mama hat mich abgeliefert. Ist deswegen extra zwei Tage nüchtern geblieben. Papa ist in Madrid. Will bei der Regierung erreichen, dass mehr Ressourcen für die Suche nach Lina bereitgestellt werden. Die Polizei war kurz davor, den Fall zu den Akten zu legen. Meine Schwester ist jetzt ein Fall. Ein hoffnungsloser wahrscheinlich. Wie ich. Mama hat draußen am Parkplatz geweint und hundertmal gesagt, wie leid ihr alles tut. Nur sie meint es nicht so. Ich seh es ihr an. Vor allem ohne Alkohol seh ich, wie ihre Augen gefüllt mit Tränen immer an mir vorbeischwimmen. Was sie wirklich meint: Du hast alles kaputt gemacht, mein Kind ist weg, meine Ehe ist im Arsch, meine Karriere auch und unsere Freunde reden seit dem Video nicht mehr mit uns. Du kannst von Glück sagen, dass sie auf eine Anzeige verzichtet haben. Hoffentlich tut DIR das leid.

Aber sie spricht es nicht aus, niemand spricht es aus. Dabei würde mir das, glaub ich, helfen. Keine Ahnung. Sie hat mir dann noch meine Gitarre aus dem Kofferraum gegeben: »Spiel doch wieder oder schreib neue Lieder. Das hat dir doch immer so Spaß gemacht und darüber findest du sicher schnell ein paar Freunde. Die Internatsleiterin hat mir am Telefon gesagt, dass die hier viel Musik machen.« Ich hab die Gitarre einfach liegen lassen. Keine Ahnung, ob Mama sie wieder mitge-

nommen hat. Wahrscheinlich schon. Songtexte schreiben – worüber denn? Über die ganze Kacke, die passiert ist?

Das Leben ist beendet,
schneller als gedacht.
Eben noch gefickt,
jetzt schon gute Nacht.

Außerdem will ich keine Freunde. Freunde stellen Fragen, Freunde mischen sich ein und kapieren dann doch gar nichts. Darauf hab ich keinen Bock. Hab ja gerade erst meine alten losgekriegt. Hab alle Profile gelöscht, damit mich niemand mehr findet, der mich kennt. Hab nur noch so einen Fake-Account, über den ich mit ein paar fremden Typen über Games chatte und alle News über Lina bekomme. Ab und zu schau ich mir auch Pauls Seite an. Aber seit der in dieser Klinik ist, postet er nichts mehr. Keine Ahnung, wie lang er da noch bleiben muss. Die Schizo-Klinik ist ganz hier in der Nähe. Wir könnten uns fast besuchen. Wird aber nicht passieren. Vielleicht lauf ich mal hin, um mir anzusehen, was ich angerichtet habe. Endlich ein sichtbarer Beweis für die ganze Scheiße, die ich baue. Und dann könnte ich ihm auch die zweite Strophe von meinem neuen Song vorsingen:

Tritt mir in die Fresse,
zeig mir deine Wut.
Damit ich nie, nie, nie vergesse,
nichts wird jemals wieder gut.

Jo

10.

Sunny sieht ihn zuerst. Zerknittert steht er in der Terrassentür und hält schützend die Hand über seine Augen. Sie stupst Timon an, der sich neben ihr am Rand des Pools trocknen lässt, und winkt Jonas bemüht unbekümmert zu.

»Hey, Jonas, na, ausgeschlafen?«

Jonas bleibt in sicherer Entfernung unsicher stehen. Sunny sieht ihm sogar durch die riesige Sonnenbrille ihrer Mutter an, dass er keine Ahnung hat, wie er sich verhalten soll. Und ihr und Timon geht es nicht anders. Gestern hat sie zwar noch vollmundig behauptet, einfach zur Normalität überzugehen, aber gerade hat sie keine Ahnung, wie Normalität gegenüber einem potenziellen Selbstmörder aussehen könnte. ›Hey, hast du Hunger? Oder willst du dich zu uns legen?‹ So wie Timons Shirt an Jonas schlackert, scheint er nicht sonderlich viel Wert aufs Essen zu legen. Und abgesehen von seinem verbrannten

Gesicht und den braunen Armen ist Jonas schneeweiß. Beides also keine guten Einstiege in ein normales Gespräch. Sie versucht es noch mal bei Timon, doch ihre Anstupser bewirken rein gar nichts. Nach seinen gestrigen Ansagen fällt es ihm scheinbar noch schwerer als ihr, die richtigen Worte zu finden.

Sunny steht von ihrer Liege auf und platzt mit der erstbesten Frage raus, die ihr in den Sinn kommt: »Brauchst du 'ne Sonnenbrille? Irgendwo drin in einem Schrank liegt die von meinem Dad. Warte, ich hol sie dir.«

Froh darüber, etwas zu tun zu haben, geht Sunny auf Jonas zu, der ein bisschen zur Seite weicht, um ihr den Weg ins Innere der Finca frei zu machen. Dabei schaut sie ihm durch ihre dunklen Gläser kurz in die Augen, um zu erkunden, ob er sich noch an ihr Geheimnis, das er auf der Fähre einfach so rausgehauen hat, erinnern kann.

Aber Jonas weicht nicht nur ihr, sondern auch ihrem Blick aus. Nicht wie gestern im Auto, als seine Augen sie gesucht haben mit der stummen Bitte, Timon runterzufahren. So hat sie es zumindest verstanden und so hat sie es dann auch gemacht. Im Nachhinein war sie sich sicher, dass es dieser Blick war, diese verlorene Hilflosigkeit, der sie dazu gebracht hat, Jonas nicht mehr als Feind zu sehen.

»Komm mit. Vielleicht zeig ich dir auch gleich mal das Haus.« Ohne eine Antwort von Jonas abzuwarten, winkt sie ihn hinter sich her. »Nur damit du dich auskennst, ne. Nicht, dass du denkst, ich will hier einen auf Rich Kid machen.«

Was als Witz verpackt ist, ist Sunny tierisch ernst. Sie will auf keinen Fall wie eine reiche, verzogene Tochter rüberkommen, die sich mit dem Geld ihrer Eltern ein geiles Leben macht. Das wollte sie noch nie und darum ist Timon auch der erste Freund, abgesehen davon, dass er ihr einziger ist, den sie hierher eingeladen hat. Weil sie sich bei ihm sicher sein kann, dass diese Millionen-Finca seine Meinung über sie nicht verändern wird.

Und trotzdem hat sie Timon gestern Abend angesehen, dass er über die Größe des Anwesens verwundert war. Dass er sich gefragt hat, wie es wohl sein muss, Eltern mit so viel Geld zu haben. In Köln konnte sie das Thema immer umgehen, weil sie die meiste Zeit bei ihm in der WG abhingen, hier ist es offensichtlich. Sunny war froh, dass er seine Fragen nicht laut gestellt hat. Denn wie könnte sie zu jemandem sagen, der keine Eltern mehr hat, dass es beschissen ist, Eltern mit Geld zu haben. Ihre Eltern mit Geld zu haben.

Seit sie denken kann, war es das, worum es bei ihnen zu Hause ging: Geld. Weil der über allem stehende Grundsatz, perfekt zu sein, perfekt zu funktionieren, ja nur das eine Ziel hatte: Geld zu verdienen. Ihre Eltern wurden ihrem eigenen Anspruch gerecht, sie hat versucht ihnen nachzueifern, allerdings um in einer anderen Währung bezahlt zu werden: Zuneigung. Doch dafür reichte das eng getaktete Zeitkontingent ihrer Anwalts-Eltern nie aus.

Als Sunny das zum ersten Mal klar wurde, hat sie rebelliert und ihre perfekten Freundinnen durch einen besten Freund ersetzt. Eine Rebellion, die kaum jemand wahrgenommen, aber ihr Leben komplett verändert hat. Denn bei Timon, der so gar nicht perfekt ist, sowohl was das Äußere als auch seine Vergangenheit angeht, musste sie es auch nie sein.

Die zweite Rebellion gegen ihre Eltern hat dann erst kürzlich stattgefunden, als sie sich dazu entschieden hat, nach dem Abi erst mal bei einem Hilfsprojekt in Afrika mitzuarbeiten. Ihre Eltern sind fast ausgeflippt, doch sie hat die Anmeldung an ihrem 18. Geburtstag einfach abgeschickt – zwei Tage vor ihrem positiven Schwangerschaftstest.

Sunny räuspert sich, weil sie bemerkt, dass Jonas etwas ratlos auf die versprochene Führung wartet.

»Äh ja, also so viel kann ich dir auch gar nicht zeigen, das meiste hast du eh schon gesehen. Oben sind drei Schlafzimmer und das Bad, das kennst du ja schon. Hier ist die Küche, da kannst du dir alles aus dem Kühlschrank nehmen, was du brauchst. Neben der Küche ist noch mal eine Toilette und da hinten ist das Schlafzimmer von meinen Eltern. Lass dich von dem ganzen Hochglanzkram nicht abschrecken, jeder Fleck ist willkommen.«

Sunny kann sich noch gut dran erinnern, wie sie weinen musste, als sie das Haus nach dem Umbau zum ersten Mal gesehen hat. Früher war die Finca eine Villa Kunterbunt mit einer gemütlichen und lebendigen Einrichtung. Kein Möbelstück hat zum anderen gepasst, die Holzdielen haben geknarzt und der Garten war verwildert. Das Haus erinnerte sie an eine lebendige Persönlichkeit, die jeden Besucher mit offenen Armen empfängt. Und weil es so gar nicht zu ihren Eltern passte, konnte sie sich hier immer vorstellen, dass die beiden im Kern doch ganz andere Menschen sind. Liebevolle, warmherzige, gütige Charaktere, die nur durch einen unglücklichen Zufall Wirtschaftsanwälte geworden sind, insgeheim aber stets dazu bereit, den Schwachen selbstlos zu ihrem Recht zu verhelfen. Und dann kam der Umbau, weil es ihrer Mutter in einer Phase der Besinnung (das Wort Burn-out wurde der Perfektion zuliebe nie laut ausgesprochen) langweilig wurde. Mit einem Berliner Innenarchitekten hat sie die Optik der Finca ihrem Leben angepasst und eine durchgestylte, charakterlose Schöner-Wohnen-Design-Scheiße fabriziert.

Und trotzdem kommt Sunny immer wieder gern hierher, weil in bestimmten Momenten, insbesondere draußen bei Sonnenuntergang, wenn die orangefarbenen Sonnenstrahlen von den Bergen ins Tal strahlen und alles in schummriges Honiglicht tauchen, die Seele der alten Villa Kunterbunt sichtbar wird.

Sie führt Jonas zurück zur Terrassentür und dann rechts in ein Wohnzimmer mit einer riesigen Ledercouch vor einer noch viel riesigeren Fensterfront, durch die gefühlt ganz Mallorca zu sehen ist.

»Und hier ist so ein Platz zum Abhängen. Abends echt schön. Wir können im Kamin auch Feuer machen, wenn's mal kalt wird. Denk ich aber eher nicht bei der Hitze. Die meiste Zeit sind wir eh draußen am Pool. Den haste ja schon gesehen. Da gibt's auch Handtücher und Sonnencreme und so.«

Sunny beendet die Führung und öffnet eine Kommode unter dem 55-Zoll-Fernseher. In der obersten Schublade findet sie sofort, wonach sie gesucht hat: eine ganze Sammlung von Sonnenbrillen ihrer Eltern. Sie reicht Jonas eine Pilotenbrille mit Goldrand.

»Probier die mal.«

Jonas setzt sich die Brille auf und schaut auf ein Zeichen von Sunny hin in den Spiegel über dem Kamin. Er legt seine Stirn in Falten und streicht sich die abstehenden Haare glatt.

»Sieht kacke aus, was? Vielleicht ist die doch besser.«

Sunny reicht ihm das nächste Exemplar mit kreisrunden Harry-Potter-Gläsern und kleinen Diamanten auf den Bügeln. Absichtlich die schrecklichste Brille ihrer Mutter, die sie in der Schublade finden konnte. Irritiert setzt Jonas sie auf.

»Die ist perfekt.«

Sunny muss sich zusammenreißen, als sie Jonas entstelltes Gesicht sieht.

»Ist das dein Ernst?«

»Ja, die steht dir super. Harmoniert total mit deinen Augenbrauen.«

Jonas schaut ratlos in den Spiegel.

»Die Glitzersteine sind auch niedlich, bringen etwas Stimmung in dein Gesicht.«

Als Sunny losprustet, dreht Jonas sich zu ihr um.

»Sehr lustig.«

»Jetzt lach doch mal.« Sie stupst ihn mit dem Ellenbogen in die Seite und reicht ihm im Tausch eine klassische RayBan.

»Keine Ahnung, warum meine Mum dieses scheußliche Ding hat. Sollte sie mal im Büro aufsetzen.«

Sunny probiert die Brille selbst noch mal auf und posiert vor Jonas. »Mir steht sie aber, oder?«

»Wie ein Horror-Clown auf E siehst du damit aus.«

Sunny erwidert Jonas' Grinsen. »Perfekt. Mal sehen, was Timon dazu sagt. Komm, wir gehen wieder raus.«

An der Terrassentür bleibt Sunny stehen.

»Ich mach mir noch 'nen Kaffee. Willst du auch einen?«

Jonas nickt und will ihr schon in die Küche folgen.

»Nee, du kannst ruhig rausgehen. Ich bring ihn euch. Timon will sicher auch noch einen. Und Jonas«, sie hält einen Moment inne, bevor sie weiterredet, »du solltest öfters lächeln. Hab ich auf der Fähre schon gedacht. Das steht dir echt gut.«

Ohne auf seine Reaktion zu warten, geht Sunny in die Küche. Eigentlich wollte sie was anderes sagen, eigentlich wollte sie ihn bitten, Timon nichts von der Schwangerschaft zu erzählen. Aber dann hat sie sich doch dagegen entschieden, in der Hoffnung, dass Jonas dieses Thema aufgrund seiner ganzen eigenen Themen längst vergessen hat. Sie dreht sich noch mal zu ihm um und beobachtet nachdenklich, wie er sich langsam in Richtung Timon vortastet. War es wirklich der Blick im Auto, der sie dazu gebracht hat, Jonas nicht mehr mit voller Abneigung zu begegnen? Oder liegt es auch an der Tatsache, dass er so gar nicht funktioniert, wie man es von einem fast Erwachsenen erwartet? Wie es von ihr immer erwartet wurde. In Gedanken versunken drückt sie auf den Startknopf des Kaffee-Vollautomaten und merkt zu spät, dass sie vergessen hat, eine Tasse drunterzustellen.

* * *

Timon hat sich wieder unter das große Sonnensegel gelegt, das auf einer Steinterrasse unterhalb des Pools über die Outdoor-Sofas gespannt ist. Eingerahmt von jahrhundertealten Olivenbäume. Wie schön das hier ist. Wie glücklich Sunny und ihre Eltern sein müssen, hier immer wieder herkommen zu können. Und wie merkwürdig es gleichzeitig ist, wie wenig sie ihm in den letzten vier Jahren davon erzählt hat. Über seinen Vorschlag, lieber in einem Hostel in Palma zu übernachten, kann er jetzt nur noch lachen.

Müde lässt er seine Halswirbel knacken. Viel geschlafen hat er heute Nacht nicht im Sandwichzimmer zwischen Sunny auf der einen und Jonas auf der anderen Seite. Erst hat er die Rettungsaktion zigmal durchlebt, dann das Abendessen mit Sunny. Mit den tausend Möglichkeiten, ihr endlich die Wahrheit zu sagen. Verstrichene Möglichkeiten, bis sie schließlich an seiner Schulter eingeschlafen ist und er zwei Stunden regungslos steif sitzen blieb, um ja nichts an der perfekten Situation zu ändern.

»Was dagegen, wenn ich mich zu dir setze?«

Überrascht blickt Timon auf. Jonas steht vor ihm, ohne Sunny.

»Nee, klar. Setz dich hin, wo du willst.« Perplex drückt er sich von der Couch hoch, während Jonas ihm gegenüber Platz nimmt.

Timon hat keine Ahnung, ob jetzt der richtige Zeitpunkt ist, ihn auf gestern anzusprechen. Jonas sieht ausgeschlafen aus, erholt, mit der etwas zu großen Sonnenbrille von Sunnys Vater fast schon cool.

Überraschenderweise ergreift Jonas als Erster das Wort: »Sunny macht Kaffee. Sie kommt gleich.«

»Perfekt.« Timon rückt eine Flasche Sonnencreme näher zu Jonas. »Wenn du was zum Eincremen brauchst, kannst dir ruhig was nehmen.«

»Hm, danke. Später vielleicht.«

Timon überlegt krampfhaft, wie er das notwendige Gespräch anfangen soll. Und während er überlegt und die Stille zwischen ihnen immer aufdringlicher wird, beginnt auf dem Nachbargrundstück eine Grille lautstark zu zirpen.

»Wusstest du, dass man durch das Zirpen einer Grille die Temperatur bestimmen kann? Man muss nur zählen, wie oft die Grille in 13 Sekunden zirpt. Dann plus 40, dann hat man die Temperatur in Fahrenheit.«

Timon weiß zunächst nicht, ob Jonas ihn verarschen will, doch als er ihn kritisch anschaut, zählt Jonas mit seinen Fingern bereits 13 Sekunden ab.

»36 Zirplaute plus 40 sind 76. Kannst du das in deinem Handy mal umrechnen?«

Timon holt sein Handy aus der Tasche.

»Woher weißt du denn so was?«

»Hat mir ein Freund mal beim Zelten in unserem Garten beigebracht. Mit unserer Grille hat das aber nicht richtig funktioniert. Die hat uns erst voll genervt und als wir zählen wollten, kam in den 13 Sekunden immer nur ein Zirp bei uns an, was irgendwas um 5 Grad bedeutet hätte. War aber Hochsommer.«

Timon hat mittlerweile das Ergebnis gegoogelt.

»24 Grad. Könnte hinkommen. Krass, das hab ich ja noch nie gehört.«

Timon sieht, wie ein zufriedenes Lächeln Jonas zwei Grübchen in die Wange stanzt. Er muss ihn jetzt einfach fragen: »Wie geht's dir heute?«

Das Lächeln verschwindet augenblicklich.

»Gut, danke.«

»Wirklich? Du musst mir hier nichts vorspielen. Ich weiß, was dir passiert ist. Also vor zwei Jahren. Wir haben gestern noch ein bisschen im Netz recherchiert. Eine riesige Scheiße ist das, echt.«

Jonas gibt nur einen undeutlichen Laut von sich.

»Also echt, du kannst ruhig sagen, wenn es dir dreckig geht und du irgendwas brauchst. Einen Arzt zum Beispiel.«

»Ich brauch nichts, danke.«

Timon atmet tief durch.

»Scheiße, Alter, du wolltest dich gestern umbringen. Und heute ist wieder alles okay? Das glaubt dir doch kein Mensch.«

»Natürlich ist gar nichts okay. Aber mir geht's seit zwei Jahren dreckig. Darum ist es heute nicht schlimmer oder besser als sonst. Besser wäre es nur, wenn du gestern nicht den Held gespielt hättest.«

»Oh, sorry, tut mir echt leid, dass du jetzt hier bist und nicht als Wasserleiche auf Ibiza zutreibst.« Er reibt sich die Augen. »Das ist doch krank.«

Timon wollte nicht schon wieder laut werden, aber es macht ihn einfach wütend, dass Jonas nicht einsehen will, gestern beinahe einen riesigen und unumkehrbaren Fehler begangen zu haben.

»Tut mir leid«, Jonas steht auf, »aber du verstehst das nicht.«

»Dann erklär's mir, Mann!«

»Du würdest es nicht verstehen! Niemand versteht das. Ich hätte einfach nicht mit euch hierherkommen sollen.«

Jonas will gerade zurück ins Haus, als Sunny mit drei Tassen Kaffee ankommt und ihm direkt eine in die Hand drückt. Sie lässt sich neben Timon aufs Sofa fallen.

»Na, schon 'ne Idee, was wir heute machen?«

Timon schaut Sunny kurz an und verdreht schweigend die Augen.

»Ich geh los.« Jonas stellt seinen Kaffeebecher ab, was Sunny ehrlich überrascht.

»Wie jetzt? Wo willst du denn hin?«

»Ach, irgendwohin. Ich will euch nur nicht länger auf die Nerven gehen.«

»Quatsch, du gehst uns überhaupt nicht auf die Nerven. Stimmt doch, Timi?«

Timon nickt und steht auf. Er will nicht, dass Jonas geht. Weil er die Befürchtung hat, dass er zum nächsten Strand fährt und dort die gleiche Aktion wie gestern noch mal abzieht. Und dieses Mal wahrscheinlich erfolgreich. Genau das dürfen sie nicht zulassen. Andererseits wird er ihn auch nicht zwingen können hierzubleiben. Das hat er ja eben gesehen. Darum gibt er sich lässig, obwohl sein Tonfall, wenn man ihn kennt, das genaue Gegenteil bedeutet. Aber Jonas scheint es nicht zu bemerken.

»Mir ist's egal. Jonas weiß ja wohl selber am besten, was gut für ihn ist. Aber du hast überhaupt nichts anzuziehen. Ich wollte jetzt eh gleich runter in die Stadt fahren, um Brot zu kaufen. Wenn du willst, kann ich dir ein paar Shirts und wenigstens 'ne Zahnbürste mitbringen.«

Timon sieht, wie es in Jonas arbeitet. Vielleicht weil sein Argument zieht, vielleicht, weil er gar nicht wirklich gehen will. Aber das ist ihm für den Moment egal, Hauptsache, Jonas bleibt.

»Okay, dann warte ich hier, bis du zurück bist. Danke.«

»Nicht dafür.«

Timon trinkt seinen Kaffee aus und verabschiedet sich von den beiden. Während er die Treppen zum Haus hochgeht, hört er Sunny noch sagen, dass sie sich jetzt erst mal was zu essen machen und sich dann an den Pool knallen. Leider kann er Jonas' Gesicht nicht mehr sehen, als Sunny hinzufügt, dass er im Pool ja hoffentlich nicht die Nummer von gestern abziehen will. Dafür liebt er sie. Und auch dafür, dass sie Jonas sein Tagebuch noch nicht zurückgegeben hat. Denn das wird er jetzt mitnehmen und darin lesen, obwohl er weiß, dass man das nicht macht. Normalerweise.

Aber wenn jemand seine geheimsten Gedanken ungeschützt zurücklässt, dann will er gehört und verstanden werden. Und genau das ist Timons Hoffnung: dass Jonas danach kein Fremder mehr für ihn ist.

25. 12. 16
Erstes Weihnachten ohne Lina. Erster Besuch zu Hause, seit ich im Internat bin. Hab ein Fahrrad geschenkt bekommen. Wofür? Weil ich so ein toller Sohn bin? Dabei hab ich mich geweigert, auf der Gitarre Weihnachtslieder zu spielen. Spiel ja nicht mehr. Nur Oma war enttäuscht. Mama hat es gar nicht mehr mitbekommen (Alkohol und/oder Medikamente?), Papa war es egal. So egal, wie uns das ganze Fest war.

Kein Baum, keine Plätzchen, keine Musik. Nur Geschenke, auch für Lina. Mama hat sie später alle in Linas Zimmer geräumt, das sie zu ihrem Schlafzimmer umfunktioniert hat. Getrennte Betten – sind die beiden nur noch wegen der Suche zusammen? Muss noch sechs Tage warten, dann fahre ich zurück ins großartige Bad Mergentheim. Immerhin bin ich da allein. Die Leute lassen mich in Ruhe. Hab ich ihnen aber auch mehr als deutlich klargemacht. Wenn man nicht redet, ist man erst interes-

sant und dann sehr schnell voll der Langweiler. Und weil ich so krasse Albträume hab, durfte mein Mitbewohner sogar ausziehen. Einzelhaft.

Hab dort auch eine neue Psychologin. Lüg ihr vor, dass alles paletti ist. Keine Ahnung, ob sie mir das abnimmt. Hab einmal vor ihr geweint, damit sie sieht, dass ich Emotionen zulassen kann. War auch gelogen. Hat ihr aber gutgetan. Sie kam sich nützlich vor.

Morgen kommt eine Spendengala für Lina im Fernsehen. Wurde vor zwei Wochen aufgezeichnet mit ganz vielen Stars und Johannes B. Kerner. Hat Papa erzählt. Ich war nicht dabei. Die hoffen alle, dass genug Geld zusammenkommt. Sonst wird die Suche eingestellt. Hab neulich mitbekommen, dass wir jetzt schon total verschuldet sind. Und das Internat ist auch nicht billig. Ein weiterer Punkt in meiner Fehlertabelle.

Ob Paul die Gala anschauen wird? Ich muss immer noch an ihn denken, die Geschichte aufzuschreiben hat nichts gebracht. Sie bleibt in meinem verfickten Kopf.

Ich werde sie nicht schauen. Glaub nicht mehr daran. Hab gegoogelt, was mit Mädchen passiert, die einfach verschwinden. Hab es fast ein halbes Jahr nicht gemacht. Señora Lorca hat mir damals davon abgeraten. Jetzt hab ich es doch getan. Hab mich danach übergeben. Mehrfach, bis nichts mehr kam. Das hilft mir manchmal. Beim Kotzen kann man nicht denken. Da ist alles leer, auch der Speicher. Werde aber nicht bulimisch. Will kei-

ne weiteren Sorgen verursachen. Das Video hat gereicht. Die sollen sich auf Lina konzentrieren. Alle. Hab mich mal geritzt, um wenigstens wieder irgendwas zu spüren. Bin davon ohnmächtig geworden. Also auch nicht das Richtige. Und ich will ja gesund sein, falls Lina doch zurückkommt. Dann will ich mit ihr draußen im Schnee spielen oder Fahrradrennen machen oder ins Rebstockbad gehen und mit ihr die 120-Meter-Rutsche runterrasen. Aber ob sie das noch alles mag, wenn sie von da zurückkommt, wo sie laut Google sein könnte? Sie wird eine andere sein, ich bin anders, meine Eltern sind komplett anders. Ob wir überhaupt je wieder eine Familie werden? Eins wird mir jeden Tag klarer: Es wird nie mehr so sein wie früher.

Jo

11.

Rote Sterne tanzen hinter seinen geschlossenen Augenlidern. Die Grillen zirpen noch immer, viel schneller als vorher, aber Jonas hat aufgehört zu zählen. Die Temperatur, das spürt er auch so, nähert sich garantiert den 30 Grad. Schweißperlen rinnen an seinen Rippenbögen entlang, einige sammeln sich in seinem Bauchnabel. Er müsste sich eincremen, obwohl er trotz seiner blonden Haare schnell braun wird. Aber weder sein Oberkörper noch seine Beine haben in den letzten Jahren viel Sonnenlicht abbekommen. Nur sein Gesicht und seine Arme sind wie bei einem Radfahrer dunkler als der Rest. Gleich wird er es tun, sich eincremen, oder noch besser sich unter den Schirm legen, wo Sunny schon liegt, aber für den Augenblick genießt er das Brennen seiner Haut. Und das Gefühl, als würden alle Gedanken, sobald sie gedacht sind, verdampfen wie Wasser auf einer heißen Herdplatte. Ein Schwebezustand zwischen wach sein und schlafen, zwischen Tagtraum und Realität, zwischen leben und sterben.

Das Gespräch mit Sunny fegt durch seine überhitzte Gedankenwelt. Vorhin beim Frühstück an der Küchentheke. Belanglosigkeiten, darauf hat er geachtet. Kein Wort zu gestern. Kein Wort zu ihrer Schwangerschaft. Sie hat erzählt, woher sie und Timon sich kennen. Und gelacht, als er nachgefragt hat, ob sie beide irgendwann mal ein Paar waren. Ein merkwürdiges Lachen war das als Antwort. Laut. Fast schrill. War es so, waren sie jemals ein Paar? Oder ist ihr die Vorstellung total fremd? Oder wünscht sie sich vielleicht nichts sehnlicher, als dass es so wäre?

Jonas hat plötzlich dieses Bild vor seinen hitzeflimmernden Augen. Timon und Sunny, wie sie miteinander schlafen. Und statt schnell zum nächsten Gedanken zu springen, malt die sengende Sonne dieses Bild immer detailgetreuer aus. Timon, der Sunny unter der Dusche überrascht, sich zu ihr stellt und sich von hinten an sie drückt. Seine Hände, die ihren Körper erkunden, ihre Brüste, ihren Bauch, ihren Schritt. Sie, die die Berührungen genießt; er, der steif wird und Sunny zu sich umdreht. Doch Sunny ist nicht mehr Sunny. ER ist jetzt Sunny. Und er kann es kaum erwarten, bis Timon ihn küsst und sich hart an ihn presst. Jonas will ihm dabei in die Augen schauen, er blinzelt leicht, doch es sind nicht Timons Augen, die er sieht. Es ist Paul, der ihn erregt angrinst.

Jonas schrickt auf, muss sich orientieren. Wo ist er? Nur langsam löst sich die Zwischenwelt in seinem Kopf auf. Er liegt noch immer am Pool, klebt auf der Liege, Sunny schaut aus ein paar Metern Entfernung über ihr Handy hinweg zu ihm rüber.

»Alles klar bei dir?«

Ertappt schaut er wieder weg. Kontrolliert flüchtig seine Badehose und legt sich schnell auf den Bauch.

»Ja, alles gut. Ist gerade nur etwas heiß.«

»Liegst ja auch in der knallen Sonne.«

»Hm, vielleicht geh ich kurz ins Wasser.«

Ohne sich abzukühlen, lässt Jonas sich in den ebenfalls schon aufgeheizten Pool plumpsen. Seinen Körper wieder auf Normaltemperatur zu bringen, wird hier nur bedingt gelingen. Trotzdem tut es gut. Er krault ein paar Bahnen und verflucht sich, diese zwei Fremden nicht schon längst verlassen zu haben. Sie durchkreuzen seine Pläne und mischen sich ein und er ist noch immer hier. Kann er sie überhaupt noch als Fremde bezeichnen oder weiß er mittlerweile zu viel über sie und sie über ihn? Und was natürlich hinzukommt: Wo soll er hin? Zurück ins Hotel, wo mit viel Glück sein Rucksack und seine Klamotten noch am Strand liegen? Und dann? Sich verstecken, bis sich übermorgen Linas Verschwinden zum zweiten Mal jährt? Auf seine Eltern treffen, die vor dem Hotel wieder eine Pressekonferenz geben werden und neben Hinweisen auch um Spenden bitten? Es erneut versuchen? Sich nach Hause mitnehmen lassen und wieder in das Leben eintauchen, mit dem er vor seiner Abreise abgeschlossen hat? Um dann weitere Jahre vergeblich darauf zu hoffen, endlich am Alltag zu ertrinken?

Jonas schwimmt zu den Treppen und nimmt sich beim Rausgehen aus einem kleinen Schränkchen am Poolrand ein zu einer Rolle geformtes Handtuch.

»Deine Eltern haben echt 'ne krasse Hütte.« Er geht sich abtrocknend auf Sunny zu. »Dass die nicht selber hier sind. Ist doch voll die Urlaubszeit.«

Sunny schiebt sich die Sonnenbrille ins Haar.

»Die arbeiten. Zum Glück. Aber glaub mir: Wenn die hier wären, wären wir nicht hier.«

»Unternehmensberater?«

»Anwälte.«

Jonas zieht seine Liege zu Sunny unter den Schirm.

»Hast du kein gutes Verhältnis zu denen?«

Das Kratzen der Stuhlbeine auf den Betonplatten übertönt ihr klares Nein.

»Was hast du gesagt? Sorry.«

»Ich hab gesagt: Geht so. Na ja, man kann auch sagen: Solang alles so läuft, wie die wollen, bin ich denen egal. Und die mir mittlerweile auch. Und bei dir?«

Jonas legt sich auf die Liege, hätte er bloß nicht gefragt.

»Ähnlich. Also das mit dem egal sein.«

»Echt, krass. Ich hätte jetzt gedacht, deine sind voll überfürsorglich. Also wegen dem, was deiner Schwester passiert ist. Haben die auch keine Ahnung, dass du hier bist?«

Jonas schüttelt den Kopf.

»Bis jetzt nicht. Die denken, ich bin in Berlin bei meinem leiblichen Vater.«

»Manche Eltern lassen sich echt leicht verarschen.«

Jonas stimmt stumm zu und hofft, dass das Thema damit erledigt ist. Er will lieber weiter darüber nachdenken, was seine nächsten Schritte sein werden.

»Wirst du dich mit ihnen treffen, wenn sie herkommen? Also nicht hierher, nach Mallorca, mein ich.«

Perplex schaut Jonas Sunny an.

»Woher weißt du, dass die herkommen?«

Sunny zeigt mit einem Daumen zu ihrem Handy.

»Steht im Internet. Hab bei Facebook gestern Abend die Gruppe abonniert, wo es um deine Schwester geht. Ist doch okay, oder?«

Natürlich nicht. Dass es diese Gruppe überhaupt gibt, ist schon nicht okay. Dass diese Gruppe von Idioten missbraucht wird, ihre Verschwörungstheorien loszuwerden, statt Hinweise zu geben, ist noch viel weniger okay. Aber seine

Mutter lebt für diese Seite. Sie hofft seit zwei Jahren, darüber den entscheidenden Tipp zu bekommen, wo Lina steckt. Doch wie alles, wie die Polizeiarbeit, wie der Privatdetektiv, wie die TV-Suche, ist auch diese Hoffnung vergeblich.

»Ist das Kind eigentlich von Timon?«

Jonas schaut Sunny provozierend in die Augen, ein gewollt unfreundlicher Versuch, das Gespräch von Lina und seinen Eltern abzubringen.

»Arsch.«

Sunny lässt ihre Sonnenbrille zurück auf die Nase fallen und dreht sich weg.

Jonas fühlt sich augenblicklich mies, schließlich hätte er auch einfach sagen können, dass er über das Verschwinden seiner Schwester nicht reden will. Stattdessen tut er jemandem weh, um davon abzulenken, wie sehr ihm das alles wehtut. Ein Charakterzug, den er in den letzten beiden Jahren perfektioniert hat.

»Nein, ist es nicht. Das Kind ist von meinem Ex.«

»Sorry, du musst mir nichts erklä…«

»Ich erklär dir auch nichts. Es wäre nur fair von dir, wenn du deinen Mund halten würdest.«

Jonas stimmt stumm zu, fokussiert in den Bergen eine hellere Stelle, an der wohl vor langer Zeit eine Gerölllawine abging, und bleibt schweigend neben Sunny sitzen, die sich konzentriert in ihr Handy vertieft.

Doch plötzlich ist sie es, die das Gespräch wieder aufnimmt: »Ich kann es ihm nicht sagen. Er würde das nicht verstehen. Ich versteh's ja selber nicht. Und ich will nicht, dass daran unsere Freundschaft kaputtgeht.«

Jonas wendet seinen Blick von den Bergen ab.

»Warum soll daran denn eure Freundschaft kaputtgehen?«

»Weil«, Sunny sucht nach Worten, »weil er mir diesen Fehler nicht verzeihen wird, dass ich mir von der größten Hohlfritte aus ganz Köln ein Kind hab andrehen lassen.«

»Aber das weißt du doch gar nicht.«

»Was brauch ich da groß zu wissen? Klar wird er erst sagen, dass er immer für mich da ist, und dann aber doch nicht damit klarkommen. Zack, ist die Freundschaft vorbei und ich steh allein da. Außerdem weiß ich nicht mal, ob ich es behalten will.«

»Hm …«

Jonas schaut Sunny nachdenklich an. Er ist kein guter Ratgeber, tatsächlich nicht. Das hat er verlernt, wahrscheinlich weil er die letzten Jahre immer nur Ratschläge annehmen musste. Ob er wollte oder nicht. Wahrheitsgemäß muss er aber auch zugeben, dass ihn die Probleme anderer Menschen, seit es passiert ist, überhaupt nicht mehr interessiert haben. Oder sie in seinen Augen lächerlich klein waren im Gegensatz zu seinen. Aber jetzt muss er was sagen, jetzt ist sein Rat gefragt. Sein Rat und nicht seine ehrliche Meinung, denn die würde lauten, dass Sunny recht hat, weil Fehler niemals verziehen werden.

»Ich glaub trotzdem, dass du das falsch siehst. Timon wird sicher zu dir halten. Ob du das Kind bekommst oder nicht. Ich glaub, der mag dich wirklich sehr.«

Sunny sucht Jonas' Blick.

»Wie meinst du das?«

»Na ja, als ich euch kennengelernt hab, bin ich davon ausgegangen, dass ihr ein Paar seid. Das wirkte so, echt. Nur als du dann über deinen Ex gequatscht hast, war mir klar, dass ihr keins seid. Darum hab ich vorhin auch gefragt, ob ihr mal eins wart.«

Wieder das merkwürdige Lachen.

»Timi und ich ein Paar, ich lach mich tot. Aber ganz ehrlich, du bist nicht der Einzige, der das denkt.«

»Und warum seid ihr keins? Du magst ihn doch auch.«

Sunny richtet sich auf und schiebt ihre Sonnenbrille wieder zurück ins Haar.

»Hattest du schon mal 'ne Beziehung? Nicht, oder? Merkt man.« Sunny bohrt ihren Finger in die Luft. »Das ist nicht nur: Willst du mit mir gehen? Ja, nein, vielleicht. Das ist schon ein bisschen mehr.«

Jonas erwidert Sunnys belehrenden Blick.

»Das ist mir auch klar. Und das ›bisschen mehr‹ gibt's bei euch nicht, oder was?«

Sunny lässt sich zurück auf die Liege fallen.

»Ich glaub, wir kennen uns einfach schon zu lang. Und zu gut.«

»Und das heißt?«

»Keine Ahnung, Mann.« Sunny ist genervt. »Vielleicht sind wir uns einfach schon zu nah, um uns näherzukommen. Das geht einfach nicht. Und jetzt schon gar nicht mehr.«

Jonas schweigt. Denn wenn nicht, müsste er Sunny widersprechen. Er weiß, dass so was geht. Er hat es erlebt. Und er müsste ihr erzählen, wie toll es sich anfühlt, wenn man sich darauf einlässt. Wie tief einen die Geborgenheit trifft, wenn Freundschaft zu Liebe wird. Und wie zerstörerisch es ist, wenn man es wieder verliert. Weil man dann beides verliert. Aber er lässt es, weil er nicht über Paul reden will. Und auch nicht über sich. Es tat gut, fünf Minuten von den eigenen Problemen abgelenkt zu sein.

Als Jonas nichts mehr antwortet, steht Sunny auf.

»Ich hol mir was zu trinken. Willst du auch was?«

»Hm, 'ne Cola wäre cool. Danke.«

Sunny geht ein paar Schritte, dreht sich dann aber wieder um. »Woher wusstest du überhaupt, dass ich schwanger bin?«

Jonas muss nicht überlegen, er hat das Bild direkt vor Augen. »Als meine Mutter mit meiner Schwester schwanger war, stand sie auch immer so da wie du an der Reling vorgestern. Irgendwie stolz. Und ihre Hand lag immer auf ihrem Bauch. Wie bei dir auch.«

»Oh Gott. Das muss ich mir gleich wieder abgewöhnen.« Sunny zögert kurz, bevor sie die nächste Frage stellt: »Wie war deine Schwester eigentlich so?«

Jonas starrt Sunny an, noch nie wollte jemand das von ihm wissen. Seine Familie kannte Lina, seine Psychologen fragten immer nur, wie er mit ihrem Verschwinden klarkommt. Seine anonymen Kontakte im Netz wussten von der ganzen Scheiße ja nichts. Und aus Angst vor der Klammer, die sich bei jeder Gelegenheit zuzieht, hat er mit niemandem sonst über Lina gesprochen. Auch jetzt wartet er darauf, dass das bekannte Engegefühl wieder stärker wird. Doch es passiert nichts. Und als Sunny sich schon wegdrehen will, beginnt er leise zu erzählen.

»Lina war wie ein Teil von mir. Der wichtigste Teil. Der, der lacht und weint und Scheiße baut und sich auf Freundschaften einlässt und noch mehr lacht und sich an Kleinigkeiten freut, der andere trösten kann und Träume und Ziele hat und manchmal auch an Wunder glaubt. Also der Teil, für den Menschen von anderen Menschen geliebt werden.«

Die Grillen haben in der Mittagshitze aufgehört zu zirpen. Nur ein entfernter Traktor und die Poolpumpe sorgen für ein leises Grundrauschen. Jonas hat nicht bemerkt, wie Sunny zu ihm zurückgekehrt ist und sich neben seine Liege gekniet hat. Sie ist plötzlich da.

»Ich bin mir sicher, dieser Teil von dir ist immer noch da drin.« Sie stupst mit ihrem Zeigefinger auf seine Brust. »Du musst einfach nur zulassen, dass andere ihn wieder entdecken können.«

Schnell drückt sie ihm einen Kuss auf die Schläfe und verschwindet ins Haus. Jonas schaut ihr nach, unfähig, das Gefühl zu beschreiben, erstmals ohne Schmerzen über seine Schwester Lina geredet zu haben.

20. 01. 17

Hatte heute ein Gespräch mit dem Rektor meiner Schule. Werde das Schuljahr nicht schaffen, wenn meine Noten so bleiben. Er war total verständnisvoll (würg) und hat mich gebeten, bei mehr Aktivitäten mitzumachen. In der Schule und im Internat. Damit es mir wieder besser geht. Damit ich wieder glücklicher werde, schließlich wäre es doch mein gutes Recht, glücklich zu sein. Er hat Fußball vorgeschlagen, weil er bei der Anmeldung von meinen Eltern erfahren hat, dass ich das mag.

Mochte!!!

Oder irgendwas in der Schulband. Hab einsichtig (würg) zugestimmt und mir gedacht, dass die da lang drauf warten können. Warum soll ich glücklicher werden, Lina ist es gerade garantiert nicht. Zumindest nicht glücklicher als vor fünf Monaten, als sie noch bei uns war. Und überhaupt: Gibt es ein Recht aufs Glücklichsein? Jeder, der das behauptet, hat keine Ahnung.

Neulich war ich glücklich. Ganz kurz. Obwohl glücklich schon zu groß ist. Unbeschwert trifft's wohl besser. Weihnachten, das hab ich, glaub ich, schon in meinem letzten Eintrag geschrieben, war schrecklich. Ich hab wirklich die Stunden gezählt, bis ich wieder zurück ins Internat gehen konnte. Nicht, weil es mir hier so wahnsinnig gut gefällt, eher weil ich hier für mich sein kann. Und mir nicht immer anhören muss, dass zu viel am PC spielen nicht gut ist. Obwohl manchmal sagen es die Be-

treuer hier auch. Die kapieren einfach nicht, dass das das Einzige ist, was mich ablenkt.

Am Tag also, als diese Spendengala im Fernsehen kam, lag ich in Frankfurt in meinem Zimmer und hab nicht gezockt, sondern nur an die Decke gestarrt. An die Decke und jede Minute auf mein Handy, um zu kontrollieren, ob Paul bei WhatsApp online geht. Er war zurück aus der Klinik, das wusste ich von meiner Mum. Und insgeheim hab ich die ganze Weihnachtszeit darauf gewartet, gehofft, dass es klingelt, er vor der Tür steht und mir mit voller Wucht die Fresse poliert. Hat er natürlich nicht gemacht. Und online ging er auch nicht. Vielleicht weil er 'ne neue Nummer hat, keine Ahnung. Sonst war Paul immer online.

Da kam mir jedenfalls die Idee, so 'ne Schwulen-Dating-App runterzuladen. Also so was, womit man andere Schwule aus der Umgebung kennenlernt. Irgendwie fand ich den Gedanken brillant, weil ich mir sicher war, dass Paul sich da mittlerweile auch angemeldet hat. Hatte er aber nicht. Jedenfalls, worauf ich hinauswill, als ich wieder hier in Bad Mergentheim war, hat mich über diese App David, 18, angeschrieben. Wie es mir geht. Wer ich bin. Ob ich hier wohne. Zwei Tage später hab ich zurückgeschrieben. Belangloses Zeug. Und natürlich unter falschem Namen: Harry, ebenfalls 18. Es ging dann 'ne Weile hin und her und wie bescheuert das auch klingt, dieses Gechatte unter Pseudonym hat mir das Gefühl gegeben, ein anderer zu sein. Mit Gamern schreib ich ja auch hin und her, aber dabei bin ich ja trotzdem ich. Als ich mit David geschrieben habe, war ich nicht ich. Ich war nicht Jonas, nicht Linas Bruder, nicht schuldig.

Wir haben uns dann verabredet, er hat mich zu sich eingeladen. Auf das Weingut seiner Eltern, wo er wohnt und eine Ausbildung zum Winzer macht. Vorletzten Samstag bin ich zum ersten Mal hingefahren. 25 Minuten mit der Bahn nach Lauda-Königshofen. Mitten im Nirgendwo. Auf dem Weg dahin hab ich mir die Familiengeschichte von Harry überlegt und eingeprägt.

David hat mich abgeholt. Er sah gut aus. Dunkle Locken, Dreitagebart und so 'ne Nerd-Brille, wie sie gerade alle haben. Aber ihm stand sie. Er hat mir dann stolz das Weingut gezeigt und wir haben Wein direkt aus den Fässern probiert. Er hat mir total viel erklärt, wovon ich nur die Hälfte kapiert habe. Und je mehr Wein es gab, desto weniger konnte ich ihm folgen. Hat ihn aber wohl nicht gestört. Er erzählte gern und viel und lächelte mich immer an, wenn ich nur Fragezeichen im Gesicht hatte. Und ich lächelte zurück. Fühlte sich gut an: lächeln. Er wollte dann noch auf die Weinberge, aber es war so arschkalt, dass wir Billard spielen gegangen sind. Ein paar seiner Kumpels waren auch da. Und ich mittendrin, ohne dass einer von denen die geringste Ahnung hatte, wer ich war. Am Bahnhof hat er mich umarmt, mir tief in die Augen geschaut und auf den Kopf zu gesagt, dass ich niemals im Leben schon 18 bin. Ich hab betrunken nur blöd gelacht, ihm war's egal.

Die ganze Woche über haben wir dann geschrieben. Und Harry hat dafür gesorgt, dass ich überraschend gut drauf war. Sogar den Anruf von Papa, dass Mama für zwei Monate in eine Entzugsklinik muss, hab ich ziemlich gut weggesteckt. Besser als Papa, der am Telefon einmal kurz geschluchzt und dann ganz schnell aufgelegt hat. Vielleicht ist da also doch noch so was wie Zuneigung. Trotz der getrennten Schlafzimmer.

Und dann kam das vergangene Wochenende und Davids erneute Einladung, weil das Wetter gut werden sollte und die Tour durch die Weinberge ja noch ausstand. Ich bin wieder hingefahren, habe den Weg vom Bahnhof zu ihm nach Hause allein gefunden und wurde statt von David von dessen Vater, Mutter und kleinem Bruder begrüßt, die zufällig oder neugierig im Hof standen. Freundlich, lustig, familiär – und wohl doch eher neugierig, weil David genervt die Augen verdrehte, als er in seiner dicken Daunenjacke nach draußen kam. Das Ganze erinnerte mich total an meine Familie von früher, die es nicht mehr gibt, die alphabetisch verpufft ist von A wie Alkoholentgiftung über V wie Verschwunden bis zu Z wie Zuneigungsentzug. Als Jonas wurde ich eifersüchtig, als Harry freute ich mich für David. Oder tat zumindest so.

Wir sind dann losgewandert und es war wie am Samstag davor. Wir lachten viel, darüber zum Beispiel, wie betrunken ich vorige Woche war, redeten über Computerspiele und YouTube-Videos oder über meine Schule, von der David einige Lehrer kannte. Dieses Mal fragte er allerdings mehr nach, über mich, meine Familie, Freunde (allgemein), Freunde (speziell). Ich packte meine erfundenen Geschichten aus und lenkte das Gespräch immer wieder auf ihn. Es war echt ein cooler Tag, der beste seit Monaten, bis David mich küsste. Ich hatte das nicht kommen sehen, er hat es einfach gemacht wie Paul damals. Und genau das hat mich komplett umgehauen. In Sekundenbruchteilen erlebte ich den Abend auf Mallorca wieder, die Tage danach, fühlte die schmerzhafte Erkenntnis, dass Lina wirklich weg ist, und den Hass auf mich, als wäre es gestern erst passiert. Ich hab David weggestoßen, er wollte sich noch entschuldigen, weil er merkte, dass etwas nicht stimmte, aber da bin ich schon gerannt. Erst zum Bahnhof, dann bis zur nächsten Haltestelle, damit er mich ja nicht findet. Im Zug hab ich mit der App auch David aus meinem Leben gelöscht.

Ich werde nie wieder zulassen, dass mir jemand so nahekommt wie Paul oder jetzt David. Weil ich nicht ertragen kann, dass dann alles wieder hochkommt, und weil ich mir vorkomme, als würde ich Lina verraten, weil genau diese Scheiße die Ursache für ihr Verschwinden war.

Und wenn jetzt noch mal jemand kommt und zu mir sagt, dass ich glücklicher werden soll, weil ich wie jeder andere auch das Recht dazu habe, dann werde ich ihn anschreien, wie ich schreie, wenn mich wieder ein Albtraum überrascht. Ich werde so lang schreien, bis es die letzte Arschgeige da draußen kapiert hat: Es gibt kein Recht auf Glück. Verstanden? WTF!!!!!!!

12.

Timon parkt den Golf in einem Wohngebiet in Valldemossa. Es ist kurz nach Sonnenaufgang, die Touristen kommen frühestens in zwei Stunden und er fragt sich müde, ob es nicht doch eine totale Schnapsidee war, mit Jonas zusammen über die Berge nach Deià zu wandern. Er hat diesen Vorschlag gestern Abend als Wette getarnt und dabei Jonas' Fitness infrage gestellt. Lächerlich, das weiß er auch, aber was anderes ist ihm nicht eingefallen, um Jonas aus seinen trüben Gedanken zu reißen, die in seinem Tagebuch niedergeschrieben sind. Ans Meer zu fahren, kam ihm irgendwie komisch vor, nach dem, was da passiert ist. Und Berge bieten schließlich einen neuen Blickwinkel aufs Leben, das hat ihm seine Oma bei ihren sonntäglichen Ausflügen auf den Drachenfels immer erklärt.

Jetzt wird er testen, ob diese Weisheit stimmt. Aber wenn er sich Jonas so anschaut, der in seinem neuen, viel zu großen Supermarkt-Shirt noch müder aussieht, als er sich fühlt, zweifelt Timon doch an seiner Idee.

»Ich glaub, wir müssen hier hoch. Erst mal an den Häusern vorbei und dann kommen wir schnell in einen Wald. Durch den geht's nach oben. Steht so im Netz.«

»Hm, und warum machen wir das noch mal genau um kurz vor sieben?«

»Äh, weil es später vielleicht viel zu heiß dafür ist. Also vor allem für dich mit deinen 50 Kilo.«

»65. Und jetzt laber nicht, komm. Und das steht, dass du Sunny und mich heute Abend die ganze Zeit bedienst?«

»Jaja.«

Auch noch so ein bescheuerter Wetteinsatz, denkt sich Timon, während sie schweigend nebeneinander bergauf wandern, aber Jonas scheint sich daran nicht zu stören. Er weiß ja auch nicht, dass er sein Tagebuch gelesen hat. Nicht das ganze, nur Ausschnitte, aber die haben schon gereicht, um seine Aktion am Strand in einem anderen Licht zu sehen. Fast drei Stunden saß Timon gestern auf dem Marktplatz von Pollença und hat sich in die Welt von Jonas reinziehen lassen, in die Welt aus Schuldgefühlen, die ihn trotz der Mittagshitze frieren ließen. Und eine weitere Stunde saß er danach da und hat überlegt, was er und Sunny jetzt tun können, sollen, müssen. Am liebsten hätte er Jonas' Eltern ausfindig gemacht, sie angerufen und angeschrien, dass sie sich gefälligst um das Kind, das noch da ist, besser kümmern sollen. Dann wurde ihm aber wieder bewusst, wie krass der Zufall war, dass ausgerechnet sie Jonas im Niemandsland aufgegabelt haben und dann auch noch zur Stelle waren, als er sich umbringen wollte. Die Verantwortung wieder abgeben und Jonas dahin zurückschicken, woher er geflüchtet ist, geht also nicht. Andererseits hat er keine Ahnung, wie man mit jemandem umgehen soll, der ein derartiges Trauma in sich trägt. Ihn jedes Mal anzuschreien, wie er es nach der Rettungsaktion gemacht hat, ist garantiert auch nicht der richtige Weg.

Ohne Plan ist er danach wieder nach Hause gefahren, hat sich zu Sunny und Jonas an den Pool gelegt und nichts gesagt. Nichts zu den schrecklichen Dingen, die er gelesen hat, nichts zu den schrecklichen Dingen, die Jonas gemacht hat, und nichts zu Jonas' Plänen vom Vormittag, schnellstmöglich wieder abzuhauen. Und Jonas hat im stillschweigenden Einvernehmen auch nichts dazu gesagt.

Später haben sie gekocht, Sunny hat gekocht, was grundsätzlich immer in einer Katastrophe endet. Er hat Schadensbegrenzung betrieben, sodass die verbrannte Tortilla immerhin noch genießbar war. Und Jonas hat über das Chaos gelacht. Timon hat ihn genau beobachtet – ausgelassen war Jonas, witzig, jemand ohne das Tagebuchwissen hätte ihn wahrscheinlich sogar als fröhlich bezeichnet. Aber Timon hat das Tagebuch nun mal gelesen und nach dem Essen am Pool hat er immer wieder gesehen, wie viel Kraft es Jonas kostet, nicht bei allem eine Verbindung zu seiner Vergangenheit zu knüpfen. Sogar als sie mit den Poolnudeln gekämpft haben, hat sich immer wieder ein Schatten auf sein Gesicht gelegt. Vielleicht weil er mit seiner Schwester Lina genau das auch ab und zu gemacht hat? Er hat sich nicht getraut zu fragen, um das Vertrauen, das Jonas ihnen an diesem Abend in einer ganz kleinen Dosis entgegenbrachte, nicht zu zerstören. Stattdessen ist ihm diese alberne Fitness-Wette eingefallen. Jonas hat sich darauf eingelassen und jetzt sind sie hier.

Und obwohl sie bereits nach wenigen Minuten völlig verschwitzt sind, spielen sie sich gegenseitig vor, wahre Berghelden zu sein. Dabei wird jeder Ausblick auf das unter ihnen liegende Valldemossa oder das weit entfernte Palma genutzt, um zu trinken und wieder zu Atem zu kommen. Nur keine Schwäche zeigen, was Timon insofern als positives Zeichen wertet, dass Jonas auch das Ende dieses Tages noch erleben will.

Sie erreichen ein kleines Eisentor, das vermutlich Schafe davon abhalten soll, sich in alle Welt zu zerstreuen, als Jonas sein Shirt auszieht.

»Sonst ist das klatschnass, bis wir oben sind. Ich schwitze jetzt schon wie ein Schwein. Ist dir nicht heiß?«

»Und wie.« Timon schließt das Tor hinter sich. »Und es wird garantiert noch heißer, sobald wir aus dem Wald rauskommen.«

Während er Jonas folgt, durchdenkt er noch mal den Gesprächseinstieg, den er sich gestern Nacht im Bett zurechtgelegt hat. Und der im besten Fall nicht verrät, dass er das Tagebuch gelesen hat.

Da überrascht Jonas ihn mit einer Frage: »Ziehst du dein T-Shirt wegen den Narben nie aus? Du hattest es neulich sogar im Meer an und gestern im Pool.«

»Hm, sieht nicht so gut aus.«

»Was ist passiert?«

Timon atmet in Jonas' Rücken tief ein, denn er hasst nichts mehr, als über diese Geschichte zu reden.

1. Es ist schon zu lang her und die ganze Sache ist zu gut versteckt, so versteckt zumindest, dass sie nicht mehr wehtut.
2. Er kann sich vor Fremden nicht sonderlich gut öffnen und das muss er dabei zwangsläufig.
3. Er weiß selber, dass seine Weigerung, seine Narben zu zeigen, völlig hirnrissig ist und sein ganzes Leben beeinflussen wird. Zumindest hat sie es bis jetzt schon getan.

Andererseits: Wie kann er von Jonas erwarten, sein Leben vor ihm auszubreiten, wenn er es nicht schafft? Und ist es nicht nur gerecht, etwas von sich preiszugeben, nachdem er schon unerlaubt in Jonas' Leben gestöbert hat?

Während der Wald um sie herum lichter und der Weg steiler wird, beginnt Timon zu erzählen: »Wir waren auf dem Heimweg aus dem Urlaub, also meine Eltern und ich. Ich war vier und wir kamen von Dänemark. Irgendwo oben bei Flensburg ist mein Vater in den Gegenverkehr gefahren und unser Auto ist komplett ausgebrannt. Kann sein, dass er eingeschlafen ist, kann sein, dass er wegen mir abgelenkt war, hat mir nie jemand so genau erklärt. Meine Eltern waren sofort tot und ich hatte schlimme Brandverletzungen. Lag fast ein Jahr im Krankenhaus. Und obwohl es einige Transplantationen gab, sieht mein Oberkörper echt fies aus. Damit muss ich leben. Immerhin hab ich überlebt, hat meine Oma immer gesagt.«

Timon bleibt schnaufend stehen, weil Jonas auch stehen geblieben ist und ihn mitfühlend anschaut. Normalerweise ist es genau das, was Timon kaum ertragen kann. Weil er aus dem Tagebuch aber weiß, wie sehr Jonas Mitleid verabscheut, kann er es zumindest akzeptieren.

»Und nach der Zeit im Krankenhaus?«

»Bin ich zu meiner Oma nach Köln gekommen. Und bei ihr geblieben, bis sie gestorben ist. Da war ich 14. Meine Oma war echt die Beste. Sie hat ein Jahr lang mit mir quasi im Krankenhaus gelebt und dabei voll hintenangestellt, dass bei dem Unfall ja auch ihr Sohn gestorben ist. Sie hat mir alles beigebracht, was man so fürs Leben wissen muss, wie man falsche von echten Freunden unterscheidet, warum man eine eigene Meinung haben muss. Und so Sachen eben. Von ihr hab ich auch den 1er-Golf geerbt. Ist echt zu früh gestorben, war Kettenraucherin. Das Jugendamt hat mich dann in eine betreute WG gesteckt. Mittlerweile ist die Betreuung aber aufgehoben.«

Jonas räuspert sich. »Krasse Geschichte.«

Schweiß vermischt mit Sonnencreme bringt Timons Augen zum Brennen. Er geht schnell weiter, weil er nicht will, dass sein Blinzeln falsch interpretiert wird. Oder richtig, wie man's nimmt. Aber seine Oma fehlt ihm immer noch.

Jonas folgt ihm schweigend, bis Timon über einen schmalen Felsvorsprung klettert und überwältigt vom Ausblick aufs Meer der Westküste und die benachbarten Berge kurz stehen bleibt.

»Und du hast deine Narben noch nie jemandem gezeigt?«

»Doch, meiner Oma und meinen Ärzten.«

»Und Freunden? Nicht mal Sunny? Sie ist doch deine beste Freundin.«

»Nein.«

»Weil die Narben hässlich sind oder weil du nicht willst, dass sie die Schmerzen sieht, die du erlebt hast?«

Timon schaut Jonas lang an, bevor er antwortet.

»Weil ich den Schmerz dann in ihren Augen sehe. Und dieser Schmerz in den Augen von jemandem, den man liebt, tut tausendmal mehr weh als die unerfüllte Sehnsucht nach Nähe.«

Timon realisiert erst, nachdem er es ausgesprochen hat, dass das eben wie ein Geständnis klang. Er meinte es gar nicht so, er meinte nicht nur Sunny, sondern auch seine Oma damit, aber für eine Rechtfertigung ist es jetzt wohl zu spät. Jonas fixiert ihn durchdringend.

»Aber ist es nicht nur beim ersten Mal so und beim zweiten Mal sind die Schmerzen in den Augen der anderen schon weg, weil alles, was passiert ist, zu dir und zu deiner Persönlichkeit dazugehört?«

Timon richtet seinen Blick wieder aufs tiefblaue endlose Meer.

»Sag du's mir, Jonas.«

* * *

Sunny hat gerade mit ihren Eltern telefoniert. Ja, es ist alles blitzblank. Der Verwalter und die Putzfrau machen einen guten Job. Blabla. Das Wetter ist großartig. Bla. Nein, Afrika ist noch immer der Plan. Blablabla. Ende.

Jetzt macht sie erst mal Musik an. Und ein Bier auf. Vor einigen Wochen wäre genau das die Reihenfolge gewesen. Das Bier lässt sie nun aber weg. Zu ihrem aktuellen Lieblingssong tanzt sie raus zum Pool, wo ebenfalls Lautsprecher integriert sind. Hat ihr Vater vor drei Jahren für eine Party nachträglich einbauen lassen und seither nicht mehr benutzt. Typisch. Aber Sunny genießt die Möglichkeit, *Solo* in betäubender Lautstärke zu hören. Sie muss nachdenken und dazu braucht sie Musik. Laute Musik. Nachbarnzurweißgluttreibendlaute Musik. Mit einer Cola light in der Hand lässt sie sich auf ihrem aufblasbaren pinkfarbenen Flamingo übers Wasser treiben, was mit ihren roten Haaren und dem grünen Bikini eine giftige Farbmischung ergibt, und hofft, dass die Nachbarn auf Mallorca entspannter sind als in Köln-Lindenthal.

Was sind das nur für Ferien? Als Timon und sie die Wochen auf Mallorca geplant haben, hat Timon sogar schon Listen geschrieben, auf welche Partys sie unbedingt gehen und wie viele Flaschen Wodka sie auf der Fähre und auf dem Weg zur Finca noch kaufen müssen, damit es für vier Wochen reicht. Und was wurde daraus? Bis jetzt keine Partys, garantiert kein Alkohol und ein potenzieller Selbstmörder im Haus, der sie mit seinen komischen Nachfragen total durcheinanderbringt. Warum sind Timon und sie kein Paar? Warum hat sie dermaßen Angst davor, Timon von ihrer Schwangerschaft zu erzählen? Sunny muss sich eingestehen, dass ihre Antworten gestern recht dünn klangen, auch jetzt, wenn sie noch mal darüber nachdenkt, aber sie stimmen. Das Schlimmste, was passieren könnte, wäre, dass Timon nicht mit der Schwangerschaft klarkommt und ihre Freundschaft aufgibt.

Von ihren Eltern kennt sie nur dieses Verhalten: Fehler gleich Liebesentzug. Und egal, wie groß oder klein die Wahrscheinlichkeit ist, dass Timon so bescheuert wie ihre Eltern handelt, es wäre die absolute Katastrophe. Schließlich ist er ihr engster, Quatsch, ihr einziger Vertrauter, den sie seit vier Jahren fast jeden Tag sieht und sich jedes Mal aufs Neue auf ihn freut. Der so viel wie niemand sonst von ihr weiß, der sie wie kein Zweiter zum Lachen bringt, der ihr sagen darf, wenn sie es mit ihrer schlechten Laune mal wieder übertreibt, der den gleichen Serien-, dafür einen anderen Musikgeschmack hat und der sie mit seiner Hilfsbereitschaft für andere tierisch nervt und gleichzeitig beeindruckt. Was, wenn Sunny es sich recht überlegt, alles Argumente sind, die Jonas' zweite Frage noch drängender machen: Warum sind sie eigentlich kein Paar?

Sunny stößt sich wieder vom Poolrand ab und schippert auf ihrem Flamingo grübelnd weiter übers Wasser. Weil sie auf sportlichere und spannendere Typen, also Arschlöcher, steht? Weil sie und Timon eben gute Freunde sind und nur weil sie Mann und Frau sind, nicht zwangsläufig Sex miteinander haben müssen? Weil sie schon noch irgendwie mit der einen wahren großen Liebe rechnet, die, obwohl es echt verdammt oberflächlich ist, in keinem Film oder keiner Serie der Welt in einem schrottigen VW Golf ankommt? Und das Hauptargument: weil Timon auf andere Frauentypen steht! Was erklärt, warum er nicht mehr von ihr will – die letzten vier Jahre nicht und schon gar nicht mehr, wenn sie von Arschloch-Leon ein Kind bekommt.

Unbefriedigt von ihren ganzen Überlegungen und der Erkenntnis, dass keine Lösung in Sicht ist, paddelt Sunny zurück zum Rand, wo ihr Handy liegt und gerade gebimmelt hat. Eine Nachricht bei Facebook, es wurde etwas auf der Lina-Seite gepostet. Sunny klickt den Beitrag an, er ist von Jonas' Eltern. Sie suchen ihren Sohn und ein junges deutsches Pärchen, das mit Jonas auf Mallorca unterwegs ist oder zumindest Kontakt zu ihm hatte. Sunny schließt ihre Augen und lehnt sich so weit zurück, dass ihre Haare auf dem Wasser davonschwimmen. Wenn die Umstände nicht so tragisch wären, könnte sie über das merkwürdige Zusammenspiel ihrer Gedanken und dieses Posts lachen: Pärchen.

* * *

»Was willst du eigentlich mal werden? Also so jobmäßig?«

Seit ihrer letzten Pause haben Jonas und Timon wenig geredet, es gab mehr zum Nachdenken als zum Reden. Jetzt haben sie aber den von einem bayerischen Erzherzog angelegten Höhenweg hinter sich gelassen und genießen kurz vor dem Abstieg nach Deiá ein imposantes Panorama aus Bergen, Meer und Port de Sollér.

Zum Glück sind sie früh los, denn mittlerweile brennt die Sonne fast senkrecht vom Himmel auf die schattenlose Bergwelt nieder. Es ist in dieser Jahreszeit viel zu heiß zum Wandern, das wissen sie jetzt auch. Darum sind ihnen auch nur wenig andere Spinner entgegengekommen, und wenn, dann hatten die – meist durchtrainierte Senioren-Deutsche oder Niederländer in Funktionskleidung – nur ein müdes Lächeln für ihre klägliche Partyausrüstung übrig: Sneaker, Baumwollbeutel, Jonas sogar in Badehose.

Und obwohl Jonas sich ausgepowert und sonnenverbrannt fühlt, ist er Timon dankbar für die lächerliche Wette, die, wie er genau weiß, nur den einen Grund hatte, ihn so weit wie möglich von seinem Vorhaben wegzubringen. Auf fast 900 Meter Höhe kann man schließlich nicht ertrinken.

»Ich weiß es noch nicht.«

Timon hat es sich auf einer Mauer, so gut es geht, bequem gemacht, isst seinen mitgebrachten Wabbel-Toast und dreht seinen Kopf über die linke Schulter zu Jonas, der, wie viele Wanderer vor ihm, ein Türmchen aus kleinen Steinen anhäuft.

»Ich hab mich in Köln für BWL beworben, weil man damit ja irgendwie immer 'nen Job bekommt. Aber was ich danach sein will, keine Ahnung.«

»Macht dir das Spaß? Also so BWL-Kram?«

»Nee, glaub ich nicht. Ich muss halt nur schauen, dass irgendwann Geld reinkommt. Meine Waisenrente wird nach der Ausbildung eingestellt und das bisschen, das mir meine Oma vererbt hat, reicht auch nicht ewig. Wahrscheinlich werde ich da nicht so auf den Spaß-Faktor achten können.« Timon reibt sich Sonnencreme auf die Stirn und die Nase. »Und du? Wie sieht's bei dir nach der Schule aus?«

Jonas merkt direkt, dass Timons Frage bewusst oder unbewusst den Selbstmordversuch völlig ausklammert. Er hätte ja auch fragen können: Was wolltest du immer werden? Das hätte alles offen gelassen. Aber Timon will eine Antwort aus der Zukunft, die es vor wenigen Tagen nicht mehr gab. Die es aber Timons Meinung nach jetzt wieder gibt. Jonas ist sich da nicht so sicher. Doch anstatt das Übergehen dieser Tatsache ignorant zu finden, berührt ihn das Gefühl, dass jemand an ihn glaubt. Und darum antwortet er auch Tatsachen ignorierend, zukunftsorientiert, visionär.

»So genau weiß ich das nicht. Muss ja noch mal ein Jahr zur Schule – wegen der verkackten Elften. Als meine Schwester zur Welt kam, wollte ich unbedingt Erzieher werden. Also bis zu dem Tag, an dem sie verschwunden ist. Ich weiß gar nicht, ob ich das immer noch werden will. Das war in letzter Zeit nie Thema.« Er legt nachdenklich den letzten Stein auf die Spitze des Türmchens und betrachtet sein Bauwerk. »Und Musiker wollte ich auch immer werden. Profi-Gitarrist. Hab sogar mit ’nem Freund zusammen eigene Lieder geschrieben. Ziemlich peinlicher Kram. Was man mit 13, 14, 15 halt so macht.«

Timon tut erstaunt, obwohl er die Sache mit der Musik aus dem heimlich gelesenen Tagebuch schon weiß.

»Find ich ja cool, kannst Sunny und mir später was vorspielen. Im Haus steht doch ’ne Gitarre, wahrscheinlich die alte von Sunnys Dad.« Timon überlegt kurz und schüttelt dann über sich selbst den Kopf. »Nee, Blödsinn. Ich hab Sunnys Vater, glaub ich, nur viermal gesehen, aber der mit ’ner Gitarre? Never! Ist wohl eher so ein teures Ding, das der sich mal als Geldanlage gekauft hat.«

Jonas setzt sich zu Timon auf die Mauer. Eigentlich wäre er ausgeruht genug, aber er will noch nicht weiter. Er genießt es gerade, mit jemandem zu reden. Normales Zeug, was man eben so redet, wenn man jemanden erst kennenlernt. Oder kennenlernen will. Und obwohl er Gespräche über Liebeskram, von seinen Mitschülern zum Beispiel, immer verabscheut hat, vielleicht auch weil er nur über Paul hätte berichten können und das auf keinen Fall wollte, merkt er jetzt und auch gestern mit Sunny schon, dass solche Themen zwischen zwei Menschen ganz schnell eine Nähe schaffen, die anders in so kurzer Zeit kaum zu erreichen ist.

»Du musst ihr bald sagen, wie gern du sie magst.«

Timon richtet sich auf.

»Spricht da der Experte?«

»Hm, Dr. Love, kannste dir ja denken. Aber für diesen Tipp muss man jetzt auch nicht unbedingt Experte sein.«

»Ja, ich weiß. Aber es ist nicht so einfach. Also das zu sagen, nachdem man vier Jahre ›nur‹ befreundet war. Ist. Es muss ja auch der richtige Moment sein und so.«

Jonas lächelt Timon an, denn plötzlich kommt ihm der Gedanke, dass zwei Jahre bei unterschiedlichen Jugendpsychologen, die von Atementspannung bis Rollenspiel alles an ihm ausprobiert haben, doch nicht umsonst waren.

»Wenn du willst, können wir mal üben. Stell dir vor, ich bin Sunny und es ist genau jetzt der richtige Moment.«

»Hör auf, so ein Blödsinn. Kannste vergessen, das mach ich nicht.«

Jonas ignoriert Timons Beschwerde und lehnt sich an seine Schulter, um mit verstellter Stimme Sunny zu imitieren.

»Timi, das ist so ein toller Urlaub. Stell dir mal vor, der wäre nie vorbei. Wäre doch mega, oder? Wir beide für immer unterwegs … Und jetzt du.«

Timon lacht erst kurz auf, bis er merkt, dass es Jonas ernst damit ist. Er zögert, ob er bei diesem bescheuerten Experiment mitmachen soll. Ganz langsam beginnt er zu sprechen:

»Sunny, was ich dir noch sagen wollte: Du bist, also wir kennen uns, ich meine …«

Timon springt aufgebracht von der Mauer.

»Nee, echt nicht. So ’ne Scheiße. Die lacht mich doch aus. Sunny wird sich niemals im Leben mehr mit mir vorstellen können. Vergiss es.«

Jonas sucht Timons Blick.

»Wegen deinen Narben?«

»Ja, nein, ach was weiß ich. Komm, lass uns gehen. Es ist noch ein ziemliches Stück bis da unten.« Timon beginnt energisch damit, ihren Essensmüll einzusammeln. »Sag du mir lieber mal, was dich zum Experten macht. Wie viele Beziehungen hast du denn schon hinter dir?«

Jonas stopft seine Trinkflasche und einen zusammengeknüllten Alu-Ball in seinen Beutel.

»Zero.«

»Ach, guck an, und dann soll ich auf deine Tipps vertrauen? Alter, verarschen kann ich mich selber.«

Jonas sucht bereits das Steinmännchen, das den Abstieg nach Deiá markiert, bevor er sich noch mal umdreht.

»Ich weiß immerhin, was du machen musst, um jemanden, der dich liebt, zu vergraulen. Und vielleicht ist es schon Tipp genug, wenn du einfach nur das Gegenteil davon machst.«

Jonas nimmt die ersten Steinstufen mit einem Satz, um Timon nicht mehr die Möglichkeit zu geben, weiter nachzufragen. Dabei würde Timon zu gern wissen, was Jonas diesem Paul angetan hat – zumindest bis jetzt hat er es in seinem Tagebuch noch nicht gelesen.

22. 04. 17

Gestern Morgen wurde ich verhaftet. Also nur kurz, sonst wär ich ja jetzt nicht schon wieder hier.

Am 20. 01. 17 der letzte Eintrag. Hatte anderes zu tun. Wollte Lina finden. Im Darknet. So ein Nerd aus dem Internat hat mir das erklärt. Er dachte, ich will aus Apothekenkram Sprengkörper bauen, um unsere Schule am 1. Mai in die Luft zu jagen. Idiot. Fand er mega. Wird enttäuscht sein, wenn das nächste Woche nicht passiert.

Hab recherchiert, die letzten Wochen sicher 8 Stunden pro Nacht. Dauert ewig, bis man Zugang zu dem relevanten Bereich hat. Kinderpornografie. Kommt man nicht einfach so rein. Aber irgendwann ist man drin. Mittlerweile denken alle, dass hinter Linas Verschwinden Menschenhändler stecken. Und ich wollte diese perversen Schweine finden. War dann erst in so 'ner Gruppe, die Fotos tauschen. Hab eins von mir geschickt, damit es echt wirkt. Hab eins bekommen und danach fast eine Stunde geduscht, weil ich mich voll dreckig fühlte. Bin dann wieder raus aus der Gruppe.

Träume seither jede Nacht, dass Lina so was passiert ist. Hab mich aber jeden Abend wieder vor den Rechner gezwungen, weil das, was Lina durchmachen muss, tausendmal schlimmer ist als meine lächerlichen Albträume.

Anfang April wurde mir dann ein Mädchen angeboten. 60 000 Euro, fünf Jahre alt. Und da hab ich irgendeinen Fehler gemacht. Heute stand die Polizei vor der Tür und hat mich mitsamt meinem Rechner mitgenommen. Meine IP-Adresse war wohl sichtbar. Scheiß drauf.

Wurde verhört, meine Eltern wurden angerufen und dann hat man mich wieder zurück ins Internat gefahren. Die Betreuer haben mir mal wieder Fußball nahegelegt und niedergeschlagen zugegeben, dass sie langsam nicht mehr weiterwissen mit mir. Ich auch nicht.

Gestern Abend lag ich dann auf meinem Bett. Wusste nicht, was ich tun soll, weil mein Rechner ja weg ist. Hab mit meinem Handy rumgespielt. Wollte meinen Speicher leeren und hab dabei das Video von Paul entdeckt, das ich bei YouTube hochgeladen und in der ganzen Schule verbreitet hatte. Hab es mir angeschaut – immer und immer wieder. Wie Paul mir über Skype gesteht, dass er verliebt in mich ist. Dass er froh ist, dass ich mich melde. Wie sehr er hofft, dass wir wieder mehr Zeit miteinander verbringen. Und dann die Szene, wie er mir seine Latte zeigt, die ich beim Schneiden mit einem tränenden Lach-Smiley zensiert habe. 30 Sekunden dauert das Video, ein Zusammenschnitt aus einem sicherlich zwei Stunden dauernden Skype-Gespräch, das Pauls Leben zerstört hat. Auf die Idee kam ich durch einen Film, in dem ein Junge gemobbt wird, weil er sich vor laufender Kamera einen runterholt. So weit hab ich Paul damals nicht gebracht, aber es hat auch so gereicht. Meinen Anteil vom Gespräch hab ich natürlich entfernt, meine

Lügen, dass ich ihn auch vermisse und ständig an die Nacht auf Mallorca denken muss. Wobei es ja gar keine Lügen sind, ich denk wirklich immer noch oft daran. Aber mittlerweile voller Hass auf ihn und auf mich. Ich bin mir auf jeden Fall sicher, dass es Hass ist. So muss sich Hass anfühlen. Ich will, dass es Hass ist.

Und dann bin ich eingeschlafen und hab zum ersten Mal nicht von Lina geträumt. Dafür von Paul, wie er auf Mallorca Klippenspringen macht, aber nur ich sehe, dass unter ihm kein Wasser ist. Und ich will ihn warnen, aber ich krieg keinen Ton raus. Er springt und dann, als ich ihm gelähmt hinterherschreie, fasst mich Lina an der Hand. Doch wieder Lina. Sie hält ihren Plüschlöwen ganz eng an sich gedrückt und schaut mich nur an. Bis sie auch springt.

Heute Morgen hab ich das Video von meinem Handy gelöscht. Aber der Fehler in meiner Tabelle wird bleiben. No excuse!

Jonas

13.

Timon schaut über die Tanzfläche. Es ist eigentlich nur ein kleines Stück Strand, eine Bucht, die zur Tanzfläche umfunktioniert wurde, beleuchtet von LED-Lichterketten und jeder Menge Fackeln. Ungefähr 50 Spanier und nur wenig Touristen tanzen zu House-Beats, die von drei DJs aus dem Kofferraum ihres Autos aufgelegt werden – und das machen sie so hochkonzentriert, als wäre diese kleine Bucht zwischen Port de Pollença und Alcúdia der heißeste Scheiß in Berlin. Im Hintergrund der Tanzenden schimmert das schwarze Meer im Mond- und Sternenlicht, davor an ein paar steinigen Klippen hat sich eine Mini-Schlange Menschen gebildet, die von geschäftstüchtigen Jugendlichen Bier aus Kühltaschen kaufen wollen.

Timon winkt Sunny grinsend zu, die sich gemeinsam mit Jonas in die Schlange eingereiht hat. Die beiden winken lachend zurück und rufen damit in Timon ein Gefühl hervor, das sich plötzlich und unerwartet in seinem Körper ausbreitet und ihn für den Augenblick einer Sekunde völlig überwältigt. Halt suchend lehnt er sich an den Felsen, von dem aus er die Party beobachtet.

Wenn er jetzt die Ursache für dieses Gefühl nennen müsste, könnte er nur raten. Vielleicht liegt es an dem Abend, an dem alles irgendwie passt. An den man sich ein Leben lang erinnert, weil er zahlreiche perfekte Momente in sich vereint. Lächelnd geht er die letzten Stunden noch mal durch, um zu ergründen, welcher von den vielen schönen Momenten der perfekteste war.

* * *

Er weckt Jonas mit einem Stoß in die Rippen, als er in die Auffahrt zur Finca einbiegt.

»Aufwachen. Wir sind wieder da.«

Jonas blinzelt gegen die tief stehende Sonne an und dehnt mit einem schmerzenden Knirschen seinen Rücken, der 30 Kilometer lang willenlos hin und her geschaukelt ist.

»Mann, bin ich am Arsch.«

»Nicht nur du.«

Timon parkt den Golf im Kies vor der Eingangstür, in der im selben Moment Sunny in ihrem giftgrünen Bikini erscheint.

»Boah, na endlich seid ihr wieder da. Hättet ja auch sagen können, dass ihr die ganze Insel ablatschen wollt. Wisst ihr eigentlich, wie öde es hier ist so allein?«

Timon öffnet die Autotür und streckt ihr hilflos beide Arme entgegen.

»Ich kann keinen Schritt mehr laufen. Kannst du mir raushelfen?«

»Mit Sicherheit nicht. Wer so bescheuert ist, im Hochsommer auf Malle 'ne Bergwanderung zu machen, hat's nicht anders verdient. Hast du also diese Dummkopf-Wette gewonnen?«

Sunny nickt Jonas durch die Autotür zu, doch der schüttelt nur den Kopf.

»Wette unentschieden beendet.«

Stöhnend quälen sich die beiden Jungs aus dem Auto. Dachten sie bei ihrer letzten Pause noch, das Anstrengendste hinter sich gebracht zu haben, wurden sie bei ihrem eineinhalbstündigen Abstieg nach Deiá eines Besseren belehrt. Mit zitternden Beinen kamen sie in dem von Touristen überfüllten Dorf an, um dann mit einem nicht weniger vollen und nichtklimatisierten Bus zurück nach Valldemossa zu fahren. Spätestens da stellten sie alle Gespräche ein und kaum saßen sie im Auto, machte Jonas die Augen zu und schlief den gesamten Rückweg zur Finca. Und genau das hat Timon jetzt auch vor, doch da hat er die Rechnung ohne Sunny gemacht, die die beiden vor sich her ins Haus treibt.

»Wir gehen heute noch auf 'ne Party. Sergio, der Sohn von unserem Verwalter, war vorhin hier und hat mir voll den Geheimtipp gegeben. Er und seine Kumpels machen heute unten am Strand 'ne kleine House-Party. Muss ziemlich cool sein da.«

Timon und Jonas schauen sich entsetzt an, doch Sunny sieht diese Blicke und lässt sie nicht gelten.

»Und wehe, einer von euch sagt jetzt, dass er zu müde dafür ist. Wir sind hier schließlich zum Partymachen hergekommen. Also, überlegt es euch gut: Wenn wir nicht gehen, rede ich mindestens 48 Stunden kein Wort mehr mit euch.«

»Und was genau wäre die Strafe dabei?«

Timon glaubt erst, sich verhört zu haben, doch Jonas' Grinsen und Sunnys verkniffener Blick sagen ihm das Gegenteil. Er lacht laut auf und schlägt mit ihm zum High-Five ein.

»Oh bitte«, Sunny verdreht genervt die Augen, »habt ihr da oben alte Männerwitze geübt, oder was? Geht lieber duschen, ist kaum auszuhalten, wie ihr stinkt.«

»Ey, war nicht so gemeint.« Jonas schleppt sich hinter Sunny her ins Haus. »Klar gehen wir heute auf die Party und ich geb vorher noch den Grillmeister. Okay?«

Sunny nimmt das Angebot gespielt gnädig an und während Jonas sich direkt ums Feuer kümmern will, verzieht Timon sich zum Duschen ins Bad.

* * *

Nur noch mit seinem T-Shirt bekleidet schaut er sich im Badezimmerspiegel an. So kann er sein Gegenüber am besten ertragen.

Farbe hat er bekommen. Zumindest im Gesicht. Oder sind seine Haare durch Sonne und Chlorwasser nur heller geworden und lassen den Rest dunkler erscheinen? Er geht näher an den Spiegel ran, sieht die einzelnen Salzkristalle vom Schwitzen auf seiner Haut und fährt sich mit der Hand über sein Kinn und über die sichtbaren Narben am Hals: Rasieren müsste er sich. Wenn sein Bart zu lang wird, wachsen seine Haare in die Haut ein und er bekommt Pickel. Laut seiner Oma ein Erbstück seines Vaters. Ob sie das wirklich so genau wusste? Er weiß nur, dass er rasieren nicht gern mag. Weil man dabei zu genau hinsehen muss und genau das ist das Problem.

Langsam zieht er sich sein Shirt über den Kopf. Wenn er sich im Gesicht rasiert, rasiert er sich immer auch die Härchen an seiner linken Brustwarze ab, die in ihrer Asynchronität noch deutlicher machen, dass es seine rechte Brustwarze nicht mehr gibt, dass der Bereich um seine linke Brustwarze das einzig intakte Gewebe seines Oberkörpers ist. Der Rest besteht aus Narben und Transplantationsnähten. Vorne und hinten. Timon kann auch nach fast 15 Jahren den Anblick nicht ertragen. Wie soll er das jemals einem anderen zumuten? Er muss an das Gespräch mit Jonas denken, während er schnell die Haare entfernt und sich im Gesicht mit Rasierschaum einreibt. Niemals wird sich jemand, also Sunny, schon beim zweiten Mal an diesen Anblick gewöhnt haben. Niemals. Wie soll das gehen, wenn bei ihm hochgerechnet über 10 000 Mal nicht ausgereicht haben? Timon setzt zum ersten Schnitt an der Wange an, als es leise an der Badezimmertür klopft.

»Timi, bist du schon fertig? Kann ich kurz reinkommen?«

Sunny! Fuck!

»Moment!«

Hektisch bindet Timon sich ein Handtuch um die Hüfte und zieht sich das Shirt wieder über den Kopf. Damit ist der Rasierschaum zwar überall verteilt, aber besser, als nackt vor seiner besten Freundin zu stehen, ist es allemal. Bemüht lässig öffnet er die Tür.

»Na, Sehnsucht?«

»Meine Güte«, Sunny drängelt sich stöhnend an ihm vorbei ins Bad und setzt sich direkt auf den Wannenrand, »habt ihr heute Morgen mit Peter Lustig geduscht? Ist ja kaum auszuhalten.«

Timon muss über Sunny grinsen und stellt sich Normalität vorspielend wieder an den Spiegel. Dabei ist es ganz und gar nicht normal, dass Sunny in seine intimste Privatsphäre eindringt. Zumindest hat sie es sonst noch nie getan.

»Was gibt's?«

Sunny schaut Timon interessiert beim Rasieren zu und begegnet seinen nervösen Blicken im Spiegel.

»Wir müssen mit Jonas reden. Seine Eltern suchen ihn. Die haben von der Sache vorgestern Wind bekommen und machen sich jetzt krasse Sorgen. Und sie sind morgen hier auf der Insel, weil seine Schwester Lina morgen vor zwei Jahren verschwunden ist.«

Sie hält Timon ihr Handy hin, damit er den Facebook-Post ebenfalls lesen kann.

Er lehnt sich ans Waschbecken und scrollt sich durch den Eintrag.

»Hast du gesehen? Die suchen auch uns. Das Pärchen aus Deutschland.«

Sunny betont ihre Aussage mit einer hochgezogenen Augenbraue, Timon reicht ihr das Handy kommentarlos wieder zurück.

»Und? Findest du nicht, wir sollten ihm das sagen? Ich

glaub ja nicht, dass der das selber schon gesehen hat. Wie auch, wenn er überhaupt ein Handy hatte, ist das wahrscheinlich auch am Strand liegen geblieben.«

Timon dreht sich wieder zum Spiegel um, verletzt, weil Sunny das mit dem Paar so komisch betont hat, und grübelnd, weil er nicht weiß, ob es richtig ist, das alte Leben schon wieder auf Jonas loszulassen. Dafür hat er aus seinem Tagebuch zu viel erfahren.

»Ich weiß nicht, ob das so ’ne gute Idee ist. Jonas weiß doch selber, dass seine Eltern morgen hier auf der Insel sind.« Timon dreht sich wieder zu Sunny um. »Meinst du nicht, dass der Tag für ihn auch so schon schwer genug wird?«

»Eben drum. Hast du nicht Angst, dass der morgen das wiederholen wird, was neulich nicht geklappt hat? Klar macht der ’nen besseren Eindruck als auf der Fähre und er macht sogar Witze, obwohl die wirklich schrecklich schlecht sind, aber wer weiß, wie er morgen drauf ist.«

Timon setzt sich zu Sunny auf den Wannenrand. Natürlich hat sie recht. Aber Jonas jetzt aufzugeben bedeutet auch, sich nur noch mit seinen eigenen Themen, mit DEM Thema, auseinandersetzen zu müssen. Und wenn er dazu bereit wäre, könnte er es auch gleich ansprechen. Jetzt, hier, schnell, schmerzlos.

»Ich hab sein Tagebuch gelesen, das du vom Strand mitgenommen hast. Ich weiß, dass man das nicht macht.« Timon hebt abwehrend die Hände. »Musst gar nichts dazu sagen, okay? Also, was da drinstand, ich glaube, der hat einfach niemanden. Keine Freunde, keine Schwester, irgendwie auch keine richtigen Eltern mehr.«

»Was stand denn da noch so alles drin?«

»Jede Menge, vor allem aber, dass er sich die Schuld am Verschwinden seiner Schwester gibt und er alle Leute um sich herum vergrault hat. Ich glaube wirklich, wir sind seit zwei Jahren die ersten Menschen, zu denen er so was wie Vertrauen hat. Sonst wäre er nicht bei uns geblieben.«

»Und du denkst, dass wir dieses Vertrauen missbrauchen, wenn wir ihn auf seine Eltern ansprechen? Ich will die ja nicht direkt hierherholen.«

Timon steht wieder auf.

»Ach, keine Ahnung. Natürlich ist es für die Eltern auch 'ne Scheiß-Situation, dass ihre Tochter weg ist. Oder tot. Oder was auch immer. Aber vielleicht hätten die sich einfach auch ein bisschen mehr um Jonas kümmern müssen. Der lebt noch. Noch.«

Timon hat nicht bemerkt, wie Sunny aufgestanden ist. Er spürt es erst, als sie ihn schon wieder von hinten umarmt und ihren Kopf auf seinen Rücken legt.

»Und das haben sie dir zu verdanken. Wenn Jonas wirklich 'nen Freund braucht, kann er froh sein, dass er dich gefunden hat. Ich bin es jedenfalls. Das wollte ich dir nur mal sagen.«

Timon schaut im Spiegel auf die zwei Arme und die Hände mit den bunt lackierten Nägeln, die seinen Bauch umklammern. Und hofft gleichzeitig, dass sich aus dem Chaos in seinem Kopf ein intelligenter Kommentar bildet und den Weg zu seinem Mund findet.

Was natürlich nicht passiert, bis Sunny ihn loslässt und kumpelhaft auf seinen Rücken klopft.

»Entscheide du. Ich würd's ihm sagen.«

Timon schaut seiner Freundin hinterher, als sie ungewöhnlich kommentarlos das Bad verlässt, schnappt sich den Rasierschaum und sprüht ihn statt erneut auf sein Gesicht auf den Spiegel, damit er seine mutlose Fresse nicht mehr sehen muss.

*
* *

Nach dem Essen spricht Timon es an. Nach dem Essen aus spanischen Würsten und gegrilltem Gemüse, zahlreichen Flaschen Bier und dem kleinen Gitarrenkonzert, zu dem sie Jonas überredet haben. Zu diesem magischen Moment, den sie niemals wieder vergessen werden.

Zunächst sträubte Jonas sich mit Händen und Füßen, bis Sunny ihm einfach die Gitarre ihres Vaters in den Schoß drückte und keine Widerrede mehr zuließ. Für ihre Gastfreundschaft muss er schließlich auch was leisten. Also los. Jonas griff ein paar Akkorde, erst zusammenhanglos, dann melodiös, er erklärte ausführlich, dass er es nicht mehr kann, wie sehr er aus der Übung ist. Er überlegte laut, was er spielen soll und welches Stück er überhaupt noch auswendig kann. Timon und Sunny ließen ihn machen, beobachteten ihn lächelnd, bis sie merkten, wie er mit jedem gespielten Ton aus dem Hier und Jetzt verschwand, wie er sich auflöste und in eine Zeit eintauchte, die nichts mit ihnen, mit Mallorca oder den orangefarbenen Wolken über ihnen zu tun hatte. Und dann ganz plötzlich fanden sich die vielen Akkorde zu einem Lied. Timon bekam bereits bei den ersten Takten eine Gänsehaut und als würde Sunny das merken, rückte sie näher zu ihm auf und krallte ihre Hand in seine, wie sie es immer gemacht hat, wenn eine Folge Club der roten Bänder kurz vorm Ende war. Jonas bekam davon nichts mit, mit geschlossenen Augen sang er den letzten Song, den er angeblich vor über zwei Jahren im Unterricht gelernt hatte.

»Well you only need the light when it's burning low,
only miss the sun when it starts to snow,
only know you love her when you let her go.
Only know you've been high when you're feeling low,
only hate the road when you're missing home,
only know you love her when you let her go.«

Hunderte Male mindestens hat Timon sich den Song von Passenger in seinem Leben schon angehört. Damals, als seine Oma starb und er sich tagelang wünschte, beim Verkehrsunfall seiner Eltern ebenfalls umgekommen zu sein. Bis er schließlich zu Sunny in die Klasse kam und durch ihre Freundschaft alles besser wurde. Er wollte Jonas fragen, woher er das wusste, ausgerechnet dieses Lied, doch er sagte nichts, auch dann noch nicht, als der letzte Akkord schon längst verklungen war.

Niemand sagte etwas, bis Jonas die Gitarre wegstellte und sich unbeholfen entschuldigte, dass er das schon mal besser konnte. Timon stand auf und holte noch zwei Bier. Nicht weil die anderen Flaschen schon leer waren, sondern weil er am Kühlschrank kurz für sich sein konnte, um seine Tränen wegzuwischen und seine Gedanken zu ordnen.

Was passiert hier gerade? Es ist doch Jonas, der Hilfe braucht, nicht er.

* * *

»Jonas«, Timon reicht Jonas über die Schulter ein kaltes Bier, »deine Eltern suchen dich, Sunny hat es heute im Netz gelesen. Du musst dich bei denen melden.«

»Die haben mitbekommen, was du vorhattest. Ich denk mal von diesem Hotel-Typ da. Wenn du willst, kannst du denen von meinem Handy aus 'ne Nachricht schreiben. Wahrscheinlich sind die eh schon auf der Insel, oder?«

Sunny hält Jonas ihr Telefon hin. Doch er lässt das Angebot verstreichen. Seine Stimme klingt kalt, ganz anders als noch vor wenigen Minuten.

»Noch nicht. Die wollen dann nur, dass ich morgen zu dieser Veranstaltung komme. Zwei Jahre ›Finding Lina‹ ohne Erfolg. Das kann ich nicht. Da wird alles voller Presse sein und alle werden total mitleidig tun. Und es gibt vielleicht sogar einen kleinen Funken Hoffnung, dass es dieses Mal wirklich was bringt. Dass dieses Mal die Berichte die Richtigen erreichen, die Lina irgendwo gesehen haben, die in der Nacht vor zwei Jahren irgendwas beobachtet haben, die ein schlechtes Gewissen bekommen, weil sie damals in irgendeiner Form beteiligt waren. Aber die Hoffnung wird nur so lange da sein, wie die Pressekonferenz dauert. Wenn die Presse ihre Kameras und Aufnahmegeräte wieder einpackt, ist Lina zumindest bei denen schon wieder vergessen. Weil es nichts Neues und nichts Spannendes zu diesem Fall gibt. Nichts, worüber es sich groß zu berichten lohnt. Dann wird meine Mutter ’nen weiteren Zusammenbruch haben, Alkohol, Nerven oder beides, und mein Papa wird mich anschauen, wie er mich seit zwei Jahren anschaut. Vorwurfsvoll. Jetzt wahrscheinlich noch in einer gesteigerten Variante, weil ich zu dem Fehler damals in seinen Augen noch ’nen neuen gebaut habe.«

Timon schaut ratlos zwischen Jonas und Sunny hin und her und setzt sich wieder auf die Couch. Er hätte es nicht ansprechen sollen. Aber Sunny gibt so schnell nicht auf.

»Dann sagst du deinem Stiefvater einfach, dass er genauso viel Scheiße gebaut hat wie du. Schließlich hätte er vor zwei Jahren auch zu Hause bleiben können, anstatt dir die Verantwortung für deine Schwester zu geben. Dann wäre sie heute noch da. Und wenn du das nicht sagen willst, dann kann ich das gern übernehmen.«

Sowohl Timon als auch Jonas wollen was einwenden, doch Sunny schneidet ihnen das Wort ab. Sie ist noch nicht fertig.

»Es ist beschissen, was und auch wie es passiert ist. Ganz ehrlich. Aber es ist auch beschissen, was du die letzten zwei

Jahre mit deinem Leben gemacht hast. Oder geht's dir besser, weil du alle Menschen um dich rum vor den Kopf gestoßen hast? Weil du wegläufst und dich umbringen willst? Hat das irgendwas gebracht? Deine Schwester ist immer noch weg, aber dir geht's zusätzlich richtig kacke. Ganz toll. Vielleicht solltest du mal probieren, das, was passiert ist, zu akzeptieren. Ist sicher nicht easy, aber sagt ja auch niemand, dass das von heute auf morgen klappen muss.«

Fasziniert schaut Timon Sunny an. So hat er sie schon lange nicht mehr reden gehört. Früher schon, in der Schule, wenn irgendwelche Diskussionen ins Uferlose führten, oder bei ihm, wenn er seine merkwürdigen Freundinnen nicht aufgeben wollte. Aber nach der Trennung von Leon hatte sie sich verändert, war ruhiger geworden. Bis jetzt. Er wundert sich, dass ihm das nicht schon früher aufgefallen ist. Er wird sie darauf ansprechen, sobald die Sache mit Jonas geklärt ist, der auf Sunnys Ansage noch nicht reagiert hat.

»Und wenn wir mitkommen morgen? Wir würden dich ja eh hinfahren.«

Jonas erwidert Timons Blick ruhig, schaut zu Sunny und wieder zurück. Timon rätselt, was in seinem Kopf vorgeht. Wird er gleich aufstehen und gehen, weil er sich von seinen neuen Freunden verraten fühlt? Wird er sie anbrüllen, dass sie keine Ahnung haben, was er durchgemacht hat?

»Das wäre nett von euch. Allein schaff ich das nicht.«

Sunny steht auf und hält Jonas ihre Handfläche hin.

»Schlag ein, das nenn ich mal 'ne krasse Entscheidung.«

Timon fällt ein Stein vom Herzen. Er hält seine Hand ebenfalls zum Einschlagen hin, wird von Sunny aber hochgezogen und in eine Dreierumarmung gedrängt.

»So, Jungs, dann wäre das also geklärt. Jetzt fahren wir zur Party. Und ich will ja nicht hören, dass ihr todmüde seid. Muss mich nur noch schnell umziehen.«

Timon schaut Sunny hinterher, bis er Jonas' winkende Hand vor seinen Augen hat.

»Komm, wir räumen hier mal auf, bis Commander Sunny fertig ist.«

Unbemerkt steht Sunny wieder hinter ihnen.

»Ach, Jonas, falls du dich wunderst, was Commander Sunny alles weiß: Ich hab ein bisschen in deinem Tagebuch gelesen. Es liegt in Timis Zimmer. Der hat's auch durch. War nur zu deinem Besten.«

Timon macht hinter Jonas' Rücken ein Zeichen, dass Sunny endlich ihre Klappe halten soll. Jonas stapelt unterdessen ruhig die dreckigen Teller aufeinander und drückt sie ihr cool in die Hand.

»Meinst du, das weiß ich nicht?«

*
* *

Jonas balanciert die Getränke über die Tanzfläche, während Sunny kurz zur Toilette verschwindet. Er schaut zu Timon, der lächelnd etwas abseits an einem Felsen lehnt und ihn beobachtet. Am liebsten würde er einfach hier stehen bleiben, genau hier, umringt von fröhlichen Spaniern, sich dem Takt ihrer Körper anpassen. Er hat sich noch nie so leicht gefühlt. Doch: einmal, aber dieses Mal, und das macht es jetzt noch unbeschwerter, bleibt es garantiert ohne Konsequenzen. Dabei hat sich an den äußerlichen Umständen gar nichts geändert. Im Gegenteil. Lina ist noch immer verschwunden, morgen, heute, jetzt seit zwei Jahren. Und er wird in ein paar Stunden seine Eltern sehen und muss ihnen mit größter Wahrscheinlichkeit Rede und Antwort stehen.

Aber irgendwas in ihm hat sich verändert. Er fühlt, dass sich etwas verschoben hat. Dass sein permanentes Gefühl der Ausweglosigkeit von etwas überlappt wird, was es die letzten Jahre nicht gegeben hat. Nur ein bisschen, nur am Rand, aber ausreichend, um Es wahrzunehmen. Und dieses Etwas macht ihn so leicht, lässt ihn lachen und zum ersten Mal seit Linas Verschwinden wieder Musik spüren.

Noch immer fühlt es sich an wie ein Traum, dass er wieder Gitarre gespielt hat. Und es war keiner von diesen verfickten Albträumen, es war ein richtiger Traum, etwas Schönes, traumhaft schön. Er hat Lina tanzen sehen, lachend in ihrem Garten. Seine Eltern und Paul waren ebenfalls da und haben ihm zugehört. Stolz, liebevoll. Und irgendwo weit entfernt haben Timon und Sunny miteinander getanzt. Seine zwei neuen Freunde, in sich versunken, furchtlos und glücklich.

Freunde. Wie das klingt. Vor wenigen Tagen hätte er dieses Wort nicht einmal gedacht. Und jetzt stehen sie hier, fünf Meter von ihm entfernt, warten auf ihre Getränke, die er noch immer in der Hand hält, lächeln ihm zu. Und er lächelt zurück, winkt sie zu sich auf die Tanzfläche, will mit ihnen tanzen und feiern, das Leben feiern und dieses Gefühl, Es, das er durch die beiden in sich tragen darf und das er nie mehr loslassen will.

21. 08. 17
Heute vor einem Jahr.
Hoffnung? Keine!
Eltern geben Interviews.
Hunderte.
Künstlich erzeugte Hoffnung.
Glauben sie überhaupt noch daran?
Niemand hört sie.
Sie hört uns nicht.
Linaaaaaaaaaaaaaa!

Ich will bei dir sein.
Dich beschützen,
trösten,
gemeinsam allein sein.
So ist es jeder für sich.
Ist doch scheiße.
Werde irgendwann zu dir kommen.
Wenn du fort bleibst.
Versprochen.

Jonathan und Krümel.
Erinnerst du dich?

»Krümel Löwenherz«, sagte Jonathan, »hast du Angst?«

»Nein … doch, ich habe Angst! Aber ich tue es trotzdem, Jonathan, ich tue es jetzt … jetzt … Und dann werde ich nie wieder Angst haben. Nie wieder Angst ha…«

Lina, ich bin nicht mutig.
Noch nicht.
Noch warte ich.
Auf dich.

Dein Jo

III

ABSCHIED

14.

Sunny versucht verzweifelt, mit dem alten Golf jedem Schlagloch auszuweichen. Laut Handy-Navi ist es die schnellste Route zum Hotel von Jonas' Eltern, nur leider nicht die beste. Schönste würde sie noch durchgehen lassen, denn der Schleichweg, und mehr ist diese Straße wirklich nicht, führt durch ein verwachsenes Tal bei Pollença, in dem die alten Bauernhäuser verwunschener aussehen als irgendwo sonst auf der Insel. Vergessen fast, was aber vielleicht auch an der Morgensonne liegt, die noch nicht jeden Winkel genau ausleuchtet.

Oder am Stöhnen der Jungs, die bei jeder Unebenheit ein jämmerliches Geräusch von sich geben und damit einen David-Lynch-mäßigen Soundtrack zu ihrer Fahrt liefern. Katerstimmung nach der unvergesslichen Party-Nacht am Strand.

»Vielleicht ein bisschen langsamer.« Timon massiert sich mit geschlossenen Augen die Schläfen.

»Ich fahr schon höchstens 30. Wenn's dir nicht passt, fährst du.«

»Das willst du nicht.«

Timon dreht sich zu Jonas um, der am offenen Fenster hängt, als bräuchte er jedes Molekül Sauerstoff, das ihm der Fahrtwind zur Verfügung stellt.

»Ey Alter, geht's?«

»Hmm, geht.«

Sunny inspiziert Jonas im Rückspiegel. Es ist noch keine vier Stunden her, als sie zwischen ihm und Timon am Strand saß. Vor ihnen der Sonnenaufgang, hinter ihnen leiser Chill-out-Sound und nur noch wenige Partyleute, die das Ende einer perfekten Nacht feierten. Die Jungs waren durch und betrunken. Aber während Timon immer wieder nach hinten in den Sand kippte, um für ein paar Minuten die Augen zuzumachen, war Jonas euphorisch aufgedreht. Er plante das Zusammentreffen mit seinen Eltern. Er wiederholte kraftvoll ihre Ansage vom Abend. Er schien alles abzuschütteln, was ihn die letzten zwei Jahre gequält hatte. Es war mitreißend, diesen Jonas kennenzulernen, der vorher unter dem ganzen Müll seines Lebens kaum noch zu erkennen war. Eigentlich gar nicht mehr zu erkennen war.

Doch nach ein paar Stunden Schlaf merkte Sunny morgens beim Kaffee- und Aspirintrinken schnell, wie viel Anteil der Alkohol an Jonas' Blitzveränderung hatte. Mit Sicherheit spielte auch das heutige Datum eine Rolle, das ihn mit einem Fingerschnippen zwei Jahre zurückkatapultierte, oder die Nervosität vor dem Treffen mit seinen Eltern. Jonas ist jedenfalls seit dem Aufstehen nicht mehr euphorisch und kraftvoll, sondern in sich gekehrt, bitter und selbstzerstörerisch. So wie er auch war, als sie ihn 150 Kilometer vor Barcelona aufgegabelt haben.

Sunny beobachtet im Rückspiegel, wie Jonas' Arm auf der Fahrerseite runterbaumelt. Wenn ihnen jetzt ein überforderter Sixt-Fahrer zu nahe kommt, war's das. Und vielleicht ist es genau das, was er will. Immer noch will. Heute Nacht war er meilenweit davon entfernt, da ist sich Sunny sicher. Heute Morgen hätte er es am liebsten wiederholt, wenn sie nicht da gewesen wären.

Ob es gut ist, wenn Jonas in dieser Stimmung auf seine Eltern trifft? Sunny weiß es nicht. Sie weiß nur, dass sie nicht die Verantwortung dafür übernehmen will, zum letztmöglichen Zeitpunkt nicht gehandelt zu haben. Und da Timon am Morgen nicht diskussionsfähig war, hat sie für alle die hoffentlich richtige Entscheidung getroffen.

»Hey, Timi, kannst du Jonas mal reinziehen?« Mit dem Kopf macht sie eine Bewegung nach hinten. »Sein Arm hängt fast auf der Straße unten.«

Timon dreht sich um und reißt Jonas am rechten Arm zurück ins Auto.

»Ich glaub, wir sind gleich da.«

Jonas orientiert sich kurz und reibt sich mit beiden Händen hektisch durchs Gesicht, als könnte er sich so vom Spielfeld des Lebens wischen.

»Danke übrigens.«

Sunny merkt, dass Timon sie anschaut. Wegen einer scharfen Linkskurve kann sie seinen Blick aber nicht erwidern.

»Wofür?«

»Dass du uns seit gestern durch die Gegend fährst und auf der Party auf Alkohol verzichtet hast. Der Plan war ja, dass wir uns auf unserer ersten Malle-Party gemeinsam so richtig abschießen.«

Obwohl sie jetzt die Möglichkeit hätte, kurz zu Timon rüberzuschauen, wie es nur normal ist, wenn Fahrer und Beifahrer sich unterhalten, lässt sie es bleiben und prüft stattdessen lieber, ob sie den richtigen Gang drin hat. Hat sie, natürlich.

»Kein Ding. Passt schon.«

Sie verzieht die Mundwinkel gezwungen nach oben und lächelt unbestimmt auf die Beifahrerseite rüber. Sie wird es ihm sagen. Aber nicht jetzt.

* * *

Die letzten Meter geht Jonas allein. Er ist auf dem Parkplatz des Hotels einfach ausgestiegen und losgelaufen. Das Versprechen von Sunny und Timon, ihn zu begleiten, wollte er jetzt doch nicht annehmen. Sie sollen nicht sehen, wie viel Angst er vor dem Kommenden hat. Seine Stärke von gestern ist verpufft. Es war ein Strohfeuer, wahrscheinlich eine fiese Laune des Schicksals, um noch einmal zu spüren, wie er sich niemals mehr fühlen wird.

Vor dem Hotel stehen Übertragungswagen und einige Autos der spanischen Polizei. Er fühlt sich sofort um zwei Jahre zurückversetzt. Zu dem Morgen nach Linas Verschwinden, als ihm langsam klar wurde, dass etwas Schlimmes passiert sein muss. Dass er der Verantwortliche dafür ist und nichts mehr so sein wird wie früher. Alles kommt wieder hoch und die Klammer um seine Brust, die er die letzten Tage kaum noch gespürt hat, zieht sich enger und enger zusammen.

Aus einem Pulk rauchender Menschen vor dem Hoteleingang löst sich eine Person. Jonas erkennt seinen Stiefvater, der erst langsam und dann immer schneller auf ihn zukommt. Jonas bleibt stehen. Angespannt abwartend und mit dem Versuch zu lächeln, der spätestens dann misslingt, als die flache Hand seines Vaters auf seine Wange trifft.

»Kannst du dir eigentlich vorstellen, was deine Mutter wegen dir durchgemacht hat?«

Keine Umarmung, keine weitere Berührung. Nur eine Ohrfeige genau wie vor zwei Jahren, was für ein herzliches Ritual.

»Mein Gott, wie du aussiehst. Du hast echt keinen Respekt vor dem Tag heute, was? Und so wie du riechst, hast du auch schon wieder gesoffen. Na ja, bleibt ja in der Familie.«

Die Klammer wird enger. Fehler, Fehler, Fehler. Irgendwo in Jonas klingelt eine Alarmglocke. Oder ist es Sunnys Stimme? Du musst ihm sagen, dass es nicht deine Schuld ist. Stattdessen folgt er nur dem hektischen Blick seines Vaters zu den Personen am Eingang, die offensichtliches Interesse an ihrem Zusammentreffen haben.

»Komm mit. Ich bring dich zu deiner Mutter. Die Presse-Heinis hier müssen nicht alles mitkriegen.«

Jonas lässt zu, dass sein Vater ihn grob zu einem Seiteneingang des Hotels schiebt, und wundert sich selbst über die unwichtigste Frage der Welt, die ihm ausgerechnet jetzt durch den Kopf geistert: »Seit wann rauchst du?«

*
* *

Er hat nicht damit gerechnet, dass sein Stiefvater ihn in den Bungalow führt, in dem sie vor zwei Jahren ihren Urlaub verbracht haben. Ihm wird übel, als es ihm klar wird.

»Warum hier?«

Mehr bekommt er nicht raus.

»Weil die Pressekonferenz gleich hier stattfindet.« Sein Vater schiebt ihn in den Wohnbereich. »Deine Mutter muss hier irgendwo sein. Und wehe, du haust wieder ab.«

Dann verzieht er sich, geht zurück zu diesen Leuten vor der Tür und überlässt Jonas seiner aufsteigenden Panik. Alles sieht noch aus wie damals. Weiße Fliesen, blaues Sofa, der Fernseher rechts neben der Tür zum Kinderzimmer, links die Tür zum Elternschlafzimmer. Die kleine Küchennische gleich neben dem Eingang, wo jetzt einige Mikros aufgebaut sind. Das Schlimmste aber ist der Geruch. Jonas muss sich die Nase zuhalten, doch die Bilder sind bereits da. Er und Lina beim »Sendung mit der Maus«-Gucken, als sie so krank war. Die glückliche Familie um den Tisch beim Frühstücken, als es das einzige Mal geregnet hat. Er und seine Eltern abends beim Twister-Spielen und Lina, die völlig aufgedreht zwischen ihnen umhergerannt ist und keine Ahnung hatte, warum sich alle so bescheuert verrenkten. Jonas muss die Augen schließen, er hätte nicht herkommen dürfen.

Im selben Moment stößt seine Mutter einen Schrei aus. Sie stürmt durch die Terrassentür rein und fällt ihm um den Hals. Sie weint und küsst ihn und flüstert ihm zu, wie viel Sorgen sie sich um ihn gemacht hat.

»Du darfst mich nicht auch noch verlassen.«

Fehler. Klammer. Noch enger.

Natürlich will sie alles wissen. Warum er das getan hat, wo er war, wie es ihm geht? Nur zuhören will sie nicht. Kann sie nicht. Nicht jetzt, nicht wenige Minuten vor der anstehenden Pressekonferenz. Ob sie deswegen auch wieder getrunken hat? Eine fremde Frau will Jonas aus der Umarmung seiner Mutter befreien, um mit ihr noch mal den Ablaufplan durchzugehen. Doch seine Mutter krallt sich an ihm fest, vielleicht aus Angst, ihn wieder zu verlieren, vielleicht aber auch, um nicht selbst verloren zu gehen.

Jonas lässt es geschehen und als sie ihn schließlich doch loslässt, sucht sie noch kurz seine Augen. Er kennt diese Geste von ihr, es soll sie zusammenschweißen, ihn aufmuntern, das hat sie früher schon gemacht, wenn irgendwas »ganz Schlimmes« passiert ist. Doch heute funktioniert diese Taktik nicht, heute treffen sich nur zwei endlos traurige Augenpaare.

»Danke, dass du gekommen bist. Auch wenn Papa und ich getrennt sind und Lina noch nicht da ist: Wir sind doch eine Familie.«

Jonas schaut ihr nach. Eine ungewohnt tiefe Zuneigung durchströmt ihn, weil er plötzlich spürt, wie viele Gemeinsamkeiten sie haben. Beide vermissen sie Lina und leiden jeden Tag 24 Stunden unter ihrem Verschwinden, jeder auf seine Art zwar, aber wahrscheinlich kein bisschen weniger als der andere. Sie sind beide alt geworden in den letzten zwei Jahren, seine Mutter optisch, er innerlich. Und sie leiden unter der Einsamkeit, die sie umgibt. Doch da liegt auch der große Unterschied zwischen ihnen: Seine Mutter klammert diese Einsamkeit aus, indem sie sich in die erfolglose Suche nach Lina stürzt. Um eine Vergangenheit wiederherzustellen, für die in der ungewissen Zukunft kein Platz mehr ist. Er hat sich der Einsamkeit gestellt und den Kampf verloren. Denn wenn es in dieser Phase der Ungewissheit eine Gewissheit für ihn gibt, dann die, dass es kein Zusammen, kein Wir mehr geben wird, dass diese Familie für immer zerstört ist.

So schnell er kann, rennt er ins Kinderzimmer und von dort weiter in die kleine Badkabine. Ihm ist kotzübel – vom Bier, vom Kaffee, vom Leben. Er würgt und spuckt, bis ihm schließlich völlig leer die ersten Tränen kommen.

*
* *

Dreihundert Meter weiter unten am längst aufgeheizten Strand merkt man von dem Großaufgebot an Presse und Schaulustigen nichts mehr. Timon und Sunny spazieren abseits von der Stelle, an der sich Jonas vor drei Tagen umbringen wollte, durch fröhliche Familien, kreischende Kinder und entspannte Pärchen, die mal versteckt hinter bunten Schirmen oder ölig glänzend in der prallen Sonne ihren Urlaub genießen. Die meisten von ihnen völlig ahnungslos oder bewusst ignorierend, was in ihrer unmittelbaren Umgebung vor zwei Jahren passiert sein muss. Aber was könnten die bräsigen Touristen auch tun, wenn sie eine Ahnung davon hätten? Timon weiß die Antwort darauf genauso wenig wie auf die Frage, was er oder Sunny jetzt noch tun sollen. Nach Jonas' schnellem Abgang standen sie einige Minuten ratlos am Auto und rätselten, ob sie hinterhergehen müssen, wie sie ihn am besten unterstützen können. Doch irgendwie kam ihnen eine weitere Einmischung in Jonas' Leben falsch vor. Schließlich gibt es tausend Dinge, die er erst mal allein mit seiner Familie klären muss. Und wenn er ihre angebotene Unterstützung gewollt hätte, hätte er sie nach dem gestrigen Abend sicher angenommen.

Aber einfach davonfahren und die letzten Tage mit einem Achselzucken hinter sich lassen, das konnten sie auch nicht. Darum also dieser Strandspaziergang, der Timon ziemlich viel Kraft kostet, weil die grellgelbe Morgensonne in seinen verkaterten Augen besonders wehtut. Er hält sich schützend die Hand an die Brauen.

»Meinst du, wir sehen ihn wieder?«

Sunny reicht ihm ihre Sonnenbrille, weil sie sein Leiden nicht länger ertragen kann.

»Keine Ahnung, ich fänd's schade, wenn nicht.« Sie weicht einem käsigen Jungen aus, der aufgeregt brüllend ins Meer rennt. »Komisch eigentlich, was? Am Anfang wollte ich gar nicht mit dem reden.«

»Ja«, Timon lacht, »ich kann mich gut an deine schlechte Laune deswegen erinnern. Keine Sorge. Obwohl mir unsere Fahrt nach Barcelona vorkommt, als wäre sie ’ne Ewigkeit her.«

Sunny lächelt zustimmend und die beiden laufen schweigend noch einige Meter weiter, bis sie die meisten Touristen und den Geruch von Sonnencreme hinter sich gelassen haben. Timon lässt sich erschöpft in den Sand fallen, Sunny setzt sich neben ihn.

»Aber war doch gut, dass ich das gemacht hab, oder? Also Jonas da an dieser siffigen Toilette ansprechen … So im Nachhinein.«

»Vor allem für ihn. Du hast ihm das Leben gerettet. Wenn wir ihn nicht mitgenommen hätten, hätten wir wahrscheinlich irgendwann im Netz ’ne Nachricht gelesen, dass ein Junge aus Deutschland auf Mallorca ertrunken ist. Und uns nicht groß was dabei gedacht. Wenn wir’s überhaupt gelesen hätten. Das ist schon krass, oder? Ich hab das, glaub ich, noch nie so extrem erlebt, wie ’ne zufällige Begegnung das Leben von Menschen beeinflussen kann. Meinst du, das hat auch was mit uns gemacht?«

Timon beobachtet Sunny durch die dunklen Gläser. Heimlich, weil er eigentlich den Eindruck erwecken will, dass er kurz vorm Schlafen ist. Er bewegt sich auch nicht, als Sunny sich im rechten Winkel zu ihm in den Sand legt und ihren

Kopf auf seinen Bauch bettet. Nur sein Herz schlägt schneller, wie beim monatlichen Joggen um den Decksteiner Weiher. Er hofft, dass sie das nicht bemerkt. Und dass auch seine Gedanken über die Schnittstelle Bauch-Kopf nicht auf geheimnisvolle Weise übertragen werden. Denn die schießen gerade von links nach rechts und wieder zurück. Natürlich hat Jonas ihr Leben verändert. Seins auf jeden Fall. Jonas hat er als erstem Menschen gestanden, dass er in Sunny verliebt ist. Und Jonas hat ihm Mut gemacht, ihr das zu gestehen. Durch ihn hat er darüber nachgedacht, dass seine Narben nichts sind im Vergleich zu den seelischen Wunden, die Jonas in sich trägt. Und schon gar nichts, wofür er sich zu schämen braucht. Er muss jetzt nur den Mut finden und auch die richtigen Worte, Sunny zu gestehen, was ihn seit vier Jahren umtreibt. Ohne dabei wie ein Idiot rüberzukommen, der vier Jahre lang seinen Mund nicht aufbekommen hat.

Timon versucht sich zu sammeln, seinen Herzschlag etwas zu beruhigen. Er lauscht auf die Geräusche um sich herum, auf das Plätschern der Wellen, auf die tobenden Kinder, deren Geschrei bruchstückhaft vom Wind verschluckt wird, auf den Helikopter, der Touristen für horrendes Geld zum Cap Formentor fliegt. Normalerweise findet er immer tausend Ausreden, warum das jetzt nicht der richtige Zeitpunkt ist, aber heute fällt ihm nicht eine einzige ein. Und so beginnt er zu reden, einfach drauflos. Er redet in den blauen Himmel hinein, ohne Sicherheitsnetz, ohne einen Gedanken daran zu verschwenden, was danach sein wird.

»Ich hab das schon mal erlebt, also wie krass ein Mensch das Leben von einem anderen Menschen beeinflussen kann. An mir selbst hab ich das erlebt. Das war, als ich 14 war und zu euch in die Klasse gekommen bin. Du erinnerst dich doch sicher noch daran, oder?« Timon wartet keine Antwort von Sunny ab. »Mir ging's wirklich scheiße damals. Meine Oma war gerade gestorben, ich bin in so eine betreute WG gezogen und hab mich einfach furchtbar allein gefühlt. Vielleicht so ähnlich wie Jonas. Na ja, vielleicht. Neben dir war ein Platz frei und ich musste mich zu dir setzen. Ich glaub, ich hab den ganzen Tag kaum ein Wort gesagt. Im Gegensatz zu dir. Du hast die ganze Zeit geplappert, hast mir die Klasse und die Schule erklärt und die Cafeteria gezeigt. Und als der Tag vorbei war, hast du mich umarmt und gesagt, dass du dich auf morgen freust. Ich glaub, das war der Moment, in dem ich mich in dich verliebt habe. Sag jetzt nichts, Sunny, hör einfach nur zu. Weil egal, was du dann die nächsten vier Jahre gemacht hast, das Gefühl ging nicht mehr weg. Nicht mal, als du mir deinen ersten oder zweiten Typen vorgestellt hast. Nie. Es wurde eigentlich jeden Tag nur noch stärker. Auch wenn du schlecht drauf warst, weil deine Eltern von dir mal wieder verlangt haben, noch 'ne perfektere Tochter zu sein. Oder dich die Lehrer genervt haben, irgendwas war ja immer. Aber du hast mir Sicherheit gegeben. Und auch Geborgenheit, obwohl du das wahrscheinlich gar nicht gewusst hast. Die schlimmste Zeit am Anfang waren für mich die Ferien, in denen du immer weggefahren bist. Später dann ja nicht mehr, da war ich tierisch froh drüber. Da gab's dann aber dieses andere Problem, wenn wir irgendwo in Köln beim Baden lagen zum Beispiel. Da hab ich dann eben bemerkt, dass ich nicht nur in dich verliebt bin, weil du meine beste Freundin bist, sondern – und du darfst jetzt echt nicht lachen – weil ich dich halt auch als Frau megasexy finde. Ich hab dir das ja auch ein paarmal gesagt, aber eher so kumpelhaft, ich weiß gar nicht, ob du dich noch daran erinnerst. Deine roten Haare sind einfach der Burner und dein Body ist eh perfekt, kein Mädchen in der Schule, in ganz Köln, sieht besser aus als du. Oh Gott, das hört sich jetzt echt an, als hätte ich mir immer nach unseren Treffen einen runtergeholt, aber das musst du mir glauben, das war nicht so. Das hätte ich nie gemacht, ehrlich nicht. Ich wollte nie, dass du was merkst, weil ich einfach Schiss hatte, dass du so ›nee, danke‹ sagst und dass es das dann war mit unserer Freundschaft. Und weil ich, wenn ich schon ehrlich bin, kann ich das auch sagen, weil ich mich für meine Narben schäme. Geschämt habe. Ist bescheuert, ich weiß, aber mit deinen Sporttypen zum Beispiel konnte ich da einfach nicht mithalten. Und darum hab ich nie was gesagt. Aber du darfst jetzt auch nicht denken, dass ich die ganze Zeit vor mich hin gelitten habe. Das stimmt auch nicht. Ich hab einfach nur jede Minute mit dir extremst genossen. Und ich weiß, dass das jetzt ein total doofer Zeitpunkt ist, weil wir kurz davor sind, eigene Wege zu gehen und so. Du mit Afrika, ich mit dem Studium, wenn ich es denn mache. Egal, was ich dir sagen will: Ich finde es so richtig scheiße, dass unsere gemeinsame Zeit bald zu Ende ist.

Ich will das nicht und du darfst aber nicht denken, dass ich das nicht will, weil ich Angst vor Veränderungen habe, nee, es ist«, Timon holt noch einmal tief Luft, »weil ich dich liebe und mit dir zusammenbleiben will.«

Die Ruhe kommt ganz plötzlich. Kaum noch Wellen, kein Helikopter, nur noch Wind, der den Touristenlärm in die andere Richtung weht.

Timon hat sich noch nicht getraut, die Restluft wieder auszuatmen, dabei müsste er auch dringend seinen trockenen Hals frei husten. Er konzentriert sich nur auf eine kleine Wolke, die in Sekundenschnelle ihre Form verändert – Maus, Hammer, Herz, um dann, kurz bevor sie die Sonne verdecken kann, zu verglühen.

Von Sunny kommt kein Ton. Sie liegt noch immer auf ihm, den Kopf zum Meer gedreht. Timon hat keine Ahnung, was er machen soll. Jetzt ist doch sie an der Reihe, oder nicht?

Er wartet einige Sekunden, bis er ihr über die Haare streicht. »Sunny, was sagst du? Das macht mich nervös, dass du nichts sagst.« Timon fährt ihr noch mal über die Haare. »Sunny?«

Timon spürt unter seiner Hand, wie sich ihr Kopf bewegt. Langsam richtet sie sich auf, streckt ihre Hände, stöhnt leicht, als sie sich Schweißperlen von der Stirn wischt.

»Hab ich lang gepennt? Ich bin gerade voll eingeschlafen …«

»Du hast geschlafen?« Timon richtet sich ebenfalls auf. Er kann es nicht fassen. »Du hast nichts mitgekriegt?«

Erstaunt schaut Sunny ihn an.

»Was hätte ich denn mitkriegen sollen?«

Timon steht niedergeschlagen auf. Soll er wütend sein oder enttäuscht? Er kann es nicht fassen, dass alles umsonst war. Sein Geständnis einfach verpufft, sein Herz wirkungslos geöffnet. Er kann es nicht noch mal tun, das war's, für immer. Als wäre alle Kraft aus ihm gewichen, schaut er auf Sunny runter, die Sand aus ihren Espadrilles klopft. Am liebsten würde er sie anschreien und ihr diese verdammten Schuhe aus der Hand reißen, stattdessen reicht er ihr lediglich ihre Sonnenbrille.

»Komm, lass uns gehen.«

Ohne auf Sunny zu warten, läuft Timon am Strand zurück. Vorbei an den vielen Sonnenschirmen, die all ihre Farbe verloren haben, vermutlich an die krebsroten Urlauber, die mittlerweile nach verbranntem Fleisch riechen. Vorbei an Kindern, die ausgepowert quengeln und nur noch wenige Minuten bis zum Sonnenstich brauchen. Und an glücklichen Pärchen, vor denen er angewidert die Augen verschließt. Genauso wie vor Sunny, zu der er sich nicht umdreht, weswegen er auch nicht sieht, dass sie nicht verwundert über seine merkwürdige Laune hinter ihm hergeht, sondern schuldbewusst nach einer Erklärung sucht, warum um alles in der Welt sie sich nur schlafend gestellt hat.

* * *

Jonas steht fast unsichtbar neben der Terrassentür und beobachtet seine fremden Eltern, die zusammen mit einem Beamten des BKA und einigen spanischen Ermittlern der Presse die spärlichen Ermittlungsergebnisse der letzten beiden Jahre präsentieren. Señora Lorca ist auch da, sie kam zu spät und hat ihm lediglich kurz zugenickt. Es wird viel gefragt und viel fotografiert, sein Stiefvater fasst kühl die letzten zwei Jahre zusammen, seine Mutter beantwortet pflichtschuldig die Frage, wie sie mit der ungewissen Situation klarkommt. Gar nicht.

Jonas' Augen brennen, er versucht seine Übelkeit zu unterdrücken und sich zu konzentrieren. Aber er bekommt seine Gedanken nicht unter Kontrolle. Seit er zurück in diesem Hotel ist, ist Lina überall. Sie spielt im Zimmer nebenan. Sie wartet abgemagert und zerstört darauf, endlich gefunden zu werden. Sie sitzt mit Sunny und Timon am Pool. Sie hämmert in seinem Kopf und will raus. Sie liegt vor ihm im Wasser, leblos wegdriftend, wie in seinem Albtraum auf der Fähre.

Seine Mutter weint in eine Kamera. Auf Deutsch und Englisch bittet sie alle Zuschauer, nach Lina Ausschau zu halten. Alle Hinweise sind wichtig, alle Beobachtungen können dazu führen, dass Lina gefunden wird und sie wieder zu einer glücklichen Familie werden.

Und plötzlich, ohne Vorwarnung, hält sie ein bearbeitetes Foto hoch, das Lina zeigt, wie sie heute mit sechs Jahren aussehen könnte. Linas Haare sind länger und das Gesicht etwas schmaler, doch ihre blauen Augen blitzen noch immer unvoreingenommen fröhlich in die Welt. Jonas stülpt sich erneut der Magen um, seine Schwester so zu sehen – so voller sonniger Erlebnisse der letzten zwei Jahre. Für ihn ist das eine Lüge, eine einzige große Lüge. Niemals würde Lina heute so aussehen, nicht nach allem, was sie in seinen Albträumen durchmachen musste.

Und schon gar nicht, wenn die ganze Wahrheit eine andere ist, wie wohl nur er weiß. Lina lebt nicht mehr, aber niemand wagt es, diese Tatsache auszusprechen. Alle machen sich etwas vor, allen voran seine Eltern, um einen verzweifelten Grund zum Weitermachen, zum Weiterleben zu haben.

Der Boden unter Jonas' Füßen bewegt sich, Linas Gesicht starrt ihn an, bewegt sich auf ihn zu. Er hört ihre Stimme, aber er kann sie nicht verstehen, weil die anderen so laut sind. Jonas klammert sich am Griff der Terrassentür fest. Wie ein Schlag trifft ihn die Erkenntnis, dass er sich die letzten Tage genau wie seine Eltern auch was vorgemacht hat. Er war doch schon viel weiter, war fast schon bei seiner Schwester, bis er sich von Timon und Sunny von seinem Vorhaben hat ablenken lassen. Mit der unsäglichen Hoffnung im Herzen, dass es doch so was wie eine gute Zukunft für ihn gibt. Aber ist es denn jemals zu spät für die richtige Entscheidung?

Jonas versucht sich auf Linas Augen zu konzentrieren und erinnert sich daran, dass ja heute erst der Tag ist, den er sich ursprünglich ausgesucht hatte. An dem er Lina folgen wollte, um die Schmerzen ein für alle Mal zu beenden. Wie Jonathan und Krümel, er muss nur noch springen.

Erst als sich alle nach ihm umdrehen und ihre Gespräche einstellen, merkt Jonas, dass er weint. Für alle hörbar weint. Aber dieses Mal ist es ihm egal, die Tränen sind für Lina, sollen es doch alle sehen, es wird das Letzte sein, was sie von ihm sehen werden.

Seine Eltern schauen hilflos zu ihm nach hinten, während die Journalisten ihre Chance wittern, die altbekannten Fakten des Lina-Falls mit dem Hauch einer emotionalen Neuigkeit zu würzen. Die Reporterin einer deutschen Nachrichtenagentur hält ihm ihr Handy unter die Nase.

»Du bist Jonas, nicht wahr? Wie kommst du damit klar, dass deine Schwester seit zwei Jahren verschwunden ist?«

»Bitte keine Fragen an unseren Sohn. Jonas, du sagst bitte nichts. Wir reden gleich …«

Jonas hört seinen Vater nur sprechen, versteht ihn aber nicht. Er sieht auch die Journalistin vor sich nicht. Er fixiert mit seinen tränenverschleierten Augen nur das Foto von Lina und hofft, dass er das Richtige tut.

Seine Stimme ist nur ein Flüstern: »Lina lebt nicht mehr.«

»Jonas! Was redest du da?«

»Das Foto da ist eine Lüge. Lina ist jetzt nicht sechs. Lina ist tot.«

»Jonas, sei ruhig.« Die Stimme seines Vaters knallt durch das Zimmer. »Du weißt nicht, was du da sagst.«

»Warum bist du dir da sicher?« Die Reporterin heuchelt Mitgefühl und schaut zur Sicherheit nach, ob ihr Handy auch wirklich aufnimmt. Unauffällig gibt sie ihrem Fotografen ein Zeichen, sich in Stellung zu bringen.

»Ich weiß es einfach. Ich hab von ihr geträumt. Ich träume von ihr, seit sie weg ist. Fast jede verfickte Nacht. Die schrecklichsten Sachen, die man sich vorstellen kann. Aber sie war nie tot. Jetzt ist sie es.« Jonas wischt sich die Tränen weg. »Lina lebt in meinen Träumen einfach nicht mehr.«

Jonas' Mutter beginnt zu heulen, laut, schrill, als wolle sie Jonas' Worte mit ihren eigenen Geräuschen überdecken. Sein Vater springt auf und kämpft sich durch die Menge. Er will Jonas stoppen, doch vorher wird er aufgehalten. Ein spanischer Zeitungsreporter hält ihn fest.

»Kein Wort mehr, Jonas. Lassen Sie mich verdammt noch mal los. Lina lebt. Und sie wird zu uns zurückkommen. Was fällt dir überhaupt ein ... Gerade dir. Wenn du besser aufgepasst hättest, wäre sie doch niemals verschwunden.«

Peng, da ist sie also, die Schuldzuweisung. Die zwei Jahre zwischen ihnen stand, aber nie laut ausgesprochen wurde. Jetzt steht sie mitten im Raum, doch die reinigende Wirkung von Schuld, Strafe, Erlösung, auf die Jonas die ganze Zeit gehofft hatte, bleibt aus. Es ist zu spät, es wird hier keine Erlösung mehr für ihn geben.

Und trotzdem ist irgendwas in ihm geplatzt. Irgendein Knoten, der den ganzen Frust der letzten Jahre in ihm zurückgehalten hat und jetzt ungebremst nach außen dringen lässt.

»Fick dich. Hättest du mal selber besser auf deine Tochter aufgepasst. Aber davon willst du nichts wissen, was? Müsste man ja auch eigene Fehler zugeben. War ja auch schön einfach, mir die ganze Scheiße in die Schuhe zu schieben. Aber da hab ich keinen Bock mehr drauf. Und auf die Warterei auch nicht.

Weil sie sinnlos ist, genauso sinnlos wie dieses Albtraumbild von Lina.« Jonas weiß, dass er jetzt aufhören sollte, aber er will seinen Vater verletzen, bis der fühlt, wie er sich die ganze Zeit gefühlt hat. »Glaubt ihr wirklich, sie sieht, wenn sie noch lebt, heute so aus, nachdem sie tausendfach misshandelt und missbraucht wurde …?«

Mit einem Satz reißt sich Jonas' Vater los, springt zu ihm und reißt ihn am Kragen seines Shirts in die Höhe.

»Halt's Maul, halt dein gottverdammtes Maul.«

Der Blitz des Fotoapparats blendet Jonas, er hört seine Mutter »Raus!« schreien, kann sie aber nicht sehen und weiß auch nicht, ob der Befehl ihm gilt. Er spürt nur, wie sein Vater von ihm weggerissen wird. Reflexartig stößt er die Terrassentür auf und flüchtet in die grelle Sonne. Und dann beginnt er zu laufen, als könnte er seinem Leben mit bloßer Geschwindigkeit entfliehen.

*
* *

Als Nächstes ist sie endlich an der Reihe. Sunny startet den Motor und wartet, bis sich die fünfköpfige Familie mit der Tagesration Strandessen in ihren Fiat Panda gezwängt hat und von der Zapfsäule wegfährt. Normalerweise hätte sie mit Timon über die Touris in dem viel zu kleinen Auto gelacht, aber Timon ist schon vor zehn Minuten im Tankstellen-Shop verschwunden, nachdem sie schweigend vom Strand die 500 Meter bis hierher gefahren sind. Eine Flucht, die Sunny ihm nicht mal verdenken kann. Aufgrund eines Verhaltens von ihr, das sie sich noch weniger erklären kann. Wobei, wenn sie ganz ehrlich zu sich selbst ist, weiß sie genau, warum sie nicht einfach gesagt hat: ›Krass, Timi, mir geht's auch so.‹ Sie hätte dann auch sagen müssen: ›Und übrigens, bevor wir zusammenkommen und das erste Mal Sex haben, muss ich dir noch was sagen: Ich bin schwanger. Von Leon.‹

Wäre das richtiger gewesen? Hätte sie Timon damit weniger wehgetan? Sunny weiß es nicht. Sie weiß nur, dass sie sich mit jedem Satz, jedem unglaublichen tollen Satz, den Timon ausgesprochen hat, mieser gefühlt hat. Und darum hat sie sich aus Feigheit schlafend gestellt und weiß jetzt mit ihrem heimlichen Wissen um Timons Gefühle noch weniger als vorher, wie sie ihm jemals die Wahrheit sagen soll.

Sunny steigt aus, als sie Timon schon mit dem Tankwart reden hört, welches Benzin für den alten Golf benötigt wird. Sie reicht ihm die Schlüssel, um den Tank aufzuschließen, versucht einen Blick von ihm einzufangen, doch Timon ignoriert den Versuch konzentriert. Erst beobachtet er den Tankwart, dann den Mietwagenstau auf der Straße zum Strand.

»Was sollen wir denn heute noch machen?« Sunny will ein Gespräch erzwingen, belanglos, aber immerhin. »Wir könnten unser Badezeug holen und auch an 'nen Strand fahren. Ich kenn da einen zwischen der Stadt und dem Hafen, da ist immer voll wenig los.«

»Boah nee, ich muss mich hinlegen. Bin echt durch von gestern Nacht.«

»Hm.«

Müsste sie jetzt fragen, was los ist? Eigentlich weiß sie ja von nichts. Sunny entscheidet sich dazu, ebenfalls zu schweigen, bis sie Jonas an der Tankstelle vorbeirennen sieht.

»Scheiße, das war Jonas, oder? Wo rennt der denn hin?«

Timon hat ihn auch gesehen und erklärt dem Tankwart hektisch, dass zwanzig Liter reichen. Sunny springt ins Auto. »Wir hätten ihn nicht allein lassen dürfen. Fuck, fuck, fuck.« Sie wartet auf die Schlüssel, die Timon ihr beim Einsteigen reicht.

»Was hätten wir tun sollen? Er wollte es so.«

Mit heulendem Motor fährt Sunny auf die Straße, zum Glück ist der Stau in die entgegengesetzte Richtung. Trotzdem ist Jonas weg.

»Mann ey, wo steckt der? Der kann doch noch nicht so weit …« Sunny fährt langsam auf der Straße in Richtung Hafen. Keine Spur von Jonas. Sie schaut links, Timon rechts, bis sie plötzlich eine Vollbremsung macht.

»Ich glaub, da war er.« Sie zeigt in eine Seitenstraße, die sie noch von der Hinfahrt kennt. »Vielleicht will er zurück zum Haus? Aber wenn er das alles laufen will, ist er noch ein paar Stunden unterwegs.«

Sie blinkt links und flucht über die entgegenkommenden Autos, die sie nicht abbiegen lassen. Mit quietschenden Reifen nimmt sie eine viel zu kleine Lücke und ignoriert einen Schrei von Timon.

»Bist du verrückt? Du hättest uns fast umgebracht.«

»Ja, alles Arschlöcher. Die haben doch gesehen, dass ich abbiegen will.«

Sunny schaut Timon schuldbewusst grinsend an und der muss widerwillig lächeln.

»Ab morgen fahr ich wieder.«

Nach ein paar Hundert Metern haben sie Jonas eingeholt. Er rennt jetzt nicht mehr, er läuft nur noch schnell am Straßenrand entlang, so fertig wie ein Marathonläufer nach seinem Schlusssprint. Sunny fährt auf seine Höhe und verlangsamt das Tempo, doch Jonas scheint sie gar nicht zu bemerken. Sein leerer Blick geht stur geradeaus, auch als Timon ihn aus dem fahrenden Auto heraus anspricht.

»Hey, Jonas, was ist passiert? Ist die Pressekonferenz schon vorbei?«

Keine Reaktion, stattdessen beschleunigt Jonas sogar seine Schritte, obwohl er körperlich kaum noch in der Lage dazu ist. Als müsste er schleunigst ein Ziel erreichen, das es nur in seiner Vorstellung gibt. Sunny fühlt sich unwohl an ihre erste Begegnung erinnert.

»Jonas, verdammt, jetzt bleib doch mal stehen.«

Sie fährt an Jonas vorbei und parkt den Golf quer auf dem staubigen Standstreifen, um ihm den Weg abzuschneiden. Sie steigen gleichzeitig aus dem Wagen, gerade noch rechtzeitig, bevor Jonas am Auto vorbei seinen Weg fortsetzen kann. Timon bekommt ihn am Arm zu fassen.

»Verdammt, Alter, du bleibst jetzt hier und sagst uns, was passiert ist.«

Jonas schlägt kraftlos um sich, seine heisere Stimme überschlägt sich: »Lass mich los. Ich will, dass ihr mich in Ruhe lasst. Ihr macht alles nur noch schlimmer mit eurem beschissenen Einmischen.«

Timon denkt nicht daran, Jonas loszulassen. Er packt ihn noch fester und nimmt ihm damit jede Chance, fliehen zu können.

»Ich lass erst locker, wenn du dich beruhigst und redest.«

Sunny hat sich vor die beiden gestellt und wechselt mit Timon einen ratlosen Blick. Sie berührt Jonas an der Schulter, tröstend, doch er windet sich stöhnend in Timons Klammergriff, um dieser Berührung zu entkommen.

»Sag uns doch, was passiert ist. Vielleicht können wir dir irgendwie helfen.«

»Pah, ihr und mir helfen«, Jonas' Ton ist plötzlich schneidend scharf, »das habt ihr ja neulich schon so perfekt hinbekommen. Wenn ihr mich in Ruhe gelassen hättet, wäre jetzt alles schon vorbei. Ihr habt echt keine Ahnung. Von nichts.«

Timon keift zurück: »Hätte ich dich ertrinken lassen sollen?«

»Ich hab dich um nichts anderes gebeten. Und jetzt lass mich verdammt noch mal los.«

Während Timon den Griff lockert, Jonas aber nicht ganz freigibt, verliert Sunny die Geduld.

»Kapierst du eigentlich noch, was du redest? Du bist ja völlig gaga im Kopf. Keine Ahnung, was gerade passiert ist. Aber gib uns nicht die Schuld für diese verkackte Situation.«

Sunny wartet auf eine Reaktion, doch Jonas blinzelt nur in die Sonne. Timon nickt ihr zu und sie versucht noch mal ruhiger auf ihn einzuwirken.

»Mann, Jonas, gestern Abend war doch alles so klar, dachte ich. Dachten wir. Du wolltest nach vorne schauen, nicht mehr dir die ganze Schuld geben und auch mehr akzeptieren, was passiert ist. Hast du das alles vergessen? Ist das jetzt alles nicht mehr aktuell?«

Sunny fixiert Jonas, nicht sicher, ob er sie überhaupt gehört hat. Hören wollte. Seine Aufmerksamkeit scheint jedenfalls dort zu sein, wo die Berge von Mallorca und das Meer zusammentreffen, ohne dieses Naturschauspiel auch nur ansatzweise zu bemerken.

»Jonas, hörst du mich?«

Sunny berührt ihn leicht, bis er ihr seinen Kopf langsam zuwendet. Und noch bevor er den Mund aufmacht, ahnt sie, was jetzt kommen wird. Genau so, wie man manchmal schon Millisekunden vorher weiß, dass man vom Fahrrad fällt, dass man von einem doofen Typen angemacht wird oder dass der Lehrer einen gleich beim Abschreiben erwischt. Zu wenig Zeit zum Reagieren, genug aber, um eine aufsteigende Panikattacke in der Magengegend zu spüren.

»Akzeptieren, was passiert ist, du hast leicht reden.« Jonas' Stimme ist voller Spott. »Machst du das denn? Die Wahrheit akzeptieren? Ich glaub nicht. Sonst hättest du Timon doch schon längst gesagt, dass du schwanger bist. Von deinem Ex. Dass du noch mal mit ihm gevögelt hast, als es schon vorbei war. Aber das kriegste auch nicht hin, ne. Also verlang von mir nicht so 'nen Schwachsinn. Verstanden?«

Sunny traut sich nicht, Timon anzuschauen. Sie sieht aus dem Augenwinkel nur, dass er seine Hände von Jonas nimmt. Und hört, wie er tief durch die Nase einatmet.

»Was redest du da für 'ne Scheiße? Das stimmt ja wohl nicht, oder, Sunny?«

Sunny muss nichts mehr sagen. Als sie es schafft, ihm kurz in die Augen zu schauen, weiß er Bescheid.

»Das glaub ich jetzt nicht! Du bekommst ein Kind von Arschloch-Leon? Wann wolltest du mir das sagen?«

Würde Sunny jetzt auf Jonas achten, könnte sie sehen, dass sein gehetzter Blick von vorhin etwas Schuldiges, fast Mitfühlendes bekommen hat. Ausgelöst durch die Erkenntnis, es wieder getan zu haben, wie damals bei Paul, dem er auch Schmerzen zugefügt hat, um seine eigenen erträglicher zu machen. Aber Sunny achtet nicht auf ihn, sie versucht verzweifelt, Timons verständlichen Zorn auf sie zu minimieren.

»Mann, Timi, ich wollte dir das noch in diesem Urlaub sagen. Ehrlich. Ich wusste nur nicht wie. Kannst du das nicht verstehen, dass das für mich auch 'ne beschissene Situation ist?«

Timon läuft ein paar Meter in die Richtung, aus der sie gekommen sind. Er geht in die Hocke und brüllt so laut »Scheiße!«, dass ein Auto, das gerade an ihnen vorbeifährt, einen gefährlichen Schlenker in den gegenüberliegenden Standstreifen macht.

»Ich glaub das einfach nicht. Wir haben tausendmal über deinen Ex geredet und du hast nie den Mund aufgemacht. Warum? Und er weiß es.« Timon reckt sein Kinn in Richtung Jonas. »Warum er, verdammt, und ich nicht?«

Sunny bügelt einen wahrscheinlichen Entschuldigungsversuch von Jonas direkt ab und geht Timon ein paar Schritte hinterher. Dabei legt sie sich eine Erklärung zurecht, die er niemals akzeptieren wird.

»Ich hatte Angst vor deiner Reaktion. Und ich wollte dich als Freund nicht verlieren.«

»Als Freund, ach ja!« Timon dreht sich verletzt von Sunny weg. »Lass mich einfach. Ich geh zu Fuß. Ich will allein sein.«

Ohne sich umzudrehen, läuft er in Richtung Hauptstraße davon.

»Timi, bleib da. Bitte.«

Doch Sunny dringt nicht mehr zu ihm durch. Sie schaut ihm noch einen Augenblick mit der Gewissheit nach, ihn schrecklich verletzt und jetzt vielleicht tatsächlich für immer verloren zu haben. Warum war sie nur so blöd und hat ihm ihre Schwangerschaft bis heute verschwiegen? Wie konnte sie das alles so verbocken? Nach seinem Geständnis am Strand muss er sich jetzt ja noch verarschter vorkommen. Wut steigt in ihr auf und sie dreht sich zum Auto und zwangsweise auch zu Jonas um.

»Halt bloß deine Fresse, du Arsch!«

Ohne ihn eines Blickes zu würdigen, steigt sie ein und startet den Motor. Jonas will sie noch aufhalten, tritt zu ihr ans

Fenster, will irgendwas sagen, doch Sunny gibt Vollgas und fährt rückwärts auf die Straße und mit durchdrehenden Reifen davon. Sie hämmert auf das Lenkrad ein, schreit ihre Wut laut raus und wischt sich dann schnell ihre roten Haare aus dem Gesicht, um überhaupt etwas sehen zu können. Nur nach vorn, nicht in den Rückspiegel, in dem Jonas unentschlossen am Straßenrand steht, erst seinen Weg fortsetzen will, sich dann aber umdreht und Timon zunächst langsam und dann immer schneller werdend hinterhergeht.

11. 11. 2017

Opa ist heute gestorben, Lina. Krebs. Oma hat aber zu Mama gesagt, dass es das gebrochene Herz war. Wegen dir. Hab ich also noch jemanden auf dem Gewissen. Ich weiß, ich müsste traurig sein. Aber gibt es eine Steigerung von traurig? Seit du weg bist, bin ich traurig und wütend und traurig und noch wütender. Wut ist steigerungsfähig, das weiß ich, Trauer irgendwie nicht. Ich glaube, weil Trauer mehr Kraft kostet, weil sie permanent da ist und Wut nur in Schüben kommt. Ach, keine Ahnung. Ich bin jedenfalls nicht trauriger als sonst, nur weil Opa nicht mehr da ist. Immerhin weiß er jetzt, wo du bist. Das glaub ich nämlich. Mit dem Tod lösen sich alle Geheimnisse auf. Hat ja auch keinen Sinn, dass man sich noch als Toter mit der ganzen Scheiße rumschlägt. Darum beneide ich Opa fast ein bisschen. Er hat es hinter sich. Und weiß jetzt Bescheid. Zum Beispiel, dass das Mädchen, das in Rio in irgendeinem Getto gesehen wurde, wirklich nicht du bist. Drei Wochen war das die heißeste Spur, die es seit einem Jahr gab. Gestern dann das vorläufige Nein. Wahrscheinlich ist Opa deswegen heute gestorben. Völlige Aufgabe. Ich schaff das noch nicht, Lina. Weil du nachts noch so lebendig bist. Also nicht lebendig im Sinn von fröhlich, eher lebend, das trifft es besser. Es kann ja immer noch sein, dass du wieder zurückkommst. Und wenn ich dann weg bin … Das wäre ja fast wie bei Romeo und Julia, nur unter Geschwistern. Musste ich neulich für die Schule lesen, bin übrigens wieder in der gleichen Klassenstufe wie vor den Sommerferien. Weil meine Noten so kacke waren. Die wollten mich sogar auf 'ne andere Schule schicken. Resozialisierung, damit ich neue Leute kennenlerne. In Berlin. Bei Benni. Erinnerst du dich an Benni, meinen Erzeuger? Der wurde letztes Jahr auch kurz verhaftet wegen dir, weil Papa dachte, er ist für deine Entführung verantwortlich. War er natürlich nicht. Hatte seitdem kaum Kontakt zu ihm. Bis ich ihn plötzlich besuchen sollte, weil er mir 'ne Schule zeigen wollte. War dann drei Tage bei ihm, danach wollte er nicht mehr, dass ich zu ihm komme. Vielleicht hab ich ihm zu wenig geredet. Vielleicht kam er auch nicht damit klar, dass ich so 'nem Idioten-Kind aus seinem Haus 'ne blutige Nase geschlagen habe. Aber das hat mich so wütend gemacht und wollte mich nicht die Treppe zu der Wohnung hochgehen lassen und ich war eh schon wütend und wollte jemanden hauen, weil ich vor meiner Abfahrt nach Berlin Paul gesehen hab. Mit Freund. Glücklich. Heimlich Händchen haltend. Kichernd. Paul und kichern, zum Kotzen. Ich hasse den. Warum darf der schon wieder fröhlich sein? Benni hat mich nach dem Vorfall zurück ins Internat nach Mergentheim gebracht. Auf der Fahrt hat er kaum was gesagt. Nur bei der Verabschiedung kam der schlaue Satz: ›Das Leben geht weiter, Jonas.‹ Wenn der wüsste.

Noch ein Songtext? Bitte!

Die Nacht ist mein Freund,
weil sie dich schickt.
Die Nacht ist mein Feind,
weil sie mich fickt.
Tage werden Nächte,
Nächte bleiben Nacht.
Das Leben geht weiter,
nie so gelacht.
Es gibt kein Entkommen,
es gibt kein Zurück.
Erst wenn's vorbei ist,
wein ich. Vor Glück.

Jo

15.

Die Sonne steht senkrecht, Timon schläft. Jonas wäre jetzt gern betrunken. Leicht und schwerelos wie gestern Abend. Aber das Bier, das Timon und er vorhin in zwei Sixpacks an der Tankstelle gekauft haben, wirkt nicht. Zumindest nicht bei ihm. Die Hitze unter dem Olivenbaum, unter dem sie Schatten gesucht haben, scheint den Alkohol unverarbeitet aus seinem Körper zu treiben. Er schaut auf Timon runter und würde ihm gern eine Wimper von der Wange zupfen, aber er will ihn nicht aufwecken. Oder ihm, falls er daran glaubt, er tut es jedenfalls nicht, die Möglichkeiten nehmen, sich ein bisschen Glück zu wünschen.

Er schließt die Augen. Eine Million Singzikaden scheinen direkt über ihnen zu sitzen. Die Hauptstraße zwischen Pollença und dem Hafen, die sie vorher verlassen haben, um auf einem Schotterweg querfeldein zum Meer zu gelangen, ist nicht mehr zu hören. Er hat keine Ahnung, warum Timon hierher wollte. Er ist ihm einfach gefolgt, erst zur Tankstelle, dann auf die Laderampe eines Gärtner-Pick-ups und schließlich hierher. Schon komisch, wie sich in wenigen Augenbli cken alles drehen kann. Er war doch derjenige, der ohne Ziel diese schreckliche Pressekonferenz verlassen hat. Wobei ohne Ziel nicht ganz korrekt ist, er hatte eins, doch bevor er es erreichen konnte, wurde er wieder mal von Timon und Sunny aufgehalten. Um nur kurze Zeit später Timon hinterherzulaufen, der ziellos vor der Wahrheit flüchtete. Erst wütend, weil er das mit Sunnys Schwangerschaft vor ihm wusste. Dann niedergeschlagen, weil er einfach nicht verstehen konnte, warum sie geschwiegen hatte. Schließlich ihn angreifend, weil er ihn angeblich trotz seines Wissens in dieses Liebesgeständnis reingequatscht hatte. Und kurz vor dem Einschlafen betrunken sehnsüchtig, weil er Sunny jetzt schon vermisst.

Jonas schämt sich dafür, dass er Sunny verraten und ihr Vertrauen missbraucht hat. Andererseits, und es fällt ihm schwer, das in seinem Kopf zu ordnen, geht es ihm gerade nicht so schlecht, wie es ihm eigentlich gehen müsste. Als er das Bild seiner Schwester gesehen hat, fühlte es sich noch an, als würde er sich innerlich auflösen. Als er es dann zum ersten Mal ausgesprochen hat, es seinen Eltern und der ganzen Welt an den Kopf geschrien hat, was sich niemand zuvor getraut hatte, nämlich dass Lina tot ist, war er es auch. Taub, leblos, sein Herz kaum noch spürbar. Wäre er direkt zum Strand gerannt, da ist er sich sicher, hätte es funktioniert. Dieses Mal hätte er den Sprung geschafft. Aber er ist ohne Grund in die andere Richtung gelaufen. Nur um Timon und Sunny, die ihm nie was Böses wollten, wieder zu begegnen und so richtig wehzutun. Und trotz des ganzen Mists fühlt er sein Herz wieder schlagen, weil er in diesem Chaos, das er selbst angerichtet hat, zum ersten Mal seit langer Zeit das Gefühl hat, gebraucht zu werden. Und wenn es nur ist, seinen letzten Fehler wiedergutzumachen und seine beiden neuen Freunde zu versöhnen.

*
* *

Sunny schmeißt sich aufs Sofa. Ihr ist immer noch zum Heulen zumute, aber nach der halbstündigen Fahrt, auf der sie sich und andere Autofahrer angeschrien hat, bis sie heiser war, kommen keine Tränen mehr. Was hat sie nur gemacht? Was hat dieser Arsch von Jonas nur gemacht? Aber sosehr sie sich auch bemüht, Jonas die Schuld an allem zu geben, kommt sie immer wieder zu dem Ergebnis, dass sie sich selber in die Scheiße geritten hat. Wie verletzt Timon sie angeschaut hat. Immer und immer wieder taucht sein zunächst ungläubiges, dann verletztes Gesicht vor ihr auf. Und gleichzeitig merkt sie, wie tief drin es wehtut. Weil sie ja nicht nur ihren besten Freund verloren hat, sondern den besten Menschen der Welt, der ihr erst vor ein paar Stunden seine Liebe gestanden hat.

Und je mehr sie darüber nachdenkt, desto deutlicher spürt sie, dass sie sich genau danach immer gesehnt hat. Obwohl es nie einen konkreten Anhaltspunkt gab, dass aus ihrer Freundschaft mehr werden könnte. Keine Körperlichkeit, obwohl sie beim Serien-Gucken oft nebeneinander eingeschlafen sind, keine Eifersucht, wenn sie mal wieder 'nen neuen Typen am Start hatte. Keinen Hinweis, nichts. Und jetzt sein Geständnis, wovon sie völlig überrumpelt wurde, und ihr bescheuertes Schweigen, mit dem sie schließlich alles kaputt gemacht hat.

Sie schaut auf ihr Handy, ob Timon geschrieben hat. Natürlich nicht. Warum auch. Er wird wahrscheinlich nie wieder schreiben. Seine letzte Nachricht ist von gestern, als er mit Jonas wandern war, wann genau sie zurückkommen. Die WhatsApp erreichte sie, das weiß sie noch genau, als sie draußen am Pool lag und schon seit ungefähr einer Stunde auf das Foto ihres Kindes gestarrt hatte. Ohne auch nur den Hauch einer Vorstellung, wie alles werden sollte. Wie es ist, ein Kind zu haben. Wie ihr Leben sich damit verändern wird. An den idiotischen Vater hat sie dabei nicht gedacht. Nur an Timon, der, weder dass ihr das klar war, noch dass er davon wusste, in ihren Gedanken immer die Rolle des Vaters übernommen hat. Und genau diese Gedanken gaben ihr in der ganzen Panik etwas Ruhe. Und führten dazu, dass sie das Geständnis immer weiter rauszögerte.

Doch mit der Ruhe ist es jetzt vorbei und Sunny steht da, wie sie es immer befürchtet hat: allein. Sie nimmt noch mal ihr Handy und sucht auf einem Reiseportal Rückflüge nach Köln. Wenn sie morgen oder übermorgen zu ihrem Frauenarzt geht, ist es vielleicht noch nicht zu spät, ihre Schwangerschaft abzubrechen. Danach wäre immerhin die Möglichkeit wieder gegeben, dass sie und Timon Freunde bleiben. Aber reicht ihr das? Reicht ihm das?

Sie schmeißt ihr Handy in die Sofaecke, als sie sieht, wann wegen der Hauptsaison der nächste freie Flug nach Hause geht: in drei Tagen. Und irgendwie fühlt es sich auch nicht richtig an, einfach abzuhauen, ohne noch mal mit ihm zu reden. Sie muss ihm gestehen, wie hellwach sie am Strand war, und erklären, warum sie geschwiegen hat. Dass sie alles gehört und noch nie jemand was Schöneres zu ihr gesagt hat. Und dann würde sie ihm um den Hals fallen und ihm ins Ohr flüstern, wie sehr sie ihn mag. Und er würde seinen Zorn vergessen, ihr verzeihen und sie fest an sich drücken. Und sie würden beide erkennen, dass sie eigentlich die letzten vier Jahre schon zusammen waren, also so gut wie, nur eben ohne Sex. Aber dass das bis jetzt trotzdem die beste Beziehung war, die sie beide jemals hatten.

Kurz bevor Sunny von einer bleischweren Müdigkeit überrollt wird, nimmt sie sich noch vor, es genau so zu machen. Sie wird gegen den Verlust kämpfen, denn sie hat im Gegensatz zu Jonas noch die Möglichkeit dazu.

* * *

Timon wacht wild kratzend auf, als ein kleiner Käfer über seinen Arm unter sein T-Shirt krabbelt. Orientierungslos springt er auf, schüttelt seine Klamotten und merkt dabei, wie schwindelig ihm ist. Und wie sehr die heiße Luft seinen Mund ausgetrocknet hat. Seine Zunge klebt wie mit Pattex befestigt an seinem Gaumen. Er räuspert sich, versucht Speichel zu sammeln und schaut sich nach Jonas um, der am Stamm des Olivenbaums gelehnt schläft. Neben ihm die Plastiktüte mit den Sixpacks. Timon kniet sich hin und kramt in der Tüte.

»Na, wieder wach?«

Ohne sich zu bewegen, hat Jonas seine Augen geöffnet.

»Hm, bin am Verdursten.«

Timon schaut nur kurz hoch, um Jonas ebenfalls ein Bier anzubieten. Dann lehnt er sich an die andere Seite des Stammes und nimmt einen großen Schluck. Dabei lauscht er dem

Zikaden-Geschrei und merkt an seinen empfindlichen Ohren, dass er noch immer nicht ganz nüchtern ist. Will er auch gar nicht sein. Nüchtern kann er nicht vergessen, was vorhin passiert ist. Was er erfahren hat. Was er nie für möglich gehalten hätte. Dabei weiß er gar nicht, was ihn schlimmer getroffen hat: Dass Sunny ihm ihre Schwangerschaft verschwiegen hat oder dass das Kind von Leon ist, weil sie mit ihm noch mal im Bett war, nachdem er sie schon tausend Stunden getröstet hatte. Oder kommt er sich einfach nur völlig bescheuert vor, weil er Sunny kurz vorher ein Liebesgeständnis, sein erstes Liebesgeständnis überhaupt, gemacht hat? Er trinkt die Flasche halb leer, damit das Bier nicht noch wärmer wird und die betäubende Wirkung schneller einsetzt.

Jonas redet, ohne sich zu Timon umzudrehen: »Und was jetzt? Was hast du jetzt vor?«

»Keine Ahnung. Du bist doch der Experte bei aussichtslosen Situationen.«

Jonas reagiert nicht und Timon merkt trotz seiner miesen Laune, dass er mit dieser gehässigen Antwort einen Schritt zu weit gegangen ist. »Sorry, war nicht so gemeint.«

»Schon okay.«

Die beiden Jungs schweigen sich an. Die Insekten scheinen diesen ruhigen Moment zu genießen und legen noch ein paar Dezibel drauf.

»Ich komm mir vor wie ein Idiot. Echt. Wir haben uns immer alles erzählt, wirklich alles, aber die wichtigste Sache verschweigt sie mir.«

stinkt nach Bier und hat null Plan, wie es weitergehen soll. Klar, mit Jonas' Schicksal ist es nicht zu vergleichen, trotzdem hätte er nie gedacht, dass sich sein Leben in so kurzer Zeit so radikal ändern kann.

Als er wieder zu Jonas zurückgehen will, kommt ihm plötzlich eine Idee. DIE Idee, die ihn scheinbar augenblicklich nüchtern macht. Doch statt um die Mauer herumzugehen, klettert er die wackligen und losen Steine hoch, stellt sich breitbeinig hin und verkündet Jonas, was ihm gerade eingefallen ist: »Wir machen eine Tour, Jonas. Wir beide. Wir holen das Auto und dann fahren wir runter von dieser Insel und quer durch Spanien. Vielleicht nach Portugal. Wie findest du das?«

Timon balanciert auf der Mauer hin und her, um seinem Einfall den richtigen Nachdruck zu verleihen.

»Komm lieber erst mal da runter, dieses ganze Ding kracht gleich ein. Und außerdem bist du betrunken.« Jonas schaut unwohl auf die bröckelnden Steine, die Timon aber nicht bemerkt.

»Erst wenn du Ja sagst. Komm, das wird mega. Wir können machen, was wir wollen, und den ganzen Dreck, der passiert ist, vergessen. Du kommst auf andere Gedanken, ich komm auf andere Gedanken. Wir bringen uns gegenseitig auf andere Gedanken.«

Mit einem Sprung zu Jonas möchte Timon seinen Auftritt krönen, doch gerade als er sich abstoßen will, brechen die Steine zur Rückseite ab. Er verliert das Gleichgewicht, taumelt, kann sich nicht mehr halten und kracht mit dem Rücken voran in das am Fuß der Mauer wuchernde Stachelgestrüpp.

22.12.17

Heute musste ich mein Zimmer ausräumen. Morgen ist Hausflohmarkt. Weihnachtlicher Ausverkauf. Nach den Feiertagen ziehen meine Eltern um. Sie haben das Haus verkauft und gehen in 'ne Mietwohnung nach Praunheim. Ich denk mal wegen der Kohle, weil die Spenden immer weniger werden. Hab dort auch ein Zimmer, genau wie Lina. Lina bekommt sogar ein neues Bett und einen Kinderschreibtisch, weil sie ja bald in die Schule kommt. Kommen würde. Käme. Keine Ahnung.

Hab 13 Müllsäcke gefüllt. Kann alles weg. Der Rest wird verkauft. Nur zwei gemalte Bilder von Lina nehme ich mit ins Internat. Eins klassisch: Familie – Mama, Papa, ich und sie. Eins nur ich mit einem riesigen Kopf und irgendwas am Bauch, wahrscheinlich die Gitarre. Die verkauf ich auch. Also meine erste. Die gute Gitarre hab ich Papa wieder zurückgegeben. Er hat sie genommen und nichts dazu gesagt.

Und dann hab ich noch ganz viele Sachen von Paul gefunden. Computerspiele, Klamotten, ein Kartenspiel, Schulkram, seinen alten Gameboy sogar und Fotos von uns aus einem Automaten am HBF. Überall war was von ihm. Unterm Bett, im und auf dem Schrank. Erst hab ich das auch alles weggeschmissen, ist ja nicht mein Problem, wenn er das Zeugs bei mir liegen lässt. Das hat meine Mutter aber bemerkt und gesagt, ich muss ihm den ganzen Kram bringen. Kotz. Weil sie nicht noch mehr Ärger mit seinen Eltern will. Seit der Aktion mit dem Video von mir gibt's die Freundschaft zwischen denen nämlich nicht mehr.

Bin dann also heute Nachmittag mit einem Karton rübergelatscht. Plätzchen hat meine Mutter noch dazugepackt. Wahrscheinlich als Versöhnungsangebot. Schmecken eh nicht, wie immer, aber immerhin hat sie wieder welche gebacken. Weihnachten wirkt abgesehen von dem Umzug fast ein bisschen normal dieses Jahr. Und schön verpackt waren sie auch.

Ich wollte nicht nervös sein, war es aber trotzdem. Bin extra 'nen Umweg gelaufen in der Kälte, bis die Kiste dann doch zu schwer wurde. Zum Glück war die Gartentür auf. Hab mich reingeschlichen und das ganze Zeugs nur vor der Haustür abgestellt, geklaut hätte das eh niemand mehr. War dankbar, dass an Weihnachten alle Idioten immer einkaufen gehen und nie jemand zu Hause ist, hab mich umgedreht und stand vor Paul.

Your mouth is a revolver,
firing bullets in the sky.
Your love is like a soldier,
loyal till you die.

Er sagte nichts, starrte nur unter seiner Wollmütze vor, blitzend graue Augen. Sein Mountainbike (neu) bewegte er langsam nach vorn, bis es schließlich zwischen uns stand. Wie so 'ne Art Schutzschild. Ich hab auch nichts gesagt. Wusste nicht was. Vielleicht, dass ich seine Sachen vorbeigebracht habe, dass er noch mal krass gewachsen ist, dass er gut aussieht, dass er hoffentlich schöne Ferien und entspannte Weihnachten hat, dass er und sein Freund (falls er den noch hat) nicht zusammenpassen, dass ich total gern wieder Fußball mit ihm spielen würde, dass ich ohne ihn nur noch einmal die Gitarre ausgepackt habe, dass er mich daran erinnert, wer an Linas Verschwinden Schuld hat, dass ich ihn deswegen hasse, dass es mir leidtut, dass er mir fehlt. Möglichkeiten hatte ich genug, genutzt hab ich keine. Ich stand nur da, er stand nur da und gegenseitig haben wir versucht, in den Augen des anderen zu lesen.

Nein, Lina, es gibt kein Happy End. Wir sind uns nicht in die Arme gefallen und haben auch nicht angefangen zu lachen, als wir sprachlos voreinander standen. Verabredet für die nächsten Tage haben wir uns auch nicht. Und weder er noch ich haben geweint. Wir haben einfach nichts gesagt. Erst als ein Flugzeug, wahrscheinlich so ein lauter Frachtflieger, über uns hinwegdonnerte, bin ich wieder zu mir gekommen. Ich bin an ihm vorbei, hab mich noch mal umgedreht, stumm auf die Kiste gezeigt und weg war ich. In dem Moment war mir auch klar, dass ich Paul nie wieder sehen werde. Weil wir wegziehen und weil ich springen werde. Ganz bald, Lina. Zu dir!

Ich hab dir eine CD aufgenommen. Ein Hörbuch. Hab das ganze Löwenherz-Buch eingelesen. Merry Xmas, lieber Krümel – und alles Gute für 2018.

Dein Jo

16.

Jonas bugsiert Timon kurz vor Sonnenuntergang die Auffahrt zur Finca hoch. Der Taxifahrer hat sie nur bis zur unteren Straße gebracht, weil er Angst hatte, dass Timon sich in seinem Auto übergibt. Aber das ist zum Glück nicht passiert. Timons Jammern kam auch nicht vom vielen Bier, sondern von der hoffentlich nur geprellten Schulter und den vielen kleinen Stichen und Schnittwunden am ganzen Oberkörper.

»Wir sind gleich da.«

Jonas lässt Timon den Vortritt, weil sie nur nacheinander am Golf vorbeikommen, der von Sunny nachlässig abgestellt wurde. Als er ihn und sein blutiges Shirt vor sich sieht, wird

Jonas wieder bewusst, was bei dieser bescheuerten Aktion alles hätte passieren können. Wäre Timon mit dem Rücken auf den ausgetrockneten Boden geknallt, hätte er sich alles brechen können. Und so weh die Dornen dieser fleischblättrigen Mittelmeer-Sträucher sicher tun, so gut war es auch, dass sie den Sturz abgefedert haben.

»Leise sein, ne!«

Timons Aussprache ist noch immer etwas undeutlich und Jonas muss sich konzentrieren, damit er alles versteht.

»Ich will nicht, dass Sunny uns hört. Ich will die nicht sehen.«

»Und warum wolltest du dann nicht ins Krankenhaus? Da hätten sie wenigstens gewusst, was zu tun ist.«

»Hm, und mich von denen blöd angucken lassen, wenn ich mein T-Shirt ausziehe? Nee, danke.«

»Du hast 'nen Knall, echt. Als hätten die noch nie was Schlimmeres gesehen als deine Narben. Und jetzt los, du musst da was drauf machen, bevor sich dein ganzer Rücken entzündet.«

Jonas schiebt Timon Richtung Haustür, aber der bleibt beim Reden immer wieder stehen. Scheinbar kann er sich kaum noch auf zwei Dinge gleichzeitig konzentrieren.

»Außerdem hätte das im Krankenhaus viel zu lang gedauert. Wir fahren ja gleich los. Ich geh nur schnell ins Bad und dann starten wir mit unserer Tour.«

Jonas öffnet die Tür mit Timons Schlüssel und senkt seine Stimme.

»Aber nicht mehr heute. Du bist betrunken und ich hab keinen Führerschein. Da landen wir direkt am nächsten Baum.«

»Und deswegen machst du dir in die Hose?« Timon ist ehrlich erstaunt. »Für jemanden, der sich umbringen wollte, hast du aber ganz schön Schiss vor dem Tod.«

Jonas steigt nicht in das blöde Lachen von Timon ein, der sich direkt entschuldigt, sein betrunkenes Grinsen auf dem Weg ins Bad aber nicht ganz unterdrücken kann.

Jonas folgt ihm, bleibt jedoch in der Badezimmertür stehen und beobachtet, wie Timon die Schränke nach Jodsalbe durchsucht. Er schließt kurz die Augen und lässt den Film des heutigen Tages ablaufen. Er muss an seine Eltern denken und komischerweise auch an Señora Lorca, er sieht Sunnys Unglaube und Timons Sturz. Er fragt sich, was noch alles kommt und ob manche Tage auch platzen können, weil sie übervoll sind. Dann öffnet er die Augen wieder und schaut in Timons stirngerunzeltes Gesicht.

»Was willst du noch hier?«

»Dir helfen, vielleicht. Oder siehst du auf dem Rücken selber, ob da noch Dornen drin stecken?«

»Das schaff ich schon.«

»Jetzt stell dich nicht so bescheuert an.«

Jonas ist zu müde für eine Diskussion, weil es klar wie noch was ist, dass Timon in seinem Zustand nicht allein zurechtkommt. Er geht einen Schritt auf ihn zu, um ihm beim Shirtausziehen zu helfen, aber Timon dreht sich weg.

»Fuck, ich hab gesagt, ich schaff das allein, okay?«

Dabei kann er in seinem schmerzverzerrten Gesicht nicht verbergen, dass die verdrehte Schulter bis ins Handgelenk ausstrahlt.

»Du kriegst nicht mal dein Shirt übern Kopf gezogen. Sag mal ehrlich: Was meinst du, was passiert, wenn ich deine Narben sehe?«

»Ich will es einfach nicht, okay? Lass mich.«

Genervt und müde dreht Jonas sich weg. Zu müde, um über seine nächsten Worte nachzudenken. Oder über die Art und Weise, wie sie bei Timon ankommen könnten. Es sollte auf keinen Fall so provozierend sein, wie es schließlich klingt.

»Kein Wunder fickt Sunny lieber mit 'nem anderen. Bei dir könnte sie ja hundert Jahre drauf warten.«

Jonas kann gar nicht so schnell reagieren, wie Timon auf ihn zuspringt und ihn mit der gesunden Schulter zu Boden rammt.

»Was hast du gesagt, du blöder Wichser?«

Das ist das Letzte, was er hört, bevor sein Kopf gegen den Boden knallt und ihm schwarz vor Augen wird.

Er kommt erst wieder zu sich, als eine Ladung kaltes Wasser in sein Gesicht platscht und Timon außer Atem neben ihm zu Boden sinkt. Ein Gefühl, wie lang er bewusstlos war, hat er nicht. Vielleicht ein paar Sekunden, vielleicht Minuten, jedenfalls lang genug, um Timon auf Anhieb nüchtern werden zu lassen.

»Sorry, tut mir leid. Das wollte ich echt nicht.«

»Nichts passiert.«

Jonas rappelt sich auf und fasst sich vorsichtshalber an den Kopf. Außer einer Beule scheint das tatsächlich zuzutreffen.

»Mir tut's leid, was ich gesagt habe. Das war total bescheuert.«

Timon zieht seine Nase hoch.

»Das Schlimme ist nur, dass du recht hast. Genau so ist es ja. Natürlich steht die eher auf so Idioten wie ihren Ex. Die sind zwar bescheuert, haben aber wenigstens kein Problem, sich anfassen zu lassen.«

Tröstend legt Jonas seine Hand auf Timons Schulter, was den aber vor Schmerzen direkt zusammenzucken lässt.

»Lass uns gleich reden. Du musst dich jetzt erst mal verarzten.« Jonas steht auf und reicht Timon die Hand, damit er sich daran hochziehen kann.

Doch Timon nimmt nur die Hand, bleibt sitzen und schaut mit glasigen Augen zu ihm hoch. Seine Worte sind nur ein Flüstern: »Kannst du mir doch helfen? Ich glaub, ich schaff das wirklich nicht allein.«

Als wäre diese Bitte nichts Besonderes, zieht Jonas Timon hoch, dreht ihn um, hilft ihm, die verletzte Schulter nach oben zu strecken, und rollt ihm das blutige Shirt über den Kopf. Dann hält er den Atem an, obwohl er es nicht tun wollte. Aber der Anblick ist ehrlicher, als er erwartet hatte. Er starrt auf das vernarbte Gewebe, das Timons ganzen Oberkörper überdeckt. Auf die roten Transplantationsnarben, die sich wie Schlangen zwischen zwei unterschiedlichen Hautlappen winden. Auf die Schmerzen, die Timon als kleines Kind erleiden musste.

»Und? Verstehst du mich jetzt?«

Jonas fährt sich mit der Hand übertrieben beiläufig durchs Gesicht, bevor er Timons Blick im Spiegel erwidert. Minutenlang im anderen lesen, wie Paul und er es bei ihrem letzten Treffen getan haben. Minutenlang den Gefühlen des anderen standhalten, die wie auf einem Seziertisch Schicht um Schicht bloßgelegt werden. Die von Sehnsüchten und Selbsthass erzählen, von Abgründen, Hoffnungen und von purer Angst.

Jonas hält stand und noch mehr. Er spürt, dass etwas anders ist, dass er, anders als damals bei Paul, seinem Gegenüber auch einen Blick gewährt. Einen Blick in seine Seele. Kurz vielleicht, aber raumgreifend. Weil Timons freundliche Augen ihn an die Hand nehmen und wegführen von seinen Abgründen, hin zum Licht, zu einer Zukunft, in der er nicht mehr allein sein muss.

Er räuspert sich und fokussiert seine Augen wieder. »Das sieht aus wie bei mir. Nur bei dir ist es außen. Und jetzt bleib mal ruhig stehen, ich wasche dir erst mal das Blut ab.«

Er macht ein kleines Handtuch nass und fährt Timon damit langsam über den Rücken. Überall haben die Dornen seine sensible Haut verletzt, aber stecken geblieben ist keiner. Er will gerade fragen, wo die Salbe ist, die er auf die kleinen Wunden machen soll, als er Timons Zittern spürt und seine geschlossenen Augen im Spiegel sieht.

Schlagartig ist Jonas zurück in der Nacht, die alles veränderte. Zurück am Strand, an dem er gezittert hat und Paul gezittert hat, nicht wegen der Temperatur, sondern weil sie sich gegenseitig berührten. Zärtlich, mit den Fingerspitzen, überall.

Er schließt ebenfalls seine Augen, genießt die Erinnerung daran, zum ersten Mal ohne schlechtes Gewissen, legt sein Gesicht an Timons Rücken, lässt seine Hände in seinen versinken, löst sie wieder, gleitet langsam mit den Fingern an den Armen hoch, berührt seine vernarbten Achseln, seine rauen Schultern, seinen Nacken. Hält kurz inne, bis er es versteht: Es ist wie in seinem Traum. Für ihn ist Timon nicht mehr Timon, Timon ist Paul. Und für Timon ist er nicht mehr Jonas, er ist Sunny.

Stellvertreterliebe, nicht minder schön.

Und dann legt er seine Lippen auf Pauls Wirbelsäule, wandert sie langsam küssend nach unten, saugt seinen Geruch auf, übernimmt das Beben von Pauls Körper, legt die Hände auf seine Hüften, dreht ihn zu sich, sieht dessen Erregung, berührt sie leicht, ruft ein Stöhnen hervor, küsst den Bauchnabel vor sich, die Brust, ertastet mit der Zunge den Oberkörper bis zum Hals, presst sich an ihn, schiebt die Hand in seine Hose, verstärkt das Zittern, sucht sehnsüchtig Pauls Mund, öffnet ihn mit seinen Lippen, öffnet kurz die Augen, sieht Sunny in der Tür stehen und hört sie dann auch direkt brüllen: »Was seid ihr denn für Arschlöcher?«

In einem Sekundenbruchteil fahren er und Timon auseinander. Erregt, entblößt, schutzlos. Timon stellt sich hinter ihn, um seine Narben vor Sunny zu verstecken, und Jonas lässt es bereitwillig geschehen, weil er einen Augenblick braucht, um vom Strand zurückzufinden.

»Mir 'ne Liebeserklärung machen und 'nen halben Tag später machst du mit dem rum.« Sunny würdigt Jonas nur mit einer abfälligen Kopfbewegung. »Das ist so scheiße verlogen. Ich glaub's gar nicht. Du hast mich vor ein paar Stunden noch stehen lassen, weil ich schwanger bin und es dir nicht gesagt habe. Und du verheimlichst mir seit vier Jahren, dass du schwul bist? Arschloch.«

Jonas will etwas sagen, will sich rechtfertigen, will Timon rechtfertigen, aber er hat keine Ahnung, welche Worte in dieser Situation nicht alles noch schlimmer machen. Er muss ihr sagen, dass es anders ist, als es aussieht, aber er darf nicht dieses Klischee benutzen. Er muss sich für den Verrat entschuldigen, er muss ihr beibringen, dass Timon gerade Sex mit ihr hatte, in Gedanken, er muss irgendwas tun, damit die beiden nicht noch weiter auseinanderdriften.

»Sunny …« Jonas räuspert sich, doch er kommt kein Wort weiter.

»Du halt deine Fresse! Von dir lass ich mir gar nichts sagen. Du machst hier doch alles kaputt. Ich hab dich so satt. Ich will, dass du verschwindest. Kapiert?«

Sie knallt die Tür und trampelt wütend die Treppen nach unten. Die Haustür geht auf, fällt ins Schloss, der Kies knirscht, Ruhe breitet sich aus.

Langsam dreht Jonas sich zu Timon um. Er macht sich auf eine Ansage gefasst, warum er ihn in diese Situation gebracht hat, doch Timons Blick ist starr auf die Badezimmertür gerichtet. Wie paralysiert scheint er Sunny noch vor sich zu sehen.

»Timon, es tut mir leid. Ich wollte …«

Timon unterbricht Jonas: »Sie hat meine Liebeserklärung gehört. Sie hat nur so getan, als hätte sie geschlafen.«

Timon fällt in sich zusammen und Jonas findet einmal mehr nur nach langem Suchen die richtigen Worte.

»Ich bin mir sicher, dass sie dich auch liebt, Timi. Ganz sicher sogar. Es ist nur alles ziemlich viel gerade. Für sie.«

»Nicht nur für sie.« Nachdenklich schaut Timon erst Jonas und dann sich im Spiegel an. »Lässt du mich allein? Ich glaub, ich kann jetzt nicht mehr reden.« Und als er sieht, wie Jonas mit sich ringt: »Wirklich, Jonas, mit der Schulter komm ich allein klar. Lass uns morgen reden. Mit ihr. Zusammen.«

Jonas nickt. Langsam geht er aus dem Bad in sein Zimmer, insgeheim froh darüber, ein bisschen Zeit für sich zu haben, darüber nachdenken zu können, was gerade, was heute passiert ist. Doch schon auf dem Weg zu seinem Bett merkt er, wie die Müdigkeit des ganzen Tages über ihn hereinbricht. Schon beinah schlafend schiebt er das iPad von Sunny, das er sich gestern ausgeliehen hat, vom Kopfkissen. Und sieht nur aus dem Augenwinkel einen Newsfeed aufblinken: Es gibt eine neue Spur zu Lina.

Jonas ist auf einen Schlag wieder hellwach.

06. 04. 18

Sitze am Flughafen in Peking. Der größte Flughafen, an dem ich jemals war. Man kommt sich klein vor, wahrscheinlich gewollt klein in einem Land, in dem es so gut wie keine Individuen gibt. In dem man in einer großen Masse untergehen kann. Ich hab mich hier sehr wohlgefühlt. Gleich geht's wieder nach Hause. Benni hat mich über die Osterferien mit hierhergenommen. Inklusive drei Tage Schule schwänzen. Wen juckt's.

Angeblich hatte er hier geschäftlich zu tun, aber er hat nie was gearbeitet. Ich könnte ihn jetzt fragen, was er eigentlich genau macht, um Geld zu verdienen, er sitzt neben mir, aber ich lass es bleiben. Es waren gute Tage, die letzten zweieinhalb Wochen mit ihm, so sollen sie ihm in Erinnerung bleiben. So will ich ihm in Erinnerung bleiben. Wenn ich zu dir komme, Lina.

Wir haben hier gestern noch das Qingming-Fest miterlebt. An diesem Tag wird in China der Toten gedacht und Opfergaben werden verbrannt, meistens aus Papier. Weil die Lebenden Angst haben, dass die Toten im Jenseits nicht glücklich sind.

Ich werde glücklich sein, Lina. Sobald ich wieder mit dir zusammen bin, werde ich glücklich sein. Wenn du denn da bist und wenn wir uns wiederfinden. Wer kann das schon wissen. Lina, am 21. 08. 2018 werde ich es tun. Bis dahin hoffe ich naiv wie alle anderen weiter, dass du zu uns zurückkommst. Aber meine Naivität ist erschöpft. Ich bin müde – vom Traurig- und Schuldigsein.

Gleich geht der Check-in los. Ab nach Hause. Frankfurt. Mergentheim. Ab ins alte Leben. Weiterexistieren. Wenn ich ganz ehrlich bin, Lina, hab ich Angst davor. Weil ich hier einer unter vielen war und dort Jonas bin, der nie was richtig machen kann. Und der werde ich bleiben, bis es vorbei ist.

Jo

17.

Timon liegt im Bett. Seine Schulter schmerzt trotz der Ibuprofen, die er sich in zu großer Dosis eingeschmissen hat. Die kleinen Wunden von den Dornen auf seinem Rücken brennen und der sich abbauende Alkohol pocht in seinem Kopf. An Schlaf ist nicht zu denken, schon gar nicht, weil er auf dem Bauch liegen muss. So konnte er noch nie einschlafen. Er hört auf die Geräusche von draußen, auf die, die das Haus macht, und ist im Unglück dankbar für den Windhauch, der angenehm seinen verletzten Körper streichelt.

Streicheln, schon das zweite Mal heute. Er macht kurz die Augen zu und versucht sich an das einzigartige Gefühl von vorhin zu erinnern. Doch sosehr er sich auch bemüht, es gelingt ihm nicht, diese Mischung aus ins Unendlichefallen, Explodierenwollen und Sehnsüchtestillen wiederzubeleben. Dabei spürt er noch immer die Feuerbahnen, die Jonas' Hände und seine Lippen auf seinem Körper hinterlassen haben. Waren es überhaupt Jonas' Hände? Er kann sich nicht erinnern, währenddessen an irgendwas gedacht zu haben. Er war einfach nur in diesem Moment gefangen, in diesem für ihn einmalig erstmaligen Moment. Und er wird ihn sich garantiert nicht kaputt machen, nur weil die Hände einem Mann gehörten. Denn es geht hier nicht um den anderen, es geht nur um ihn. Er hat es zugelassen, berührt zu werden, zum ersten Mal in seinem Leben. Er konnte es genießen, geküsst zu werden, ohne sich für sein Aussehen zu schämen. Er ist endlich über seine persönliche Grenze hinausgegangen, von der er dachte, sie sei unüberwindbar, und er hat es bis jetzt keine Sekunde bereut. Nicht mal, als Sunny ins Bad geplatzt ist. Nicht mal, als sie ihn als verlogen beschimpft hat.

Timon dreht seinen Kopf auf die andere Seite, damit er zu allem Übel nicht auch noch einen steifen Nacken bekommt. Soll sie doch denken, was sie will. Dass sie ihm von ihrer Schwangerschaft nichts erzählt hat, ist das eine. Dass sie ihn aber rundheraus anlügt, seine Liebeserklärung nicht gehört zu haben, das wird er ihr so schnell nicht verzeihen. Warum hat sie nicht einfach ehrlich gesagt, wie sie fühlt? Lass uns bitte nur Freunde bleiben, oder so. Aber lügen – er hat sie in den vier Jahren nie angelogen. Nicht ein einziges Mal. Und sie?

Schon allein die Tatsache, dass sie noch mal Sex mit Arschloch-Leon hatte, kommt einer Lüge gleich, weil sie vor ihm immer behauptet hat, diesen Typen nie wieder sehen zu wollen. Und er hat es geglaubt, er hat sich der lächerlichen Hoffnung hingegeben, sie nach dieser langjährigen Freundschaft und den zig Konkurrenten endlich für sich haben zu können.

Aber Jonas hatte recht mit dem, was er vorhin gesagt hat. »Kein Wunder hat sie sich immer andere Typen zum Ficken gesucht.« Mehr als Freundschaft konnte er Sunny gar nicht bieten, weil er zu der Grenzüberschreitung nicht bereit war. Jetzt wäre er es, vielleicht, aber jetzt ist das Vertrauen weg, das er dafür braucht.

Timon wälzt sich im Bett, so gut es ihm möglich ist. Durch die Geräusche, die er dabei macht, hat er das leise Klopfen an der Tür nicht gehört.

»Timi, können wir kurz reden?«

Mit einem reflexartigen Ruck zieht Timon die Decke über sich, zu schnell für seine Schulter. Er stöhnt, legt den Arm langsam ab, beruhigt seinen Atem und schaut in Sunnys besorgtes Gesicht.

»Was ist mit deiner Schulter?«

Timon denkt gar nicht daran, Sunny aufzuklären. Noch gestern wäre sie die Erste gewesen, die er nach seinem Sturz angerufen hätte. Jetzt nicht mehr, jetzt will er seine Ruhe – und wehrt sich mit aller Macht gegen das Gefühl, wie schön es ist, dass sie wieder da ist.

»Nichts. Bin gestürzt. Was willst du?«

Beiläufig legt sie den Autoschlüssel auf seinen Nachttisch, bleibt aber Abstand haltend neben seinem Bett stehen.

»Ich flieg morgen Abend nach Hause. Hab den letzten Flug bekommen.«

»Hm.«

Timon will nicht zugeben, dass ihn Sunnys plötzlicher Aufbruch schockiert. Ihr gemeinsamer Urlaub – einfach so vorbei.

»Ich geh dann direkt zu meinem Frauenarzt. Und zu so Beratungsstellen. Vielleicht ist es doch noch nicht zu spät, die Schwangerschaft abzubrechen.«

Timon schaut stur vor sich hin und presst seine Lippen aufeinander, um nicht laut loszubrüllen. Die Wut in ihm kommt nicht schleichend, sondern prasselt mit voller Wucht auf ihn ein. Schon wieder eine Entscheidung, in die er nicht einbezogen wurde, bei der ihr seine Meinung völlig egal ist. Er muss doch erst noch realisieren, dass sie überhaupt schwanger ist, während sie schon wieder tausend Schritte voraus ist. Aber dort, wo sie jetzt schon ist und er mit viel Glück irgendwann in ein paar Tagen ankommen wird, gibt es ihre Freundschaft anscheinend nicht mehr und der Hinweis auf ihre Heimfahrt ist nichts anderes als pure Höflichkeit. Na dann, höflich kann er auch sein.

»Okay. Mach das. Ich werde wahrscheinlich mit Jonas 'ne Tour machen.«

Obwohl er sie nicht mehr anschaut, registriert Timon zufrieden, dass Sunny ihren Atem anhält.

»Darf ich dich was fragen?« Sunny wartet Timons Antwort aber gar nicht ab. »Bist du schwul?«

Timon lacht auf, kurz und laut. Und schaut ihr doch wieder ins Gesicht.

»Ist das dein Ernst? Ist das gerade das wichtigste Thema für dich?«

»Du hast mit ihm rumgemacht.«

»Du hast am Strand so getan, als hättest du geschlafen. Beides kann so sein, muss aber nicht.« Timon fixiert Sunny eindringlich, die realisiert, dass sie sich vorhin verraten hat. »Lass gut sein.« Er will nicht, dass sie zu einer Erklärung ansetzt. Und schon gar nicht will er ihr eine geben. »Ich muss jetzt schlafen.«

Timon dreht sich zur Seite, weg von ihr, ignoriert seine Schmerzen, horcht auf ihre Schritte und auf die Tür, die sich zögernd schließt. Dann kommen ihm die Tränen, die er den Tag über mit Alkohol und Wutanfällen unterdrückt hat. Er weint um ihre Freundschaft, um die letzten vier Jahre, die ihm alles bedeuten. Er weint um die Zukunft, die ohne Sunny noch viel ungewisser ist. Er weint um sich und um sein vergeblich geöffnetes Herz. Um den Urlaub, der so anders verlief, als sie sich das gedacht hatten. Er weint komischerweise um das Kind, das er niemals kennenlernen wird. Und unbekannterweise auch um Lina, die ihn mit Jonas zusammengeführt hat.

Dann muss er eingeschlafen sein. Am nächsten Morgen weiß er noch von dem Gedanken, Jonas nach der Pressekonferenz fragen zu wollen, um zu erfahren, was passiert war, kurz bevor sie ihn auf der Straße joggend angetroffen haben. Doch das ist das Letzte, woran er sich erinnern kann. Von den Schritten in seinem Zimmer, dem mehrfach vergeblichen Starten eines Autos und dem knirschenden Kies, als der Golf ruckelnd die Einfahrt hinunterrollte, hat er rein gar nichts mitbekommen.

* * *

Jonas' Hände krallen sich um das Lenkrad und lassen seine Knöchel blutleer leuchten. Unsicher lenkt er den Golf durch die steilen Kurven des Tramuntana-Gebirges. Schneller als 40 km/h traut er sich nicht zu fahren. Die Straßen sind eng und dunkel und immer wieder stehen verirrte Schafe am Rand, blinzeln in das schwache Licht des alten Autos. Er ärgert sich darüber, dass er bei Pauls und seinem verbotenen Trip nach Holland nicht auch mal gefahren ist. So beschränken sich seine Fahrkenntnisse auf zwei Übungsstunden, die ihm sein Erzeuger auf einem Verkehrsübungsplatz letztes Jahr gegeben hat. Aber er kommt voran und der unkomplizierte Oldtimer scheint mit seinem Fahrstil einigermaßen klarzukommen.

Als er aus einem Waldstück biegt, wird im Osten der Himmel über dem Meer langsam hell. Wird er noch rechtzeitig da sein? Rechtzeitig, um Lina diesen letzten Dienst zu erweisen, nachdem er mal wieder abgelenkt war von Paul und Timon und Sunny, von dieser Gefühlsscheiße, der er sich zwei Jahre erfolgreich entzogen hat, weil sie egoistisch und sinnlos ist, nur Unglück bringt und rein gar nichts zu bedeuten hat.

Sich ablenkend dreht er an den Knöpfen des kaputten alpha-Radios, um nicht an den Newsfeed denken zu müssen. Hundertmal hat er ihn vorhin gelesen, wobei er ab dem fünfzigsten Mal nur noch wie hypnotisiert draufstarrte und immer unruhiger wurde. Er konnte nicht mehr im Bett liegen bleiben. Er musste etwas tun. Zwar wusste er nur, dass es sich bei dem neuen Hinweis um einen anonymen Brief handelt, trotzdem spürte er, dass es dieses Mal anders war als sonst, dass dieses Mal eben nicht nur ein gelangweilter Facebook-User seine Profilierungssucht befriedigen wollte.

Er versuchte seine Eltern in ihrem Hotel zu erreichen, obwohl er befürchtete, nach seinem Auftritt am Morgen eine gewaltige Ansage zu kassieren. Man sagte ihm jedoch nur, dass sein Vater in der Nachtmaschine nach Deutschland sitze und seine Mutter nicht verfügbar sei. Danach hat er selbst bei der Polizei in Palma angerufen, sich als seinen Vater ausgegeben und sich nach Kommissarin Silvia Lorca durchgefragt. Es ging leichter als gedacht. Sie hatte schon versucht, ihn, also seinen Vater, zu erreichen, und berichtete ihm ausführlich, im Glauben, den Richtigen in der Leitung zu haben, was der aktuelle Stand der Ermittlungen ist:

Einige Stunden nach der Pressekonferenz wurde in der Kathedrale in Palma ein anonymer Brief gefunden und der Polizei übergeben. Auf diesem Weg vermutete sie nebenbei schimpfend auch das Leck, wie die Info über den anonymen Brief so früh schon an die Presse kam. Dann übersetzte sie den katalanischen Text.

Angeblich hatte die Person, der Handschrift nach ein Mann, Lina einen Tag nach ihrem Verschwinden gefunden, friedlich schlafend mit ihrem Plüschlöwen im Arm in einem ausgetrockneten Bachbett einige Hundert Meter vom Hotel entfernt. Doch als er sie aufwecken wollte, stellte er fest, dass das Kind, das schon überall gesucht wurde, nicht mehr am Leben war. Statt die Polizei zu rufen, packte er Lina in sein Auto, fuhr, so schnell es ging, zum Hotel und bekam es dort beim Anblick der Hundertschaften mit der Angst zu tun. Würde man ihm glauben, dass er mit dem Tod des Mädchens nichts zu tun hatte? Oder würde man irgendwas finden, was ihn verdächtig machte? Er fuhr mit Lina auf der Rückbank davon, ohne an die Konsequenzen für ihre Familie zu denken. Und dafür will er sich tausendfach entschuldigen. Ihm war nicht bewusst, wie die Ungewissheit das Leiden der Eltern und des Bruders verstärkt hat, der sich, wie er in der Zeitung lesen musste, das Leben nehmen wollte. Das war der Moment, an dem er entschieden hat, diesen Brief zu schreiben.

Jonas musste sich zusammenreißen, als er Señora Lorca den Namen des Plüschlöwen nannte, Hermann, wie Linas Opa, von dem sie das Tier geschenkt bekommen hatte. Und auf seine Frage, ob noch mehr in dem Brief steht, übersetzte sie auch noch den Rest.

Der Briefschreiber hat Lina angeblich begraben, wie es in

Südeuropa Sitte ist: in einem Steingrab. Allerdings nicht auf einem Friedhof, sondern in den Bergen bei den Stauseen. Er betont noch mal, wie friedlich Lina aussah und wie sicher er sich ist, dass sie keinem Verbrechen zum Opfer gefallen ist. Und er entschuldigt sich mehrfach für den Fehler, den er begangen hat und den er mit diesem Brief ansatzweise wiedergutmachen will.

Nachdem sie den Brief vollständig übersetzt hatte, musste Jonas sich setzen, und nachdem sie ihn auch noch darüber informierte, dass in dem Brief Koordinaten angegeben sind, die sie im Morgengrauen überprüfen werden und nach deren Überprüfung sie sich wieder melden wird, wusste er, was er zu tun hat.

Und darum fährt er jetzt in der Dämmerung mit klopfendem Herzen und eiskalten Händen die Serpentinen zu den Stauseen hoch, in der Hoffnung, auf die Polizeiautos zu stoßen, die an dem Einsatz beteiligt sind.

Und eine Spitzkehre weiter sieht er sie.

Drei Polizeiautos mit Blaulicht vor ihm auf der Straße, auf Anhieb mindestens fünf Polizisten und zwei Hunde, die sich gerade für den Einsatz in den Bergen rüsten, und Señora Lorca mit ihren dunklen kurzen Haaren, die rauchend an ihrem schwarzen Seat lehnt und neugierig beobachtet, wer sich ihnen um diese Uhrzeit nähert.

Jonas bremst ab, bleibt hinter dem letzten Polizeiauto stehen und wartet, bis die Kommissarin ihn erreicht hat.

»Hola, Jonas!«

In ihrem deutsch-österreichisch-spanischen Singsang liegt kein bisschen Verwunderung, nur die lässige Genugtuung, wenn eine Vorahnung schließlich eintritt.

»Ich hab schon gedacht, du kommst, als dein Vater nach seiner Landung kurz nach dir angerufen hat. Er kommt wieder zurück heute, falls du noch nicht weißt.«

Jonas nickt.

»Und meine Mutter?«

»Weißt du nicht?« Señora Lorca wirkt erstaunt. »Sie hat sich sehr aufgeregt gestern Nachmittag nach deinem, du weißt schon, Auftritt. Sie wollte dich suchen, musste aber ins Hospital.«

Jonas' Finger verkrampfen sich wieder ums Lenkrad, er schaut die Kommissarin erschrocken an, doch die beruhigt ihn direkt: »Ihr geht es gut. Sie muss nur ausruhen.«

Hat er es also wieder geschafft. Jonas bekommt plötzlich das Bedürfnis, sich zu seiner Mutter ins Bett zu legen, wie er es früher, ganz früher, in einem anderen Leben an verregneten Sonntagen immer getan hat.

»Jonas, was machst du hier?«

Jonas holt einmal tief Luft und gibt seiner Stimme so viel Überzeugung, wie es ihm möglich ist: »Ich werde mit zu der Stelle kommen, die im Brief beschrieben ist. Ich will dabei sein, falls«, er muss kurz stocken, »falls Lina wirklich da oben ist.«

Die Kommissarin lehnt sich zu ihm ins Auto. Jonas riecht ihren Kaffee- und Nikotinatem.

»Du dürfen nicht mit. Es ist gefährlich und nicht gut für dich. *¿Lo tienes?* Verstanden? Du wartest hier im Auto.«

»Ich werde mitkommen. Ich hab zwei Jahre gewartet. Ich werde keine Minute länger warten. Entweder Sie nehmen mich mit oder ich komme nach.«

Jonas schließt kurz die Augen, um dem strengen Blick der Kommissarin zu entgehen. Die drückt sich schließlich vom Autofenster weg, brüllt den Männern was auf Spanisch zu, was Jonas nicht versteht, und wendet sich ihm wieder zu.

»Du bleibst hinter mir immer. Okay? Und du lässt meine Kollegen und die Männer von Spurensicherung Arbeit machen. Okay?«

»Okay.«

Jonas will gerade aussteigen, als sie sich noch mal zu ihm umdreht.

»Ist das dein Auto? Bist schnell achtzehn geworden.«

»Jaja, gehört 'nem Freund.«

Unwohl vermeidet Jonas erneut, der strengen Kommissarin in die Augen zu schauen. Er hantiert sinnlos an der Tür herum und folgt ihr erst, als sie ihm den Rücken zudreht. Doch sein Schritt wird unerwartet gebremst, als ein Polizist vor ihm eine Metallkiste, ähnlich einem kleinen Sarg, aus dem Kofferraum seines Autos holt und auf seinen Rücken schultert. Jonas hat das Gefühl, als würde sein Kreislauf plötzlich absacken. Als würde er ins Bodenlose fallen. Erst der strenge Befehl der Kommissarin, dass er sich beeilen soll, wirkt dem entgegen.

Jonas winkt ihr kurz zu, gibt ihr damit zu verstehen, dass er bereit ist, und flüstert den ersten Sonnenstrahlen des Tages stellvertretend und fast lautlos entgegen: »Lina, ich komme.«

20.06.18 – noch zwei Monate!
Noch mal die Nacht, in der Lina verschwunden ist. Immer und immer wieder. Mein Kopf läuft jede Nacht auf Hochtouren. Hab ich was übersehen? Haben alle was übersehen? Warum sie?

Die Albträume lassen mich nicht mehr schlafen. Warum sie gerade so extrem sind? Keine Ahnung. Vielleicht weil ich die Reise plane? An der Trennung von Mama und Papa liegt's garantiert nicht. Das war mir ja schon länger klar. Einfach ein weiterer Punkt in der Zerstörertabelle. Ich zähl schon gar nicht mehr mit.

Heute Nacht hab ich geträumt, dass ich rechtzeitig ins Hotel zurückkam, aber es war nicht Lina, die in ihrem Bett lag, sondern ein Typ vom Dönerstand neben der Schule, der mich mal verarscht hat. Ich hab auf ihn eingeschlagen, bis er blutete und um Verzeihung winselte. Dann ging ich ins Bad und als ich wieder zurückkam, lag nicht mehr der Typ, sondern Lina mit all den Verletzungen vor mir. Ich hab um Hilfe geschrien und wollte ihre Wunden verarzten, aber das Blut lief einfach immer weiter. Ich bin aufgewacht, weil die Jungs im Zimmer neben mir an die Wand geklopft und mich Spasti genannt haben. Ich hab wohl das ganze Internat zusammengeschrien.

In echt war es anders. In echt hat Lina mir einen Gute-Nacht-Kuss gegeben und mir zugeflüstert, dass sie mich liebt. Danach haben wir uns nie wieder gesehen. Ich hab ihr nicht gesagt, dass ich sie liebe. Ich glaub, nur so was wie »Schlaf jetzt!«, weil ich so schnell wie möglich mit Paul zum Strand wollte. Fuck, Mann.

Hab ich das überhaupt ausgesagt, dass sie das gesagt hat? Oder hat das eh nichts zu bedeuten? Wie alles nichts zu bedeuten hat. Wurde dieser andere Gast der Hotelanlage überprüft, der Paul und mir auf dem Weg zum Meer einen schönen Abend gewünscht hat? Was ist passiert, als wir weg waren? Was ist verdammt noch mal passiert? Warum gab es keine Kameras? Überall gibt es doch Kameras, nur nicht in diesem beschissenen Hotel. Warum sind meine Eltern nicht zu Hause geblieben? Lina war die Tage vorher schließlich krank. Wären sie nur dageblieben. Wäre ich nur dageblieben. Wäre Paul nur nicht dabei gewesen.

Wer bringt Lina seit zwei Jahren ins Bett? Ich hasse mich für das, was ich ihr angetan habe. Ich kann es nicht oft genug sagen. Geht Hass gegen einen selbst irgendwann weg? Oder verschwindet der erst, wenn ich im Sommer nach Mallorca fahre? Heimlich. Mit dem Schlüssel zu einem Ausweg in der Hand. Das Leben geht weiter, hat mein Erzeuger zu mir gesagt, Lina. Meins erst dann, wenn ich das jetzige beende. Es ist kein Leben mehr ohne dich. Es ist nur noch eine Aneinanderreihung von Tagen und Nächten, die mehr oder weniger wehtun. Hätte ich nur die Gewissheit, dass du tot bist, Lina. Ich würde dir sofort folgen. Aber weil ich es nicht weiß, muss ich noch warten. Das Warten bin ich dir schuldig. Ich bin dir so vieles schuldig.

Jo

18.

Die Sonne geht gerade auf und Sunny legt Jonas' Tagebuch zur Seite. Sie hat keine Minute geschlafen, stattdessen das Buch bis zur letzten Seite gelesen, um Jonas zu verstehen. Und um zu verstehen, was das zwischen ihm und Timon sein könnte. Viel schlauer ist sie nicht, aber nachsichtiger mit Jonas, weil sein Leben die letzten Jahre die Hölle war. Das wird sie ihm nachher sagen und ebenso, dass sie wegen des Geheimnisverrats nicht mehr böse ist. Jetzt ist es wenigstens raus und der Zeitpunkt hält ihr immerhin die Möglichkeit offen, noch mal über einen Abbruch der Schwangerschaft nachzudenken. Sie wird nach Hause fliegen, es ihren Eltern sagen, das Bild der perfekten Tochter zerstören, zum Arzt gehen und sich entscheiden. Während Timon und Jonas mit dem Auto durch Spanien fahren und ihre – ja, was? Beziehung? – zelebrieren. Timon nimmt wohl in Zukunft den Platz von diesem Paul ein und Jonas den Platz von ihr. Und das tut am meisten weh.

Timon hatte schon Freundinnen, sie hat sie alle kennengelernt, aber nie fühlte sie sich dabei so außen vor wie seit heute Nacht. Und das liegt gar nicht daran, dass Jonas ein Mann ist. Es ist das Bild, das ihr nicht mehr aus dem Kopf gehen will. Das Bild von Timon, der sich berühren lässt, keine Scham mehr zeigt und seine Narben vergessen hat. Sie weiß, dass ihm keine seiner Freundinnen jemals so nah war. Sie weiß leider, dass sie es auch nicht war, obwohl sie es manchmal gern gewesen wäre. Aber Timon scheint ihr trotz seiner Liebe nicht genug vertraut zu haben, um sich ihr vollends zu öffnen. Und darum war es im Rückblick wohl die intuitiv richtige Entscheidung von ihr, seine Liebeserklärung zu ignorieren.

Sunny steht auf und holt ihre Tasche aus dem Schrank. Zwar geht ihr Flieger erst heute Abend, aber schlafen kann sie jetzt nicht mehr. Sie schmeißt die Tasche aufs Bett, öffnet die Tür, um schnell noch zur Toilette zu gehen, und rennt direkt in Timon rein, der wartend vor ihrem Zimmer steht.

»Fuck.« Sunny macht vor Schreck einen Satz zur Seite. »Bist du bescheuert? Was machst du hier?«

»Ich hab nur geguckt, ob du wach bist.«

»Ja, bin ich.« Sunny schaut Timon auffordernd an. »Zufrieden? War's das? Ich muss aufs Klo.«

Timon macht zwar eine Handbewegung in Richtung Bad, bleibt aber vor Sunny stehen und schaut an ihr vorbei durch das sonnige Zimmerfenster. Er flüstert, um Jonas nicht zu wecken: »Ich bin nicht schwul. Tut mir leid, wenn ich heute Nacht grob zu dir war. Das wollte ich dir nur sagen.«

Er dreht sich um, geht zurück in sein Zimmer. Sunny schaut ihm nach.

»Und mir tut es leid, dass ich am Strand so getan hab, als ob ich schlafen würde. Timi, das war wirklich toll, was du da zu mir gesagt hast.«

Timon bleibt kurz stehen, ohne sich dabei umzudrehen.

»Und warum hast du so getan, als ob du schläfst?«

Mit ein paar Schritten steht Sunny hinter ihm. Sie stellt sich ganz nah an ihn ran, denkt nicht nach, schiebt ihre Hände unter sein Shirt und spürt, wie er sich verkrampft.

»Was tust du da?«

Er dreht sich zu ihr um und Sunny lässt von ihm ab.

»Du bist vielleicht nicht schwul, aber du lässt Jonas an dich ran. Mich nicht. Noch nie. Vielleicht hab ich darum so getan, als ob ich schlafe, weil das alles so plötzlich kam.« Sunny macht eine kurze Pause. »Weil ich in dem Moment nicht wusste, ob das alles ehrlich gemeint war.«

Sunny muss hilflos zusehen, wie Timon sich wieder seinem Zimmer zuwendet.

»Ich hab dich noch nie angelogen.«

»Ich dich auch nicht. Ich hab dir vielleicht nicht immer alles gesagt, aber angelogen hab ich dich nie.«

Sunny will Timon aufhalten, bevor er seine Zimmertür schließt. Sie will nicht schon wieder auseinandergehen, ohne alles besprochen zu haben.

»Timi, ich will deine Narben sehen. Zieh dein Shirt aus und zeig mir deine Narben. Ich will, dass du mir von dem Unfall damals erzählst. Und nicht so oberflächlich, wie du es einmal vor vier Jahren gemacht hast. Ich will, dass du sie mich berühren lässt, die Narben, wie du Jonas das auch erlaubt hast. Ich will nicht, dass du dich vor mir schämst, weil du für mich perfekt bist, so wie du bist. Und weil ich dich …«

Sunny merkt, dass Timons Augen abgelenkt auf Jonas' Zimmertür gerichtet sind. Sie folgt seinem Blick, sieht die Tür einen Spalt aufstehen und das leere Bett dahinter.

»Moment.«

Timon macht zwei große Schritte auf das Zimmer zu und stößt die Tür auf.

»Jonas?«

Nichts.

Sunny folgt ihm, als er vom Fenster aus den Garten absuchen will.

»Jo…?«

Der zweite Ruf bleibt Timon im Hals stecken. Und Sunny sieht den Grund sofort: Der Golf ist aus der Einfahrt verschwunden. Jonas ist weg.

* * *

Jonas folgt Señora Lorca und ihren Kollegen über Steine und Felsen hoch über den beiden Stauseen, die der Trinkwasserversorgung von Palma dienen. Und die dieses Jahr angeblich so gut gefüllt sind wie schon lang nicht mehr im August. Er hat diese Information als das Bemühen der Kommissarin hingenommen, ihn von der vielleicht bevorstehenden Entdeckung seiner Schwester abzulenken. Funktioniert hat das nicht. Und seit einer halben Stunde geht die Gruppe schweigend voran, während die dumpfe Stille nur durch das nervöse Meckern aufgeschreckter Vögel und das rasselnde Husten der Kommissarin unterbrochen wird.

Immer und immer wieder geht Jonas in Gedanken den anonymen Brief durch, der sie hierhergeführt hat. Und die tausend Fragen, die wie ein Star-Trek-Asteroidensturm auf ihn einstürzen. Stimmen die Koordinaten, die in dem Brief stehen? Ist der Brief wirklich echt, wie ihm sein Gefühl sagt? Oder ist er mittlerweile wie seine Eltern bloß ein Ertrinkender, der jeden Hinweis zu Linas Verbleib wie einen Rettungsring zu greifen versucht? Und wenn er echt ist, was wird ihn dann gleich erwarten? Wird er Lina wiedersehen? Was ist mit ihr damals passiert, wenn es stimmt, dass sie von dem anonymen Schreiber in einem ausgetrockneten Bachbett gefunden wurde? Wie kam sie dahin? Ist sie einfach weggelaufen, weil er nicht bei ihr geblieben ist? Gab es gar keine Entführung? Ist seine Schuld dementsprechend noch größer, weil es keine weitere Person gab, die für ihr Verschwinden verantwortlich ist? Oder beruhigt ihn die vielleicht wahre, vielleicht gelogene Information, dass Lina friedlich »schlafend« gefunden wurde? Könnte er diesem Menschen, der Lina gefunden hat, jemals verzeihen, dass er ihn und seine Familie durch sein Schweigen auf einen zweijährigen Höllentrip geschickt hat? Was wird er tun, wenn er Gewissheit hat, was mit seiner Schwester passiert ist? Wird er endlich springen?

»*¡Estamos aquí!*«

Jonas läuft fast in Señora Lorca rein, weil er gedankenverloren nicht bemerkt hat, wie der ganze Trupp in einem dichten, auffällig akkurat bepflanzten Pinien-Waldstück stehen geblieben ist. Während die Kommissarin ihren Kollegen Anweisungen auf Spanisch gibt, schaut er sich im dämmrigen Schatten um und spürt direkt den Temperaturunterschied zu dem vorangegangenen Weg, der trotz der frühen Uhrzeit erahnen lässt, wie heiß der heutige Tag wieder werden wird.

»Wir sind da.« Die Kommissarin zündet sich eine Zigarette an und dreht sich zu Jonas um. »Du wartest hier. Genau hier. Okay? Die Kollegen suchen mit den Hunden. Falls wir was finden, dürfen keine Spur verloren sein.«

Jonas nickt und starrt auf die Glut der Zigarette. Wenn er Raucher wäre, würde er jetzt auch eine rauchen. Sein Herz, das sich nach der Wanderung gerade ein bisschen beruhigt hat, beginnt zu rasen.

»Was ist das hier für ein Wald?«

Jonas beobachtet an Señora Lorca vorbei, wie sich die Polizisten mit den Hunden im Hintergrund auf die Suche machen.

»Neu gepflanzt vor circa zehn Jahre. Wegen Erosion. Darum noch so klein. Dahinter beginnt Gebiet von Militär. Sperrzone.« Sie kramt aus ihrer Tasche einen mitgebrachten Aschenbecher. »Hier kommen selten Menschen vorbei. Wanderer gehen den Weg um den Wald zu Gipfel. Wegen der Aussicht.«

Jonas will noch was fragen, nur um nicht allein mit seinen Gedanken zurückbleiben zu müssen, als ein Hund anschlägt und eine aufgeregte Männerstimme die Kommissarin zu sich ruft. Es muss ganz in der Nähe sein.

»Du wartest!«

Sie inspiziert ihn, keine Widerrede duldend, während sie ihre Zigarette ausdrückt, ihn anschließend ungelenk umarmt und gleich darauf in dem dichten Wald verschwindet.

Jonas würde sich am liebsten übergeben, wäre sein Magen nicht seit über 24 Stunden leer. Er lehnt sich an einen der größeren Bäume und versucht, die Stimmen der Polizisten zu hören. Doch bis auf das Hundegebell werden alle Geräusche vom Dickicht verschluckt. Er schließt die Augen, um zu vergessen, dass er allein ist. Obwohl er die letzten zwei Jahre alle Menschen von sich gestoßen hat, wünscht er sich jetzt nichts sehnlicher als eine beruhigende Umarmung von nicht fremden Menschen. Von seinem Vater, der sich gerade auf dem Weg zurück nach Mallorca befindet. Seiner Mutter, der es hoffentlich schon wieder besser geht. Von Timon und Sunny, die entweder noch schlafen oder bereits in heller Aufregung sind, weil er sich das Auto ausgeliehen hat. Oder von Paul, der wahrscheinlich wie vor zwei Jahren irgendwo im Sommerurlaub ist – mit seinen Eltern oder, was wahrscheinlicher ist, mit seinem Freund. In einer Bucht wie der ihrigen, ohne einen Gedanken daran zu verschwenden, dass in ihrem Leben gerade die letzte gemeinsame Geschichte zu Ende geht.

Jonas kann und will nicht länger warten. Seine Knie zittern, er braucht Gewissheit. Jetzt. Ohne weiter nachzudenken, schiebt er die teils tief hängenden Äste auseinander und folgt dem Weg der Kommissarin. Das Licht wird direkt dunkler und unter seinen Füßen knirschen die trockenen Piniennadeln. Jonas orientiert sich am Bellen der Hunde, das lauter als zuvor klingt. Weit weg können sie nicht sein. Er läuft nach links, merkt aber nach wenigen Schritten, dass er sich weiter von den anderen entfernt. Er dreht um, geht in die andere Richtung und hört zum ersten Mal wieder die Stimme von Señora Lorca. Sie klingt aufgeregt, wobei Spanisch immer aufgeregt klingt, doch sie spricht anders als vorher. Waren die Koordinaten in dem anonymen Brief also tatsächlich korrekt? Haben sie das gefunden, wonach sie seit zwei Jahren gesucht haben? Lina?

Obwohl er am liebsten rennen würde, geht Jonas nur langsam weiter. Er will der Kommissarin, deren Zigarettenqualm er jetzt riechen kann, nicht direkt nach dem nächsten Baum in die Arme laufen. Sie soll nicht sofort merken, dass er sich ihrer Anweisung widersetzt hat.

Einige Schritte weiter kann er auch die tiefen Stimmen der Polizisten hören. Und es wird heller, der Wald scheint in der

Richtung, aus der die Stimmen kommen, lichter zu werden. Vorsichtig drückt er einen meterhohen Farn zur Seite, der ihm die Sicht versperrt. Die Sicht auf eine Lichtung, an deren Ende ein großer Felsen aus dem moosigen Boden ragt. Die Sicht auf Señora Lorca, die etwas abseits des Felsens steht und wegen Empfangsproblemen besonders laut telefoniert. Die Sicht auf das gelbe Absperrband, das von einem ihrer Kollegen gerade großräumig angebracht wird. Und die Sicht auf den Polizisten der Spurensicherung, der auf einem Steinvorsprung in zwei Metern Höhe seine telefonierende Chefin beobachtet.

Dabei ist es nicht der starre Polizist, dem Jonas' ganze Aufmerksamkeit gehört, es ist ein Strauß fast frischer Blumen, der zu dessen Füßen liegt.

Sind es Blumen für Lina? Sind sie ein Gruß des anonymen Briefschreibers, der sie gefunden hatte? Von dem sie dann hier begraben wurde? Der ihr Grab noch immer aufsucht? Liegt sie wirklich hier?

Jonas atmet schwer, weil er nicht weiß, wie er seine Amok laufenden Gedanken wieder unter Kontrolle bringen soll. Und übersieht dabei die Kommissarin, die sich ihm von hinten nähert und ihn grob am Arm packt. Jonas schlägt vor Schreck um sich.

»*¡Concho!* Jonas, verdammt! Du sollst warten. Da«, sie zeigt in die Richtung, aus der er gekommen ist, »nicht hier!«

Jonas braucht den Moment, um sich zu beruhigen, den sie braucht, um ihr Telefonat zu beenden. Dann schiebt sie ihn auf die Lichtung.

»Was soll ich jetzt machen mit dir?«

Seine Gegenfrage kommt so leise aus seinem Mund, dass er sie wiederholen muss, um sie selbst zu verstehen: »Ist sie da? Ist meine Schwester Lina hier?«

Der strenge Blick der Kommissarin wird direkt milder, ihr Griff, mit dem sie Jonas noch immer festhält, lockert sich.

»Wir wissen es nicht. Da oben, siehst du die Blumen?«

Jonas schaut noch mal hin, wie um sich zu vergewissern, dass sie wirklich da sind. Er nickt.

»Da oben ist eine klein Steinplatte, die etwas schließt. Es könnte eine *tumba*, eine Grab sein. Es könnte die Grab von Lina sein.«

Jonas schaut wieder nach oben zu dem Polizisten, der auf eine Anweisung wartet. Er ist fassungslos. »Dann stimmt alles, was in dem Brief stand.«

»Wissen wir nicht. Am Telefon war mein Chef. Wir sollen die Grab jetzt öffnen. Dann wissen wir alles. Willst du wirklich bleiben?«

»Ja, es ist meine Schwester. Ich will wenigstens jetzt für sie da sein.«

Jonas heftet seinen Blick auf das vermeintliche Grab von Lina, während die Kommissarin ihn von der Seite nachdenklich betrachtet.

Dann gibt sie ihrem Kollegen das erwartete Zeichen: »*¡Abre!*«

Jonas spürt ihre Hand auf seiner Schulter, als der Polizist mit einem Stemmeisen die ersten hämmernden Schläge setzt und die Hunde am Fuß des Felsens wieder aufgeregt zu bellen beginnen. Seine eigene Aufregung lässt ihn die Schläge zählen. Zu etwas anderem ist er nicht in der Lage. Schon gar nicht kann er auf die ablenkenden Fragen der Kommissarin reagieren, die wissen will, ob er noch immer Tagebuch schreibt, wie sie es ihm vor zwei Jahren empfohlen hat.

Acht, neun, zehn … Jonas würde dem Polizisten am liebsten das Werkzeug aus der Hand reißen und selber auf den Stein einhämmern. Elf, zwölf … Warum dauert das denn so lang? Oder hat er nur das Gefühl für die Zeit verloren? Dreizehn, vierzehn, fünfzehn …

»*Estoy dentro!*«

Jonas dreht Señora Lorca blitzschnell seinen Kopf zu.

»Was sagt er?«

»Er ist drin. Er nimmt jetzt die Platte weg.«

Hektisch drückt sie ihre sechste Zigarette aus.

»*¡Ten cuidado! ¿Sí?* Er soll aufpassen wegen Spuren.«

Jonas geht einen Schritt näher, wird von ihr aber sanft zurückgehalten.

»Du auch, aufpassen wegen Spuren.«

Sie hat kaum ausgesprochen, als der Polizist die Steinplatte komplett löst, sie zur Seite schiebt und mit der Taschenlampe in die geöffnete Grube leuchtet.

»*Está aquí!*«

Alle Anwesenden reagieren mit Hektik auf den Ausruf des Polizisten. Señora Lorca vergisst Jonas für den Augenblick und gibt strenge Anweisungen. Danach beginnt sie direkt wieder zu telefonieren. Einer ihrer Kollegen stellt die mitgebrachte Blechkiste bereit, ein anderer führt die durchdrehenden Hunde weg. Und noch bevor Jonas eine Übersetzung einfordern kann, um endgültig Klarheit zu haben, beobachtet er, wie der Polizist einen ersten Gegenstand aus der geöffneten Höhle zieht. Er presst die Augen zusammen, um dieses Knäuel, das direkt in einen Klarsichtbeutel wandert, besser sehen zu können. Er geht noch einen Schritt näher und spürt dabei jede einzelne seiner Synapsen arbeiten. Im Zeitlupentempo geben sie die Information weiter, die er noch nicht wahrhaben will, bis sie schließlich mit grausamer Gewissheit in sein Bewusstsein eindringt.

Es gibt keine Hoffnung mehr. Kein Warten. Keine Ausrede. Der Polizist hält Linas Plüschlöwen in der Hand. Es ist das Grab seiner Schwester. Lina ist tot.

Jonas dreht sich um und beginnt zu laufen.

19.

Timon steht am Küchenfenster und beobachtet die gelbliche Rauchwolke, die am Ende des Tals über Pollença hinwegzieht. Irgendwo in den Bergen muss es brennen. Ein Brand, wie er um diese Jahreszeit wegen der Trockenheit häufig vorkommt. Trotzdem macht ihn der Anblick nervös. Genau wie die Fliege, die in der idiotischen Hoffnung, irgendwann die Scheibe zum Bersten zu bringen, kontinuierlich dagegendonnert. Oder sein fünfter Kaffee seit dem Aufstehen, der macht ihn auch nervös. Und auch Sunny, die unten am Pool sitzt, während ihr Gepäck bereits zum Aufbruch bereit neben der Eingangstür steht.

Wo verdammt noch mal ist Jonas?

Nachdem er festgestellt hatte, dass Jonas mit seinem Golf auf und davon ist, hat er zunächst Sunny Vorwürfe gemacht. Sie war es schließlich, die Jonas gestern Abend nicht mehr sehen wollte. Nach dem Streit hat er bei der Polizei angerufen und sein Auto als vermisst gemeldet, nicht weil er Angst um das Auto hat, sondern um Jonas. Seither steht er hier am Fenster, um bei jedem gelben Fahrzeug, das das Tal entlangkommt, Hoffnungsschimmer wie Seifenblasen platzen zu hören. Was hat Jonas bloß vor?

Timon lässt zum hundertsten Mal den gestrigen Tag Revue passieren. Er hätte mehr für ihn da sein müssen, das weiß er jetzt. Stattdessen war es genau andersrum. Nur weil er nicht damit klarkam, klarkommt, dass Sunny ihre Schwangerschaft für sich behalten hat, gerieten Jonas und sein traumatischer Ausbruch auf der Pressekonferenz völlig in den Hintergrund. Wie traumatisch er war, weiß er aber erst seit zwei Stunden, als er im Netz einen Artikel darüber gefunden hat: »Das Ende einer Familie«. Aber er hätte es spüren müssen. Und dafür, dass er es nicht getan hat, gibt es einfach keine Entschuldigung. Schon gar nicht, wenn Jonas auf seiner Fahrt über die Insel etwas passiert.

Begleitet von diesen Gedanken inspiziert Timon die Rauchwolke, die sich langsam aufs Meer hinaus verzieht.

Wird Jonas es noch mal versuchen?

Sie wollten doch eine gemeinsame Tour machen. Mittlerweile weiß Timon aber gar nicht mehr, ob Jonas dem Plan nur zugestimmt hat, damit er in seinem besoffenen Zustand Ruhe gibt, oder ob er sie für einen kurzen, unbeschwerten Moment wirklich wollte, diese gemeinsame Flucht. Geflohen ist er jetzt, aber allein, als wollte er ihm damit sagen, dass jeder sich gefälligst selbst um seine Probleme kümmern muss. Er sich also um Sunny, die in wenigen Stunden nach Deutschland abreisen wird.

Will er das?

Sunny wollte ihm heute Morgen sagen, dass sie ihn liebt. Sogar zeigen, dass sie ihn liebt. Aber er konnte es in dem Moment nicht zulassen. Und auch nicht glauben. So kurz nach seinem Geständnis, das sie absichtlich überhört hat, nach ihrer erzwungenen Beichte, nach dem Vorfall im Bad – warum jetzt? Vielleicht hat sie ja genauso Angst, ihn zu verlieren, wie er immer Angst hatte, sie nach dem Abi zu verlieren. Eine schöne Vorstellung, doch Timon reicht die Erklärung noch nicht. Nach langem Grübeln ist er sich sicher, dass es Sunny eher um den Freund Timi und nicht so sehr um den Mann Timon geht. Und weil gerade so viel Chaos herrscht, kriegt sie das nicht ganz auf die Reihe.

Timon nimmt einen Schluck von dem kalten Kaffee und ist froh darüber, heute Morgen so gehandelt zu haben, wie er gehandelt hat: zurückhaltend. Hätte er sich vor ihr geöffnet, wie er es nie zuvor getan hat und wie er es gestern überhaupt zum ersten Mal geschafft hat, hätte er sich nur verletzlich gemacht. Dabei ist doch klar, dass Sunny früher oder später wieder mit einem Arschloch-Leon abziehen wird. Mut wird in Beziehungssachen nicht belohnt, zumindest nicht bei ihm, und er wird diese Erkenntnis garantiert nicht wie so 'ne unnötige Matheformel auf ihren Wahrheitsgehalt überprüfen.

Wie zur Bestätigung, dass er seine Gefühle wieder im Griff hat, schaut er zum Pool, kann Sunny aber nicht entdecken. Umso größer sein Schreck, als sie plötzlich hinter ihm zu sprechen beginnt: »Timi, sie haben Lina gefunden.«

Er hält kurz den Atem an, aber nicht wegen der Information, die er so schnell noch gar nicht verarbeiten konnte, sondern wegen Sunny, seiner besten Freundin, die er, wenn er ganz ehrlich zu sich wäre, am liebsten mit der Bitte umarmen würde, heute Abend nicht nach Hause zu fliegen.

»Wie? Wer ist überhaupt sie?«

Er nimmt das Handy entgegen, das Sunny ihm hinhält, und überfliegt den Artikel.

»Es ist ganz aktuell. Ein anonymer Hinweis hat die Polizei auf ihre Spur gebracht. Sie wurde irgendwo in den Bergen gefunden, begraben, stell dir das mal vor, und wird aktuell in der Gerichtsmedizin in Palma untersucht.«

Timon gibt Sunny das Handy zurück.

»Meinst du, er ist dort?«

»Ich hoffe es. Sonst …«

»Fährst du mit?«

»Logo. Ich ruf ein Taxi.«

Timon umarmt Sunny genauso unbeholfen, wie sie die Umarmung zulässt.

»Wie krass, dass das jetzt wohl bald ein Ende hat.«

Sunny drückt ihn etwas von sich und schaut ihm tief in die Augen.

»Mal abgesehen von Lina: Hoffentlich wird's ein gutes Ende.«

* * *

Noch ein paar Meter, dann ist er da. Seine Haare kleben an seinem Gesicht. Er spürt, wie ihm endgültig die Energie ausgeht, wie die Luft weniger und der Durst größer werden. Aber das wird ihm bald egal sein. Lina ist tot.

Jetzt gibt es keinen Grund mehr, nicht zu springen. Sie wird nicht in diese Welt zurückkommen, sie wartet auf ihn in der nächsten, in Nangijala. Zwei Jahre Ungewissheit gehen jetzt zu Ende. Es gibt keine Erlösung, keine Entschuldung, es gibt nur Klarheit. Klarheit, dass sie tot ist. Aber Unklarheit, warum sie tot ist. Und diese Unklarheit wird bleiben. Jonas hat keine Kraft mehr, dieses Rätsel zu lösen. Seine Eltern werden es tun, da ist er sich sicher. Es wird ihre nächste Aufgabe sein, die sie am Leben hält. Ihn nicht mehr. Vielleicht wird Lina ihm dieses Geheimnis verraten.

Er stolpert weiter über den unebenen Weg nach unten. Was wird wohl Paul sagen, wenn er es erfährt? Was Sunny und Timon? Er hätte Paul gern persönlich gesagt, wie leid ihm alles tut. Ihn berührt, ihn gerochen. Dafür ist es jetzt zu spät. Er hätte es vor seiner Abreise nach Mallorca machen müssen, aber da konnte er es noch nicht. Jetzt schon. Irgendwas hat sich verändert. Das Ende ist plötzlich greifbar.

Timon und Sunny würde er sagen, dass sie ein gutes Paar wären, dass sie es auf jeden Fall versuchen müssen. Auch für das Kind, das Sunny nicht abtreiben darf. Weil sie es nicht tun will, sondern nur tun würde. Schon auf der Fähre hat er ihr angesehen, dass sie das Baby behalten wird. Als es ihr noch gar nicht klar war. Sie hat ihren Bauch gestreichelt wie seine Mutter bei Lina, unbewusst liebevoll. Das macht keine Frau, die ihr Kind nicht bekommen will.

Als Lina geboren wurde, war das der schönste Tag in seinem Leben. Er weiß noch genau, wie er von der Schule nach Hause kam und sein Stiefvater auf ihn gewartet hat. Es muss alles ganz schnell gegangen sein. Mama kam mit Wehen ins Krankenhaus und um kurz nach 11 Uhr war Lina da. Um 14:34 Uhr hielt er sie zum ersten Mal im Arm. Das weiß er so genau, weil er das Foto davon auf seinem Handy millionenfach angeschaut hat. Wäre es ein Papierfoto, wäre es mittlerweile vergilbt und abgegriffen. So ist es aber wie neu, nur die Menschen darauf verblassen und lösen sich langsam in Luft auf.

Plötzlich liegt das Meer vor ihm. Jonas wischt sich Tränen oder Schweiß oder beides aus dem Gesicht. Er beginnt zu laufen, schneller, als seine Beine ihn tragen können.

»Und dann sagte Jonathan: ›Na also, Krümel Löwenherz, jetzt bist du endlich da!‹ Krümel Löwenherz, das klang wirklich komisch, wir kicherten beide darüber. Und dann lachten wir und lachten immer mehr, als wäre es das Lustigste, was wir je gehört hatten. Dabei war es wohl nur so, dass wir etwas zum Lachen brauchten, weil es vor Freude in uns blubberte. Und während wir noch lachten, fingen wir an, miteinander zu rangeln, und hörten dabei aber nicht auf zu lachen. Nein, wir lachten so, dass wir ins Gras fielen und uns kugelten und immer noch mehr lachten, und schließlich rollten wir vor Lachen in den Fluss und lachten im Wasser weiter, bis ich glaubte, wir würden ertrinken.«

Jonas reißt sich seine verschwitzten Klamotten vom Körper und lässt sich nah am Meer in den feuchten Sand fallen. Ausruhen. Augen schließen. Nur kurz noch dem periodischen Rauschen der Wellen lauschen.

*
* *

Sunny und Timon rennen in der Innenstadt von Palma am Stau auf der Avenida Alemania entlang. Ihr Taxifahrer hat ihnen auf Deutsch, Englisch und Spanisch den Weg zur Gerichtsmedizin erklärt, als irgendwann wegen einer Baustelle und eines Auffahrunfalls gar nichts mehr vorwärts ging.

Sunny hofft, dass sie nicht zu spät kommen. Dass Jonas noch da ist. Dass er überhaupt da ist. Über die Alternativen, wo er sonst sein könnte, will sie nicht nachdenken. Sie konzentriert sich lieber auf Timon, der ihre Hand hält, während sie durch die aufgeheizten Straßen jagen. Fast wie ein Liebespaar in einer dieser US-Komödien, das verzweifelt versucht, pünktlich zum Standesamt zu kommen. Schon merkwürdig, warum ihr dieser Vergleich ausgerechnet jetzt durch den Kopf schießt. Vielleicht weil sie schon die ganze Taxifahrt über ihre nervösen Hände gehalten haben, sich Zuversicht einredend, während ihr Streit ewig weit entfernt schien.

Seit sie entdeckt haben, dass Lina gefunden wurde, ignorieren sie die Tatsache ihres Heimflugs, das Ende ihres gemeinsamen Urlaubs, den Knacks in ihrer Freundschaft. Spätestens heute Abend im Flieger wird sie sich aber damit auseinandersetzen müssen und sie weiß jetzt schon, wie schrecklich sie Timon vermissen wird.

Sunny entdeckt das Schild für Gerichtsmedizin »Jurisprudencia Médica« an einem modernen Gebäude und bleibt derart abrupt stehen, dass Timon ihr beinah den Arm auskugelt.

»Hier ist es. Das hat der Taxifahrer doch immer gesagt.«

Sie schauen sich kurz um, der gelbe Golf ist nirgends zu sehen und Sunny weiß genau, was Timon denkt.

»Lass uns reingehen. Wenn Jonas hier ist, parkt er sicher irgendwo in der Tiefgarage, oder so.«

So ganz glaubt sie das selbst nicht, aber sie will die Hoffnung nicht vorschnell aufgeben. Schon gar nicht vor Timon. Die Tür ist geschlossen, sie müssen klingeln. Es dauert eine gefühlte Ewigkeit, bis der Summer ertönt und sie eintreten dürfen. Drinnen ist von der Hitze nichts mehr zu spüren. Die Klimaanlage läuft auf Hochtouren und die 22 Grad lassen Sunny direkt frösteln, weniger wegen des unerwarteten Temperatursturzes, vielmehr wegen der Vorstellung, dass dieser Komfort nicht den lebenden, sondern den toten Besuchern gilt.

Unter dem Blick einer Polizeiwache, die den Weg zum Treppenhaus versperrt, gehen Sunny und Timon auf den Empfang zu. Ein älterer Mann schaut freundlich von zahlreichen Überwachungsmonitoren auf.

»¿Cómo puedo ayudar?«

Sunny versucht es erst gar nicht auf Spanisch.

»Hola. We're looking for information about the girl, who was missed two years and who was found this morning. Lina. Lina Keppler.«

Der Pförtner behält Sunny im Blick und steht langsam auf.

»And you are who?«

Genussvoll lässt er das spanische R in *are* rollen, als wolle er damit ein Touristenklischee erfüllen. Zumindest kommt es Sunny so vor.

»We are friends of her brother. Jonas. We hope he's here.«

»Sorry«, schon wieder dieses R, *»but I don't have information. Please go to the police station next to here.«*

Sunny will nicht aufgeben.

»But his sister is here. We saw it in the news.«

Entschuldigend verschränkt er die Arme vor der Brust, als Sunny und Timon von hinten angesprochen werden: »Seid ihr die Freunde von Jonas, mit denen er hier auf der Insel unterwegs war?«

Die beiden drehen sich gleichzeitig um und stehen einem Mann gegenüber, den sie sofort erkennen: Jonas' Stiefvater. Müde sieht er aus, wahrscheinlich machen das die roten Augen. Und trauriger, viel trauriger und älter als auf Fotos.

Timon findet als Erster die Sprache wieder: »Ja, sind wir. Tut uns sehr leid, was passiert ist. Also die Sache mit Ihrer Tochter.«

Seine Augen bleiben ablehnend. Er lässt keinen Zweifel daran, seine Zeit nicht mehr mit Höflichkeiten verschwenden zu wollen.

»Wisst ihr, wo er ist?«

Timon zieht seine Hand wieder zurück, die er ihm entgegengestreckt hat.

»Nein. Er ist mit meinem Auto unterwegs. Wir hatten gehofft, dass er hier ist.«

»Mit dem Auto? Hat er sie noch alle? Der kann doch gar nicht fahren.«

Die laute Stimme von Jonas' Vater füllt die ganze Empfangshalle aus. Als der Pförtner sich Ruhe mahnend räuspert, fasst er sich an seinen Kopf und zwingt sich leise, aber nicht weniger anklagend, weiterzusprechen: »Dreht der jetzt völlig durch? Will der nicht kapieren, dass es gerade nicht nur um ihn geht?«

Sunny kann nicht fassen, wie kalt dieser Typ von seinem Stiefsohn redet. Fast schon gleichgültig hart. Wenn nicht eine Sache wäre, würde sie ihm am liebsten all das an den Kopf werfen, was sie Jonas noch vor wenigen Tagen geraten hat. Doch die eine Sache macht ihr das extrem schwer: Er tut ihr leid, weil sie hinter der kalten Fassade jemanden sieht, der nur stark sein wollte, stark für seine Familie. Und dem langsam dämmert, dass es umsonst war, weil nicht mal seine Stärke die Familie vor dem Zerbrechen bewahren konnte.

Anders Timon, der fährt ihn lautstark und ohne Rücksicht auf den räuspernden Pförtner an: »Was sind Sie eigentlich für ein Arschloch? Haben Sie ’ne Ahnung, was Jonas die letzten beiden Jahre durchgemacht hat? Haben Sie mal mit ihm geredet über das alles oder haben Sie das nur irgendwelchen Psychologen überlassen? Dann hätten Sie nämlich erfahren, dass er sich ganz allein die Schuld am Verschwinden seiner Schwester gibt. Obwohl Sie genauso nicht da waren, als es passiert ist. Der wollte sich neulich nicht umbringen, nur weil er mal wieder ein bisschen Aufmerksamkeit gebraucht hat. Der hat es ernst gemeint, weil er mit seiner Schuld nicht mehr zurechtgekommen ist. Mit der Schuld, die ihm niemand abgenommen hat. Sie schon gar nicht.«

Mit offenem Mund starrt Sunny Timon an, den sie selten so energisch gesehen hat. Sie würde ihm gern zustimmen, aber Jonas’ Vater dreht sich weg. Hin zu einem vergitterten Fenster, das in den dunklen Innenhof führt, so als verbiete er sich jeden weiteren Kommentar. Sunny und Timon schauen sich an, unschlüssig, was sie nun tun sollen. Warten, obwohl sie Jonas suchen müssten?

Plötzlich dreht Jonas' Vater sich wieder zu ihnen um. Sein Gesichtsausdruck ist bemüht neutral, seine gepresste Stimme verrät aber seine Anspannung: »Hast du, habt ihr eine Ahnung, was es heißt, Kinder zu haben? Habt ihr eine Ahnung, was es heißt, eins von ihnen von heute auf morgen zu verlieren? Das Liebste und Wertvollste, was man hat im Leben? Es reißt einem den Boden unter den Füßen weg, es ist, als warte man Tag für Tag nur noch auf den Tod …«

Timon schluckt, bevor er ruhiger antwortet: »Ich weiß nicht, wie es ist, Kinder zu haben. Wirklich nicht. Aber ich weiß, wie es ist, Eltern und eine Oma zu verlieren. Und darum kann ich mir vielleicht ein bisschen vorstellen, wie es ist, seine Schwester zu verlieren. In Jonas' Leben klafft eine Wunde, aber sie heilt nicht, sie kann nicht heilen, weil die Schuldgefühle sie zum Eitern bringen. Sie entzündet sich immer mehr, tut immer mehr weh, bis nicht mal mehr eine Amputation hilft, weil alle wichtigen Organe schon verseucht sind und man vor lauter Schmerzen verrückt wird. Im Endeffekt geht es Jonas wie Ihnen. Nur wartet er nicht mehr auf den Tod, er geht ihm entgegen.«

Die Stille ist greifbar. Unbemerkt hat sich eine kleine, dunkelhaarige Frau neben sie gestellt. Sunny sieht sie, noch bevor Jonas' Vater und Timon ihre Blicke voneinander abwenden.

»Señor Keppler, möchten Sie jetzt mitkommen?«

Sunny spürt regelrecht, wie die letzte Kraft aus Jonas' Vater weicht, als er der Frau den Blick zuwendet und in ihrem Gesicht zu lesen versucht, welche Art von Nachrichten sie bereithält. Er holt tief Luft und behält sie wie einen Schutzpanzer in seiner Lunge.

»Ist es wirklich Lina?«

Die Frage bleibt im Raum stehen, verflüchtigt sich nicht, wie sich sonst gesprochene Worte einfach so verflüchtigen oder von anderen Geräuschen verdrängt werden. Nein, diese wiegen zu schwer, wabern schier unbeweglich durch die Luft und werden nur durch das leichte Nicken der Frau in Schwingung gebracht. Jonas' Vater schlägt seine Hand vor den Mund.

»Und was haben Sie schon rausgefunden?«

Sunny und Timon werden von der Frau genau inspiziert. »Sollen wir das nicht oben …?«

»Nein, sagen Sie es hier. Jetzt.« Er schaut von Sunny zu Timon. »Ich muss gleich eine Vermisstenanzeige aufgeben, die Polizei muss meinen Sohn finden.«

Die Kommissarin stellt sich Sunny und Timon vor und berichtet knapp von den Vorkommnissen am Morgen und wie unmöglich es war, Jonas davon abzuhalten, zur Bergung mitzukommen. Sie lässt bereits nach dem gelben Auto mit der deutschen Nummer fahnden, bis jetzt jedoch ohne Erfolg. Und dann kommt sie auf Lina zu sprechen.

»Wir sind ganz am Anfang von Untersuchung. Aber bis jetzt stimmt alles, was in dem anonymen Brief steht: Lina ist unversehrt. Keine Spur von Gewalt. Und trotz der zwei Jahre kann ihr Körper untersucht werden. Das Grab war ohne Luft. Die Kollegen der *autopsia* werden rausfinden, woran sie gestorben ist.« Sie bemerkt die Unruhe ihrer Zuhörer. »Kommen Sie, ich bring Sie in mein Büro für die Vermisstenanzeige. Wir werden Jonas finden. Die *autopsia* kann noch Tage dauern.«

Sunny hält Timon zurück. Sie hat dem Bericht der Kommissarin nur mit halbem Ohr zugehört. In Gedanken ist sie Jonas' Tagebuch durchgegangen, um einen Hinweis zu entdecken, wo er sein könnte.

»Timi, sollen wir zu dieser Bucht fahren, wo er mit seinem Freund Paul war, als es passiert ist? Die hat er in seinem Tagebuch extrem oft erwähnt.«

»Hast du 'ne Ahnung, wo die ist?«

»Irgendwo in der Nähe des Hotels. Genau weiß ich es auch nicht. Aber ich hab das Tagebuch dabei. Wir können es nachlesen.«

»Okay, lass es uns versuchen, besser als rumsitzen ist es allemal. Da werd ich verrückt.«

Am Ausgang der Gerichtsmedizin warten bereits Jonas' Vater und die Kommissarin. Sunny erklärt ihnen, was sie vorhaben.

»Können wir Sie erreichen, wenn wir Jonas finden?«

Jonas' Vater reicht ihr seine Visitenkarte.

»Wenn ihr Jonas findet und«, er stockt und fährt sich mit den Fingern über die Augen, »und es ihm gut geht, dann sagt ihm bitte, dass …«

Sunny und Timon warten, bis er den Satz vervollständigt. Doch die Wörter scheinen den Weg nach draußen nicht zu finden. Nach einem kurzen Moment des Abwartens verabschieden sie sich schließlich, weil sie keine Zeit mehr verlieren wollen. Bis er sie doch noch zurückhält.

»Sagt ihm bitte, dass ich ihn liebe.«

20.

Timon sieht Jonas schon vom höchsten Punkt über der Bucht. Regungslos liegt er im Sand und wird vom Meerwasser umspült. Panik steigt in ihm auf. Kommen sie zu spät? Er dreht sich zu Sunny um, die sich noch den stacheligen Weg hochkämpft.

»Er ist da, Sunny.«

Timons Hals ist trocken. Er hustet und versteht ihre Antwort nur bruchstückhaft.

»Lauf zu … so schnell … geht.«

Timon winkt ihr kurz zu und beginnt mit dem Abstieg in die Bucht, die Jonas und Paul vor zwei Jahren für sich entdeckt haben. Wäre er nicht so angespannt, würde er erkennen, wie traumhaft schön dieser kleine Strand ist. Aber im Augenblick hat er nur Augen für Jonas. Immer wenn er von seinem Weg aus einen Blick auf ihn werfen kann, prüft er, ob Jonas sich bewegt. Oder ob er vom Meer einfach wieder ausgespuckt wurde, nachdem sein Vorhaben erfolgreich war. Die Angst lässt ihn die unbändige Hitze vergessen. Er rennt weiter, sich verzweifelt ausmalend, was ihn dort unten gleich erwarten wird.

Unten angekommen ruft er zum ersten Mal Jonas' Namen. Er stolpert durch den Sand vor zum Meer.

»Jonas, Scheiße, Jonas!« Timon lässt sich neben Jonas in den Sand fallen und schüttelt ihn durch. »Lebst du noch? Jonas, sag was!«

Eine Welle rollt über die beiden hinweg, doch Timon achtet gar nicht darauf. Er versucht, Jonas' Puls zu fühlen, bis der, ohne die Augen zu öffnen, zu sprechen beginnt.

»Ich schaff es nicht. Ich schaff es einfach nicht zu springen.«

»Scheiße, Alter, hast du mir einen Schreck eingejagt.« Timon zieht Jonas hoch, um ihn in den Arm zu nehmen. Er weint und lacht dabei gleichzeitig, weil sein verausgabter Körper kein anderes Mittel mehr zur Verfügung hat, seiner Erleichterung Ausdruck zu verleihen.

»Zum Glück schaffst du es nicht. Verdammt, echt …«

Im Sitzen wiegt er Jonas hin und her und gibt Sunny, die langsam den Berg runterkommt, ein Okayzeichen.

»Ich höre Lina nicht mehr.«

Jonas hat seine Augen weiterhin zu, doch seine Tränen suchen sich den Weg durch die geschlossenen Lider. Sunny kommt über den Strand auf die beiden zugelaufen. Sie kniet sich zu ihnen und nimmt Jonas ebenfalls in den Arm.

»Sie ist plötzlich weg. Seit ich hier am Strand angekommen bin, ist sie plötzlich weg. Vorher war sie immer da. Aber seit ich mit eigenen Augen gesehen hab, dass sie tot ist, ist der Kontakt zu ihr abgebrochen. Wir wollten uns treffen. Und jetzt ist sie weg, vorausgegangen, und ich weiß nicht wohin.«

Timon schaut Sunny ratlos an und versucht sich fieberhaft daran zu erinnern, was ihn als kleines Kind getröstet hat, damals, als seine Eltern plötzlich weg waren. Aber ihm fällt nichts ein, weil es nichts Allgemeingültiges gibt, nur eine Sache, die ihm seine Oma immer empfohlen hat, die er aber lang nicht verstanden hat.

»Du musst Lina loslassen, Jonas. Nicht vergessen, aber loslassen. Und nicht nur du, ihr alle. Sie muss die Chance haben, gehen zu können. Vielleicht passiert jetzt genau das. Vielleicht konnte Lina einfach nicht gehen, weil alle an ihr festgehalten haben. Und vielleicht ist sie jetzt erst auf dem Weg dahin, wo sie auf dich warten wird. Und ich bin mir ganz sicher: Wenn sie da ist, wird sie es dich wissen lassen.«

Timon spürt, wie sich Sunnys Hand in seine krallt und Jonas gleichzeitig ruhiger wird. Er öffnet erstmals seine Augen.

»Meinst du, das ist auch der Grund, warum es plötzlich nicht mehr so wehtut? Obwohl der Schock heute Morgen groß war, ist der Schmerz nicht mehr so stark. Ich dachte erst, das ist so, weil es vorbei ist, aber das ist es ja …«

Sunnys SMS-Klingelton unterbricht Jonas' Gedanken. Sie entschuldigt sich erst, schaut dann aber doch auf das Display. »Ich hab deinem Vater geschrieben, dass wir dich gefunden haben. Er schreibt zurück, dass er total erleichtert ist, dass es dir gut geht, und dass du heimkommen sollst. Dann steht hier noch, dass die Pathologen bis jetzt keine Spuren von Gewalt an Lina feststellen konnten. Dass sie irgendeine Art von Organversagen vermuten, wobei diese Überprüfung noch Tage dauern wird.« Sunny macht eine kurze Pause. »Und dann schreibt er auch noch, wie sehr er dich liebt.«

Timon lässt Jonas los, der sich langsam aufrichtet und für eine gefühlte Ewigkeit nur aufs Meer schaut.

»Können wir irgendwas für dich tun?«

Jonas' Blick bleibt nach vorn gerichtet, als er antwortet.

»Bleibt ihr noch ein bisschen bei mir?«

»Wir bleiben so lang bei dir, wie du willst.«

* * *

Fast schon stolz betrachtet Jonas den kleinen Berg aus Holz, den Sunny und er den Nachmittag über gesammelt haben, während Timon was zu essen organisierte. Überhaupt war das Ganze Sunnys Idee. Sie hat es in seinem Tagebuch gelesen. Sie verabschieden Lina mit einem Feuer. Wie es die Menschen in China machen an ihrem Qingming-Feiertag. Und sie verbrennen auch für Lina Papiergeschenke. Lassen ihre guten Wünsche aufsteigen in den klaren Nachthimmel Mallorcas.

Die Papiergeschenke basteln sie gerade aus seinem Tagebuch. Sunny hatte es dabei und er hat entschieden, dass er es nicht mehr braucht. Dass es jetzt an der Zeit ist, die düsteren Gedanken der letzten beiden Jahre ebenfalls loszulassen. Genau wie Lina.

Beim Holzsammeln hat er viel über Timons Worte nachgedacht. Ob da wirklich was dran ist, dass sie Lina mit ihrer Suche und ihrer Hoffnung hier gehalten haben? Klingt eigentlich absurd, andererseits muss er ihr vielleicht wirklich etwas Zeit lassen, in Nangijala anzukommen.

Und vielleicht muss er sich auch etwas mehr Zeit geben, um die Dinge zu verstehen, wie sie passiert sind und warum sie passiert sind. Und vielleicht muss er seinem Leben doch noch eine Chance zurückgeben, nachdem es ihm derart viele Chancen geschenkt hat.

Er schaut von seinem vierten Papiervogel auf und betrachtet Sunny und Timon, die sich in ein paar Metern Entfernung ebenfalls mit seinen Tagebuchseiten abmühen. Timon versucht sich an seinem Auto, Sunny bastelt die Finca ihrer Eltern, wie sie vor dem Umbau aussah. Beides erkennt man allerhöchstens auf den zweiten Blick und Jonas muss grinsen, was ihn selbst am meisten überrascht. Er lächelt, dankbar für diese Freunde, dankbar für den Moment und dankbar für das Ende der Ungewissheit.

Sein Blick fällt auf den Papiervogel in seiner Hand. Und der zweithäufigste Name aus seinem Tagebuch sticht ihm ins Auge: Paul. Jonas hält ihn hoch und versucht in den Falzlinien noch ein paar Wörter mehr zu entziffern. Ist das die Seite, auf der er ihre gemeinsame Nacht schildert? Die Nacht, die er zwei Jahre lang voller Sehnsucht und mit noch mehr Schuldgefühl immer und immer wieder durchlebt hat. Die hier stattgefunden hat. Jonas schaut sich um. Der Strand ist noch der gleiche, nur er hat sich verändert. Und Paul wahrscheinlich auch. Wie wohl die Nacht wäre, wenn sie heute stattfinden würde? Vielleicht hat er irgendwann die Chance, es rauszufinden. Und vielleicht ist es gut, wenn er sich auch dafür noch etwas Zeit nimmt.

»Sollen wir das Feuer anzünden?« Jonas steht auf und Timon und Sunny kommen zu ihm rüber.

»Wenn du bereit bist.«

Jonas nickt. Sunny nimmt seine Hand und Timon wirft ein Streichholz in den kleinen Berg aus trockenem Holz. Die Flammen schlagen sofort hoch. Gemeinsam betrachten sie für einen Augenblick den Funkenregen, der in einigen Schritten Entfernung über dem Strand niedergeht, bevor sie dem Feuer feierlich ihre Papiergeschenke übergeben.

»Mach's gut, kleine Schwester.«

»Alles Gute, liebe Lina.«

»Obwohl wir dich gar nicht gekannt haben, werden wir dich nie vergessen.«

Ein Papiervogel löst sich aus der Feuerstelle. Die Thermik seiner brennenden Flügel treibt ihn nach oben. Er tanzt über ihren Köpfen mit den anderen Funken um die Wette, wird vom Wind gepackt und aufs Meer hinausgetrieben.

Jonas schaut ihm nach, bis er verglüht ist. Und plötzlich fühlt er eine Leichtigkeit in sich, wie er sie auch in sich hatte, als er sich sicher war, vor der Ziellinie seines Lebens zu stehen. Genau so hat es sich damals angefühlt, damals, vor wenigen Tagen erst, als er die Fähre in Barcelona bestieg. Genau so und doch ganz anders. Denn heute weiß er, dass er nicht das Ziel erreicht hat, sondern einen weiteren Startpunkt, von wo aus es aufs nächste Level geht.

Lächelnd dreht er sich zu Sunny und Timon um.

»Jemand Lust auf Schwimmen?«

Die Überraschung weicht schnell der Erleichterung und Sunny beginnt direkt damit, sich parallel zu Jonas auszuziehen.

»Du auch, Timi?«

Timon schaut erst noch von einem zum anderen, bevor er langsam, aber zustimmend nickt.

»Hm, wird wohl Zeit.«

Er streift seine Hose runter und zieht sich sein Shirt über den Kopf. Die Narben leuchten im Mondlicht, doch bevor jemand was sagen kann, hält Jonas ihnen seine Hände entgegen. Sunny und Timon ergreifen sie und gemeinsam rennen sie, so schnell sie können, ins Wasser, als läge dort die Zukunft, von der sie so wenig wie möglich verpassen wollen.

* * *

Sunny blinzelt in die aufgehende Sonne. Ihr Kopf liegt wie beim Einschlafen auf Timons Hüfte. Bequem ist es nicht, dafür schön. Sie stemmt sich nach oben, dreht sich zur Seite und schaut in das grinsende Gesicht ihres besten Freundes.

»Guten Morgen. Gut geschlafen?«

»Ich glaub ja. Du?«

»Auch.« Timon stützt sich auf seine Unterarme. »Jonas ist weg.«

»Wie weg?« Sunny setzt sich ebenfalls auf.

Timon reicht ihr ein Blatt Papier aus dem Tagebuch.

»Er hat uns das hier dagelassen.«

»Was ist das?«

»Lies selber.«

Heute, 04:47 Uhr – Für Lina, Sunny und Timon

Paperbird girl

You crashed my life, i fell in love,
in front of us the best four years,
no day apart, many things to laugh
you were the light, you were my dear.

Now you're gone, your life is done,
all that remains is the voice in my ears.
Paperbird love it's dark without you,
sorry for all, sorry for tears

Bye, bye paperbird, bye –
fly high and make the dark sky
glow.
Show me the way to your new stay
at the end of the rainbow say
Hello.

You've sent me mates, while life was bad,
while my future i couldn't see.
These two are the best i've ever had,
Paperbird girl you rescued me!

Bye, bye paperbird, bye –
fly high and make the dark sky
glow.
Show me the way to your new stay
at the end of the rainbow say
Hello.

Now you are gone, your life is done,
all that remains is the voice in my ears.
Paperbird girl the light is above,
thanks for all, thanks for your love.

Ich bringe jetzt Lina nach Hause. Und meine Mum. Und dann rede ich mit Paul. Es gibt hier noch so viel zu tun,
euer Freund Jonas.

PS: Das Auto steht in einer Seitenstraße vom Hotel.
PPS: Ihr seid ein Traumpaar. Mein Traumpaar.

Sunny muss lächeln.

»Und wir so?«

»Gehen wohl heim.«

»Hm, meinen Flieger hab ich verpasst, was?«

Timon steht auf und Sunny lässt sich von ihm hochziehen. Sie hält ihr Gesicht in die Morgensonne, schaut aufs Meer und auf ein Flugzeug, das wie ein glänzendes Glühwürmchen das Morgengrauen verpasst hat und jetzt Schutz suchend den Flughafen von Palma ansteuert. Mit hundert aufgeregten Touristen an Bord, die sich auf die zwei unbeschwertesten Wochen des Jahres freuen. Unbeschwert. Sunny lehnt sich gegen Timon, der hinter ihr steht und ihrem Blick folgt, als könnte er Gedanken lesen. Unbeschwert. Seine Arme greifen schützend um sie, sein Kopf senkt sich auf ihre Schultern. Leise flüstert er ihr ins Ohr, was er schon die ganze Zeit sagen wollte.

»Egal, was du vorhast, mit der Schwangerschaft, mit dem Kind: Ich stehe immer zu dir und zu deiner Entscheidung. Weil du meine beste Freundin bist und ich dein bester Freund sein will.«

Sunny schließt die Augen, dreht sich in seiner Umarmung zu ihm um und legt ihren Kopf auf seine Brust.

»Meinst du, wir können das Worte ›beste‹ auch irgendwann einfach weglassen?«

Sie spürt, wie sein Herz unter den längst vergessenen Narben fast augenblicklich zu rasen beginnt.

»Ich glaub schon. Schön wär's auf jeden Fall.«

Jetzt rast auch ihr Puls. Sunny wartet noch, bis der Takt ihrer beiden Herzen der gleiche ist, dann hebt sie den Kopf, um Timon einen Kuss zu geben. Den ersten von hoffentlich unendlich vielen.

IV

ANKOMMEN

21.

Jo, du hast angerufen? 13:56

Wollte nur wissen, ob alles ok ist, weil wir uns schon lang nicht mehr gehört haben 13:56

Viel los hier. Eltern haben Stress. 13:57

13:57 Oh nein. Schlimm?

Wird sich zeigen. Wo bist du? 13:57

13:57 Köln

Schon? Wie ist's? 13:50

Kann noch nicht viel sagen.
Gerade angekommen.
13:58 Sitze noch im Auto vor der WG

? 13:58

13:58 Sind zu früh dran. Sunny und Timon sind noch unterwegs. Und es regnet ...

Hier auch.
Wir? Hat deine Mutter dich gefahren? 13:59

13:59 Ja, sie schaut sich mit Papa gerade den Dom an.

Sind die wieder zusammen? 14:00

14:00 Sie sagen nein, aber ich glaube ja. Wird bei deinen sicher auch wieder. Was machst du?

Warten, bis der Regen aufhört und das Training losgeht.
Du? Außer im Auto rumsitzen ... 14:00

14:00 Bisschen Tagebuch schreiben

Du schreibst Tagebuch? 14:00

14:01 Seit fast drei Jahren schon ;) Sind aber mittlerweile mehr so Handy-Notizen

Wusste ich gar nicht. Was zB? 14:01

So Sachen halt, manchmal auch
14:02 Liedtexte wie früher, alles Mögliche …

Auch Sachen über mich? Uns? 14:03

14:03 Nur!!!

Arsch! Sag! 14:03

14:03 Eyyyyy, das ist privat!

Seit wann kümmert dich die
Privatsphäre von anderen? 14:04

14:04 Selber Arsch

Ich schreib ja nicht täglich. Nur wenn was passiert, oder so. Über die Beerdigung. Oder als der Obduktionsbericht kam, in dem stand, dass meine Schwester wirklich an Grippeviren gestorben ist, die sich in ihr Herz eingenistet haben
14:05

Ja. Fuck Mann! 14:05

Der vorletzte Eintrag ist aus dem Frühjahr, als Sunnys Tochter Lina zur Welt kam. Da hab ich halt beschrieben, wie es sich angefühlt hat, sie zum ersten Mal auf dem Arm zu halten

14:05

Der stolze Patenonkel. Cool. Und der letzte?

14:06

Wie es war, als du plötzlich bei mir aufgetaucht bist

14:08

Okay, okay, ich schick's dir

14:10

Ich hab Paul noch im Flugzeug zurück von Mallorca 'nen Brief geschrieben und mich entschuldigt, für die ganze Scheiße, die ich fabriziert hatte. Es kam nie 'ne Antwort. Und gesehen haben wir uns auch nicht, weil ich die meiste Zeit ja wieder im Internat war. Gedacht habe ich jeden Tag an ihn. Und dann kam gestern. Da stand er plötzlich vor der Tür, als ich gerade ins Fitnessstudio wollte. Wir haben uns nur angeschaut, wie wir es Weihnachten vor einem Jahr auch gemacht haben. Aber dieses Mal war es anders. Dieses Mal haben wir unsere Seelen geöffnet und den anderen eintreten lassen. Wir umarmten uns. Erst vorsichtig. Dann immer fester. Wie Ertrinkende.

Eine Erinnerung. Ich spürte sein Zittern. Auch eine Erinnerung. Verzweifelt suchte ich nach Worten und fand keine. Danke? Verzeih mir? Er verstand mich trotzdem. Glaube ich. Hoffe ich. Wir hielten uns eine Ewigkeit aneinander fest. Doch manchmal ist sogar die Ewigkeit zu kurz. Denn plötzlich löste Paul sich von mir, drehte sich um und ging davon. Schnell, wie auf der Flucht. Heute kam eine Nachricht von ihm:
»Brauche noch Zeit. Dein P.«
Hoffentlich ist es nur Zeit.
Jonas

14:10

ES IST NUR ZEIT 14:12

14:12 Viel?

Ich weiß es nicht. 14:13

14:13 Sorry, doofe Frage

14:14 Vermiss dich einfach!

Lass uns schreiben und telefonieren. Wie die letzten Wochen auch … 14:15

Jo, es geht um dieses Vertrauensding …
Ich hoffe, du verstehst das. 14:15

Tu ich. Wirklich. Nimm dir alle Zeit
der Welt. Und wenn du so weit
14:16 bist, kommst du mich besuchen. Okay?

In ’ne 2. Liga Stadt? Ich weiß nicht …
Klar komm ich. xD Muss Schluss machen.
Das Training beginnt. Der Regen hat
aufgehört. 14:16

Hier auch. Die Sonne kommt sogar raus.
14:17 Scheint ein ziemlich schöner Tag zu werden.

© Jan Hammer

Hansjörg Nessensohn, geboren 1976 am Bodensee, studierte Angewandte Medienwissenschaft in Thüringen und lebt seit 2006 in Köln. Als Drehbuchautor entwickelt er regelmäßig Geschichten und stimmt sie sorgfältig ab, bevor er sie aufschreibt. So hatte er sich das auch für seinen ersten Roman *Und dieses verdammte Leben geht einfach weiter* vorgestellt. Bis Jonas, Timon und Sunny das Kommando übernahmen und zeigten, dass im Leben nicht immer alles nach Plan läuft. Und dass genau das ziemlich egal ist, wenn man das Wichtigste überhaupt um sich hat: Freunde!